CLASSIQUES
& CIE
LYCÉE

Abbé Prévost

Manon Lescaut (1731)

Collection dirigée par
Marc Robert et Henri Marguliew

Notes et dossier
Mathilde Cortey
agrégée de lettres modernes

Hatier

MANON LESCAUT

LIRE L'ŒUVRE

L'ŒUVRE DANS L'HISTOIRE

Conception graphique de la maquette :
c-album, Jean-Baptiste Taisne, Rachel Pfleger
Principe de couverture : Double
Mise en pages : Chesteroc International Graphics
Iconographie : Hatier Illustration
Suivi éditorial : Luce Camus

ISBN : 978-2-218-93977-8

L'ŒUVRE DANS UN GENRE

VERS L'ÉPREUVE : ARGUMENTER, COMMENTER, RÉDIGER

HISTOIRE
DU CHEVALIER DES GRIEUX
ET DE MANON LESCAUT

Avis de l'auteur

des Mémoires d'un homme de qualité

Quoique j'eusse pu faire entrer dans mes Mémoires[1] les Aventures du Chevalier Des Grieux, il m'a semblé que n'y ayant point un rapport nécessaire, le lecteur trouverait plus de satisfaction à les voir séparément. Un récit de cette longueur aurait interrompu trop longtemps le fil de ma propre histoire. Tout éloigné que je suis de prétendre à la qualité d'écrivain exact, je n'ignore point qu'une narration doit être déchargée des circonstances qui la rendraient pesante et embarrassée. C'est le précepte d'Horace :

Ut jam nunc dicat jam nunc debentia dici
Pleraque differat, ac proesens in tempus omittat[2].

Il n'est pas même besoin d'une si grave autorité pour prouver une vérité si simple ; car le bon sens est la première source de cette règle.

Si le public a trouvé quelque chose d'agréable et d'intéressant dans l'histoire de ma vie, j'ose lui promettre qu'il ne sera pas moins satisfait de cette addition. Il verra, dans la conduite de M. des Grieux, un exemple terrible de la force des passions. J'ai à peindre un jeune aveugle, qui refuse d'être heureux, pour se précipiter volontairement dans les dernières infortunes ; qui, avec toutes les qualités dont se forme le plus brillant mérite, préfère, par choix, une vie obscure et vagabonde, à tous les avantages de la

---

1. Il s'agit des *Mémoires et aventures d'un homme de qualité*, roman que Prévost fait paraître en plusieurs tomes depuis 1728, et dont l'*Histoire du chevalier Des Grieux et de Manon Lescaut* constitue le septième tome, publié en 1731. \ **2.** Citation d'Horace, poète latin du Ier siècle av. J.-C., tirée de l'*Art poétique,* que l'on pourrait traduire ainsi : « Qu'on dise dès maintenant ce qu'il faut dire maintenant ; le reste, qu'on le taise, pour y revenir en son temps » (v. 43-44).

fortune[1] et de la nature ; qui prévoit ses malheurs, sans vouloir les éviter ; qui les sent et qui en est accablé, sans profiter des remèdes qu'on lui offre sans cesse et qui peuvent à tous moments les finir ; enfin un caractère ambigu, un mélange de vertus[2] et de vices, un contraste perpétuel de bons sentiments et d'actions mauvaises. Tel est le fond du tableau que je présente. Les personnes de bon sens ne regarderont point un ouvrage de cette nature comme un travail inutile. Outre le plaisir d'une lecture agréable, on y trouvera peu d'événements qui ne puissent servir à l'instruction des mœurs ; et c'est rendre, à mon avis, un service considérable au public, que de l'instruire en l'amusant.

On ne peut réfléchir sur les préceptes de la morale, sans être étonné de les voir tout à la fois estimés et négligés ; et l'on se demande la raison de cette bizarrerie du cœur humain, qui lui fait goûter des idées de bien et de perfection, dont il s'éloigne dans la pratique. Si les personnes d'un certain ordre d'esprit et de politesse[3] veulent examiner quelle est la matière la plus commune de leurs conversations, ou même de leurs rêveries solitaires, il leur sera aisé de remarquer qu'elles tournent presque toujours sur quelques considérations morales. Les plus doux moments de leur vie sont ceux qu'ils passent, ou seuls, ou avec un ami, à s'entretenir à cœur ouvert des charmes de la vertu, des douceurs de l'amitié, des moyens d'arriver au bonheur, des faiblesses de la nature qui nous en éloignent, et des remèdes qui peuvent les guérir. Horace et Boileau[4] marquent cet entretien comme un des plus beaux traits

---

1. *Fortune* : à l'origine, divinité antique qui distribuait bonheur et malheur sans règle apparente. Le terme a désigné par la suite tous les événements dus au hasard, puis uniquement les événements heureux, la chance, et enfin une situation élevée. C'est d'ailleurs au XVIIIe siècle que le sens plus restreint de « richesse » et de « prospérité » commence à s'imposer. Prévost utilise au cours de son récit les différentes acceptions du terme : il faut donc bien les différencier. \ **2.** *Vertus* : au sens premier : observance des règles de la religion, mais au XVIIIe siècle, c'est aussi la force par laquelle l'homme tend au bien et qui doit conduire au vrai bonheur. \ **3.** *Politesse* : culture, élégance et aisance en société qui caractérisent les gens de distinction. \ **4.** C'est la deuxième fois qu'Horace est cité. En effet dans sa *Satire VI* (livre II), il fait l'éloge des entretiens entre amis sur des sujets moraux. En ce qui concerne Boileau, poète français du XVIIe siècle, Prévost fait sans doute référence à l'*Épître VI* (« À M. de Lamoignon ») : « Lamoignon, nous irons libres d'inquiétude,/Discourir des vertus dont tu fais ton étude » (v. 153-154).

dont ils composent l'image d'une vie heureuse. Comment arrive-t-il donc qu'on tombe si facilement de ces hautes spéculations et qu'on se retrouve sitôt au niveau du commun des hommes ? Je suis trompé si la raison que je vais en apporter n'explique bien cette contradiction de nos idées et de notre conduite ; c'est que, tous les préceptes de la morale n'étant que des principes vagues et généraux, il est très difficile d'en faire une application particulière au détail des mœurs et des actions. Mettons la chose dans un exemple. Les âmes bien nées [1] sentent que la douceur et l'humanité sont des vertus aimables, et sont portées d'inclination à les pratiquer ; mais sont-elles au moment de l'exercice, elles demeurent souvent suspendues [2]. En est-ce réellement l'occasion ? Sait-on bien quelle en doit être la mesure ? Ne se trompe-t-on point sur l'objet ? Cent difficultés arrêtent. On craint de devenir dupe en voulant être bienfaisant et libéral [3] ; de passer pour faible en paraissant trop tendre et trop sensible ; en un mot, d'excéder ou de ne pas remplir assez des devoirs qui sont renfermés d'une manière trop obscure dans les notions générales d'humanité et de douceur. Dans cette incertitude, il n'y a que l'expérience ou l'exemple qui puisse déterminer raisonnablement le penchant du cœur. Or l'expérience n'est point un avantage qu'il soit libre à tout le monde de se donner ; elle dépend des situations différentes où l'on se trouve placé par la fortune. Il ne reste donc que l'exemple qui puisse servir de règle à quantité de personnes dans l'exercice de la vertu. C'est précisément pour cette sorte de lecteurs que des ouvrages tels que celui-ci peuvent être d'une extrême utilité, du moins lorsqu'ils sont écrits par une personne d'honneur et de bon sens. Chaque fait qu'on y rapporte est un degré de lumière [4], une instruction qui supplée à l'expérience ; chaque aventure est un modèle d'après lequel on peut se former ; il n'y manque que d'être ajusté aux circonstances où l'on

1. *Âmes bien nées* : personnes qui appartiennent à l'aristocratie, et dont le caractère noble et bon est en accord avec cette haute naissance. \ **2.** *Suspendues* : en suspens, sans pouvoir se décider. \ **3.** *Libéral* : qui sait disposer de son argent avec raison et jugement, en évitant d'être avare ou trop dépensier. \ **4.** *Lumière* : savoir et connaissance que procure la foi chrétienne, mais au cours du XVIIIe siècle, le terme désignera aussi la connaissance que procurent le raisonnement humain et l'expérience.

se trouve. L'ouvrage entier est un traité de morale, réduit agréablement en exercice.

Un lecteur sévère s'offensera peut-être de me voir reprendre la plume, à mon âge, pour écrire des aventures de fortune et d'amour ; mais, si la réflexion que je viens de faire est solide, elle me justifie ; si elle est fausse, mon erreur sera mon excuse.

Première partie

Je[1] suis obligé de faire remonter mon lecteur au temps de ma vie où je rencontrai pour la première fois le Chevalier Des Grieux. Ce fut environ six mois avant mon départ pour l'Espagne. Quoique je sortisse rarement de ma solitude, la complaisance que j'avais pour ma fille m'engageait quelquefois à divers petits voyages, que j'abrégeais autant qu'il m'était possible. Je revenais un jour de Rouen, où elle m'avait prié d'aller solliciter une affaire au Parlement de Normandie pour la succession de quelques terres auxquelles je lui avais laissé des prétentions du côté de mon grand-père maternel. Ayant repris mon chemin par Évreux, où je couchai la première nuit, j'arrivai le lendemain pour dîner à Pacy[2], qui en est éloigné de cinq ou six lieues. Je fus surpris en entrant dans ce bourg, d'y voir tous les habitants en alarme. Ils se précipitaient de leurs maisons pour courir en foule à la porte d'une mauvaise hôtellerie, devant laquelle étaient deux chariots couverts. Les chevaux, qui étaient encore attelés et qui paraissaient fumants de fatigue et de chaleur, marquaient que ces deux voitures ne faisaient qu'arriver. Je m'arrêtai un moment pour m'informer d'où venait le tumulte ; mais je tirai peu d'éclaircissement d'une populace curieuse, qui ne faisait nulle attention à mes demandes, et qui s'avançait toujours vers l'hôtellerie, en se poussant avec beaucoup de confusion. Enfin, un archer[3] revêtu d'une bandou-

TEXTE 9

1. *Je* : le personnage qui s'exprime ici à la première personne est l'homme de qualité (voir note 1, p. 7), autrement dit Renoncour, le narrateur des *Mémoires et aventures d'un homme de qualité.* \ **2.** *Pacy* : il s'agit de Pacy-sur-Eure qui se trouve à environ dix-huit kilomètres d'Évreux (cinq ou six lieues). \ **3.** *Archer* : corps de gardes particulier, créé en 1720, pour escorter en Amérique les convois de déportés, et qui portaient, comme Prévost le décrit ici, un uniforme spécial puisque leur bandoulière était bleue et ornée de fleurs de lys jaunes.

lière, et le mousquet sur l'épaule, ayant paru à la porte, je lui fis signe de la main de venir à moi. Je le priai de m'apprendre le sujet de ce désordre. Ce n'est rien, monsieur, me dit-il ; c'est une douzaine de filles de joie que je conduis, avec mes compagnons, jusqu'au Havre-de-Grâce[1], où nous les ferons embarquer pour l'Amérique. Il y en a quelques-unes de jolies, et c'est apparemment ce qui excite la curiosité de ces bons paysans. J'aurais passé après cette explication, si je n'eusse été arrêté par les exclamations d'une vieille femme qui sortait de l'hôtellerie en joignant les mains, et criant que c'était une chose barbare, une chose qui faisait horreur et compassion. De quoi s'agit-il donc ? lui dis-je. Ah ! monsieur, entrez, répondit-elle, et voyez si ce spectacle n'est pas capable de fendre le cœur ! La curiosité me fit descendre de mon cheval, que je laissai à mon palefrenier. J'entrai avec peine, en perçant la foule, et je vis, en effet, quelque chose d'assez touchant. Parmi les douze filles qui étaient enchaînées six par six par le milieu du corps, il y en avait une dont l'air et la figure étaient si peu conformes à sa condition, qu'en tout autre état je l'eusse prise pour une personne du premier rang. Sa tristesse et la saleté de son linge et de ses habits l'enlaidissaient si peu que sa vue m'inspira du respect et de la pitié. Elle tâchait néanmoins de se tourner, autant que sa chaîne pouvait le permettre, pour dérober son visage aux yeux des spectateurs. L'effort qu'elle faisait pour se cacher était si naturel, qu'il paraissait venir d'un sentiment de modestie. Comme les six gardes qui accompagnaient cette malheureuse bande étaient aussi dans la chambre, je pris le chef en particulier et je lui demandai quelques lumières sur le sort de cette belle fille. Il ne put m'en donner que de fort générales. Nous l'avons tirée de l'Hôpital[2], me dit-il, par ordre de M. le Lieutenant général de Police. Il n'y a pas d'apparence qu'elle y eût été renfermée pour ses bonnes actions. Je l'ai interrogée plusieurs fois sur la route, elle s'obstine à ne me rien répondre. Mais, quoique je n'aie pas reçu ordre de la ménager plus que les autres, je ne laisse pas d'avoir quelques égards pour elle, parce qu'il me semble qu'elle vaut un peu mieux que ses compagnes. Voilà

1. *Havre-de-Grâce* : si les déportés étaient le plus souvent embarqués à La Rochelle, ils l'étaient aussi au Havre. \ **2.** *Hôpital* : lieu de détention des filles débauchées et des prostituées, où elles étaient très durement traitées. Voir p. 168.

un jeune homme, ajouta l'archer, qui pourrait vous instruire mieux que moi sur la cause de sa disgrâce ; il l'a suivie depuis Paris, sans cesser presque un moment de pleurer. Il faut que ce soit son frère ou son amant [1]. Je me tournai vers le coin de la chambre où ce jeune homme était assis. Il paraissait enseveli dans une rêverie profonde. Je n'ai jamais vu de plus vive image de la douleur. Il était mis fort simplement ; mais on distingue, au premier coup d'œil, un homme qui a de la naissance et de l'éducation [2]. Je m'approchai de lui. Il se leva ; et je découvris dans ses yeux, dans sa figure et dans tous ses mouvements, un air si fin et si noble que je me sentis porté naturellement à lui vouloir du bien. Que je ne vous trouble point, lui dis-je, en m'asseyant près de lui. Voulez-vous bien satisfaire la curiosité que j'ai de connaître cette belle personne, qui ne me paraît point faite pour le triste état où je la vois ? Il me répondit honnêtement [3] qu'il ne pouvait m'apprendre qui elle était sans se faire connaître lui-même, et qu'il avait de fortes raisons pour souhaiter de demeurer inconnu. Je puis vous dire, néanmoins, ce que ces misérables n'ignorent point, continua-t-il en montrant les archers, c'est que je l'aime avec une passion si violente qu'elle me rend le plus infortuné de tous les hommes. J'ai tout employé, à Paris, pour obtenir sa liberté. Les sollicitations, l'adresse et la force ont été inutiles ; j'ai pris le parti de la suivre, dût-elle aller au bout du monde. Je m'embarquerai avec elle ; je passerai en Amérique. Mais ce qui est de la dernière inhumanité, ces lâches coquins, ajouta-t-il en parlant des archers, ne veulent pas me permettre d'approcher d'elle. Mon dessein était de les attaquer ouvertement, à quelques lieues de Paris. Je m'étais associé quatre hommes qui m'avaient promis leur secours pour une somme considérable. Les traîtres m'ont laissé seul aux mains et sont partis avec mon argent. L'impossibilité de réussir par la force m'a fait mettre les armes bas. J'ai proposé aux archers de me

---

1. *Amant* : au XVIIIe siècle, ce terme possède encore deux acceptions : il désigne soit celui qui est amoureux d'une femme, soit celui qui jouit de ses faveurs. Il en est de même pour le terme *maîtresse* qui apparaît un peu plus loin (voir p. 22). \ **2.** *Homme qui a de la naissance et de l'éducation* : homme noble de par ses origines (sa naissance) et son attitude (son éducation), chez lequel l'être et le paraître sont en parfait accord. \ **3.** *Honnêtement* : de manière civile et polie. Le qualificatif d'*honnêtes gens* (voir note 1, p. 80) désigne des gens nobles à tous les sens du terme.

permettre du moins de les suivre en leur offrant de les récompenser. Le désir du gain les y a fait consentir. Ils ont voulu être payés chaque fois qu'ils m'ont accordé la liberté de parler à ma maîtresse. Ma bourse s'est épuisée en peu de temps, et maintenant que je suis sans un sou, ils ont la barbarie de me repousser brutalement lorsque je fais un pas vers elle. Il n'y a qu'un instant qu'ayant osé m'en approcher malgré leurs menaces, ils ont eu l'insolence de lever contre moi le bout du fusil. Je suis obligé, pour satisfaire leur avarice et pour me mettre en état de continuer la route à pied, de vendre ici un mauvais cheval qui m'a servi jusqu'à présent de monture.

Quoiqu'il parût faire assez tranquillement ce récit, il laissa tomber quelques larmes en le finissant. Cette aventure me parut des plus extraordinaires et des plus touchantes. Je ne vous presse pas, lui dis-je, de me découvrir le secret de vos affaires, mais, si je puis vous être utile à quelque chose, je m'offre volontiers à vous rendre service. Hélas ! reprit-il, je ne vois pas le moindre jour à l'espérance. Il faut que je me soumette à toute la rigueur de mon sort. J'irai en Amérique. J'y serai du moins libre avec ce que j'aime [1]. J'ai écrit à un de mes amis qui me fera tenir quelque secours au Havre-de-Grâce. Je ne suis embarrassé que pour m'y conduire et pour procurer à cette pauvre créature, ajouta-t-il en regardant tristement sa maîtresse, quelque soulagement sur la route. Hé bien, lui dis-je, je vais finir votre embarras. Voici quelque argent que je vous prie d'accepter. Je suis fâché de ne pouvoir vous servir autrement. Je lui donnai quatre louis d'or [2], sans que les gardes s'en aperçussent, car je jugeais bien que, s'ils lui savaient cette somme, ils lui vendraient plus chèrement leurs secours. Il me vint même à l'esprit de faire marché avec eux pour obtenir au jeune amant la liberté de parler continuellement à sa maîtresse jusqu'au Havre. Je fis signe au chef de s'approcher, et je lui en fis la proposition. Il en parut honteux, malgré son effronterie. Ce n'est pas, monsieur, répondit-il d'un air embarrassé, que nous refusions de le laisser parler à cette fille, mais il voudrait être sans cesse auprès d'elle ; cela nous est incommode ;

1. *Ce que j'aime* : tournure que l'on trouvait plus élégante à l'époque pour dire « celle que j'aime ». \ **2.** *Quatre louis d'or* : pour les conversions en euros, ici et dans la suite du texte, on se reportera au tableau récapitulatif, p. 170.

il est bien juste qu'il paye pour l'incommodité. Voyons donc, lui dis-je, ce qu'il faudrait pour vous empêcher de la sentir. Il eut l'audace de me demander deux louis. Je les lui donnai sur-le-champ : Mais prenez garde, lui dis-je, qu'il ne vous échappe quelque friponnerie ; car je vais laisser mon adresse à ce jeune homme, afin qu'il puisse m'en informer, et comptez que j'aurai le pouvoir de vous faire punir. Il m'en coûta six louis d'or. La bonne grâce et la vive reconnaissance avec laquelle ce jeune inconnu me remercia, achevèrent de me persuader qu'il était né quelque chose, et qu'il méritait ma libéralité. Je dis quelques mots à sa maîtresse avant que de sortir. Elle me répondit avec une modestie si douce et si charmante, que je ne pus m'empêcher de faire, en sortant, mille réflexions sur le caractère incompréhensible des femmes.

Étant retourné à ma solitude, je ne fus point informé de la suite de cette aventure. Il se passa près de deux ans, qui me la firent oublier tout à fait, jusqu'à ce que le hasard me fit renaître l'occasion d'en apprendre à fond toutes les circonstances. J'arrivais de Londres à Calais, avec le Marquis de..., mon élève[1]. Nous logeâmes, si je m'en souviens bien, au *Lion d'Or*, où quelques raisons nous obligèrent de passer le jour entier et la nuit suivante. En marchant l'après-midi dans les rues je crus apercevoir ce même jeune homme dont j'avais fait la rencontre à Pacy. Il était en fort mauvais équipage, et beaucoup plus pâle que je ne l'avais vu la première fois. Il portait sur le bras un vieux portemanteau[2], ne faisant qu'arriver dans la ville. Cependant, comme il avait la physionomie trop belle pour n'être pas reconnu facilement, je le remis aussitôt. Il faut, dis-je au marquis, que nous abordions ce jeune homme. Sa joie fut plus vive que toute expression, lorsqu'il m'eut remis à son tour. Ah ! Monsieur, s'écria-t-il en me baisant la main[3], je puis donc encore une fois vous marquer mon immortelle reconnaissance ! Je lui demandai d'où il venait. Il me répondit qu'il arrivait,

1. *Le marquis de...* : le jeune marquis de Rosemont accompagne Renoncour et pourra profiter de la leçon que lui offre Des Grieux en faisant le récit de sa vie. Des Grieux s'adresse donc à deux narrataires. \ **2.** *Portemanteau* : morceau d'étoffe assez grand, servant de valise, et qu'on mettait sur la croupe du cheval. \ **3.** *Me baisant la main* : simple marque de respect et de déférence en usage à l'époque, aussi bien envers les hommes qu'envers les femmes.

par mer, du Havre-de-Grâce, où il était revenu de l'Amérique peu auparavant. Vous ne me paraissez pas fort bien en argent, lui dis-je. Allez-vous-en au *Lion d'Or*, où je suis logé. Je vous rejoindrai dans un moment. J'y retournai en effet, plein d'impatience d'apprendre le détail de son infortune et les circonstances de son voyage d'Amérique. Je lui fis mille caresses, et j'ordonnai qu'on ne le laissât manquer de rien. Il n'attendit point que je le pressasse de me raconter l'histoire de sa vie. Monsieur, me dit-il, vous en usez si noblement avec moi, que je me reprocherais, comme une basse ingratitude, d'avoir quelque chose de réservé pour vous. Je veux vous apprendre, non seulement mes malheurs et mes peines, mais encore mes désordres et mes plus honteuses faiblesses. Je suis sûr qu'en me condamnant, vous ne pourrez pas vous empêcher de me plaindre.

Je dois avertir ici le lecteur que j'écrivis son histoire presque aussitôt après l'avoir entendue, et qu'on peut s'assurer, par conséquent, que rien n'est plus exact et plus fidèle que cette narration. Je dis fidèle jusque dans la relation des réflexions et des sentiments que le jeune aventurier exprimait de la meilleure grâce du monde. Voici donc son récit, auquel je ne mêlerai, jusqu'à la fin, rien qui ne soit de lui.

TEXTE 10

J'avais dix-sept ans, et j'achevais mes études de philosophie à Amiens, où mes parents, qui sont d'une des meilleures maisons de P..., m'avaient envoyé. Je menais une vie si sage et si réglée, que mes maîtres me proposaient pour l'exemple du collège. Non que je fisse des efforts extraordinaires pour mériter cet éloge, mais j'ai l'humeur naturellement douce et tranquille : je m'appliquais à l'étude par inclination, et l'on me comptait pour des vertus quelques marques d'aversion naturelle pour le vice. Ma naissance, le succès de mes études et quelques agréments extérieurs m'avaient fait connaître et estimer de tous les honnêtes gens de la ville. J'achevai mes exercices publics [1] avec une approbation si générale, que Monsieur l'Évêque, qui y assistait, me proposa d'entrer

1. *Exercices publics* : soutenances de thèses et discussions face à des maîtres, mais aussi face à toute la bonne société, qui venait assister à ce genre de spectacle marquant la fin de l'année scolaire (année scolastique).

dans l'état ecclésiastique, où je ne manquerais pas, disait-il, de m'attirer plus de distinction que dans l'ordre de Malte[1], auquel mes parents me destinaient. Ils me faisaient déjà porter la croix, avec le nom de Chevalier Des Grieux. Les vacances arrivant, je me préparais à retourner chez mon père, qui m'avait promis de m'envoyer bientôt à l'Académie[2]. Mon seul regret, en quittant Amiens, était d'y laisser un ami avec lequel j'avais toujours été tendrement uni. Il était de quelques années plus âgé que moi. Nous avions été élevés ensemble, mais le bien de sa maison étant des plus médiocres, il était obligé de prendre l'état ecclésiastique, et de demeurer à Amiens après moi, pour y faire les études qui conviennent à cette profession. Il avait mille bonnes qualités. Vous le connaîtrez par les meilleures dans la suite de mon histoire, et surtout, par un zèle et une générosité en amitié qui surpassent les plus célèbres exemples de l'Antiquité. Si j'eusse alors suivi ses conseils, j'aurais toujours été sage et heureux. Si j'avais, du moins, profité de ses reproches dans le précipice où mes passions m'ont entraîné, j'aurais sauvé quelque chose du naufrage de ma fortune et de ma réputation. Mais il n'a point recueilli d'autre fruit de ses soins que le chagrin de les voir inutiles et, quelquefois, durement récompensés par un ingrat qui s'en offensait, et qui les traitait d'importunités.

J'avais marqué le temps de mon départ d'Amiens. Hélas ! que ne le marquais-je un jour plus tôt ! j'aurais porté chez mon père toute mon innocence. La veille même de celui que je devais quitter cette ville, étant à me promener avec mon ami, qui s'appelait Tiberge, nous vîmes arriver le coche[3] d'Arras, et nous le suivîmes jusqu'à l'hôtellerie où ces voitures descendent. Nous n'avions pas d'autre motif que la curiosité. Il en sortit quelques femmes, qui se retirèrent aussitôt. Mais il en resta une, fort jeune, qui s'arrêta seule dans la cour, pendant qu'un homme d'un âge avancé, qui paraissait lui servir de conducteur, s'empressait pour faire tirer son équipage des

1. *Ordre de Malte* : ordre religieux réservé aux jeunes cadets de bonne famille (voir p. 172). \ **2.** *Académie* : lieu réservé aux fils de la noblesse, où ils apprenaient à monter à cheval et à tirer l'épée, mais aussi à danser et à faire de la musique. \ **3.** *Coche* : voiture assez lente et peu onéreuse, pouvant transporter une dizaine de personnes.

paniers[1]. Elle me parut si charmante[2] que moi, qui n'avais jamais pensé à la différence des sexes, ni regardé une fille avec un peu d'attention, moi, dis-je, dont tout le monde admirait la sagesse et la retenue, je me trouvai enflammé tout d'un coup jusqu'au transport[3]. J'avais le défaut d'être excessivement timide et facile à déconcerter; mais loin d'être arrêté alors par cette faiblesse, je m'avançai vers la maîtresse de mon cœur. Quoiqu'elle fût encore moins âgée que moi, elle reçut mes politesses sans paraître embarrassée. Je lui demandai ce qui l'amenait à Amiens et si elle y avait quelques personnes de connaissance. Elle me répondit ingénument qu'elle y était envoyée par ses parents pour être religieuse. L'amour me rendait déjà si éclairé, depuis un moment qu'il était dans mon cœur, que je regardai ce dessein comme un coup mortel pour mes désirs. Je lui parlai d'une manière qui lui fit comprendre mes sentiments, car elle était bien plus expérimentée que moi. C'était malgré elle qu'on l'envoyait au couvent, pour arrêter sans doute son penchant au plaisir, qui s'était déjà déclaré et qui a causé, dans la suite, tous ses malheurs et les miens. Je combattis la cruelle intention de ses parents par toutes les raisons que mon amour naissant et mon éloquence scolastique purent me suggérer. Elle n'affecta ni rigueur ni dédain. Elle me dit, après un moment de silence, qu'elle ne prévoyait que trop qu'elle allait être malheureuse, mais que c'était apparemment la volonté du Ciel, puisqu'il ne lui laissait nul moyen de l'éviter. La douceur de ses regards, un air charmant de tristesse en prononçant ces paroles, ou plutôt, l'ascendant[4] de ma destinée qui m'entraînait à ma perte, ne me permirent pas de balancer un moment sur ma réponse. Je l'assurai que, si elle voulait faire quelque fond sur mon honneur et sur la tendresse infinie qu'elle m'inspirait déjà, j'emploierais ma vie pour la délivrer de la tyrannie de ses parents, et pour la rendre heureuse.

1. *Paniers* : sortes de grands coffres qui servaient de caisses à bagages. \ 2. *Charmante* : au sens antique de « rendu dangereux et irrésistible au moyen de pratiques magiques » se superpose ce qui commençait à devenir l'acception dominante, mais affaiblie, du terme : le fait d'être séduisant. \ 3. *Transport* : exaltation et agitation générales, produites essentiellement par le sentiment amoureux. \ 4. *Ascendant* : terme à prendre au sens astrologique, et très en vogue à l'époque où le jansénisme marquait les esprits par la théorie de la prédestination (voir p. 172).

Je me suis étonné mille fois, en y réfléchissant, d'où me venait alors tant de hardiesse et de facilité à m'exprimer ; mais on ne ferait pas une divinité de l'Amour, s'il n'opérait souvent des prodiges. J'ajoutai mille choses pressantes. Ma belle inconnue savait bien qu'on n'est point trompeur à mon âge ; elle me confessa que, si je voyais quelque jour à la pouvoir mettre en liberté, elle croirait m'être redevable de quelque chose de plus cher que la vie. Je lui répétai que j'étais prêt à tout entreprendre, mais, n'ayant point assez d'expérience pour imaginer tout d'un coup les moyens de la servir, je m'en tenais à cette assurance générale, qui ne pouvait être d'un grand secours pour elle et pour moi. Son vieil Argus[1] étant venu nous rejoindre, mes espérances allaient échouer si elle n'eût eu assez d'esprit pour suppléer à la stérilité du mien. Je fus surpris, à l'arrivée de son conducteur, qu'elle m'appelât son cousin et que, sans paraître déconcertée le moins du monde, elle me dît que, puisqu'elle était assez heureuse pour me rencontrer à Amiens, elle remettait au lendemain son entrée dans le couvent, afin de se procurer le plaisir de souper avec moi. J'entrai fort bien dans le sens de cette ruse. Je lui proposai de se loger dans une hôtellerie, dont le maître, qui s'était établi à Amiens, après avoir été longtemps cocher de mon père, était dévoué entièrement à mes ordres. Je l'y conduisis moi-même, tandis que le vieux conducteur paraissait un peu murmurer, et que mon ami Tiberge, qui ne comprenait rien à cette scène, me suivait sans prononcer une parole. Il n'avait point entendu notre entretien. Il était demeuré à se promener dans la cour pendant que je parlais d'amour à ma belle maîtresse. Comme je redoutais sa sagesse, je me défis de lui par une commission dont je le priai de se charger. Ainsi j'eus le plaisir, en arrivant à l'auberge, d'entretenir seul la souveraine de mon cœur. Je reconnus bientôt que j'étais moins enfant que je ne le croyais. Mon cœur s'ouvrit à mille sentiments de plaisir dont je n'avais jamais eu l'idée. Une douce chaleur se répandit dans toutes mes veines. J'étais dans une espèce de transport, qui m'ôta pour quelque temps la liberté de la voix et qui ne s'exprimait que par

1. *Argus* : dans la mythologie grecque, géant aux cent yeux, dont cinquante restaient ouverts en permanence. Il fut chargé par Héra, jalouse, de surveiller Io (mais il faillit à sa charge).

mes yeux. Mademoiselle[1] Manon Lescaut, c'est ainsi qu'elle me dit qu'on la nommait, parut fort satisfaite de cet effet de ses charmes. Je crus apercevoir qu'elle n'était pas moins émue que moi. Elle me confessa qu'elle me trouvait aimable et qu'elle serait ravie de m'avoir obligation de sa liberté. Elle voulut savoir qui j'étais, et cette connaissance augmenta son affection, parce qu'étant d'une naissance commune[2], elle se trouva flattée d'avoir fait la conquête d'un amant tel que moi. Nous nous entretînmes des moyens d'être l'un à l'autre. Après quantité de réflexions, nous ne trouvâmes point d'autre voie que celle de la fuite. Il fallait tromper la vigilance du conducteur, qui était un homme à ménager, quoiqu'il ne fût qu'un domestique[3]. Nous réglâmes que je ferais préparer pendant la nuit une chaise de poste[4], et que je reviendrais de grand matin à l'auberge avant qu'il fût éveillé; que nous nous déroberions secrètement, et que nous irions droit à Paris, où nous nous ferions marier en arrivant. J'avais environ cinquante écus, qui étaient le fruit de mes petites épargnes; elle en avait à peu près le double. Nous nous imaginâmes, comme des enfants sans expérience, que cette somme ne finirait jamais, et nous ne comptâmes pas moins sur le succès de nos autres mesures.

Après avoir soupé avec plus de satisfaction que je n'en avais jamais ressenti, je me retirai pour exécuter notre projet. Mes arrangements furent d'autant plus faciles, qu'ayant eu dessein de retourner le lendemain chez mon père, mon petit équipage était déjà préparé. Je n'eus donc nulle peine à faire transporter ma malle, et à faire tenir une chaise prête pour cinq heures du matin, qui étaient le temps où les portes de la ville devaient être ouvertes; mais je trouvai un obstacle dont je ne me défiais point, et qui faillit de rompre entièrement mon dessein.

1. *Mademoiselle*: terme désignant toute jeune fille, alors que, jusqu'au XVIIe siècle, il était réservé aux filles nobles ou aux femmes mariées de la bourgeoisie. \ **2.** *Naissance commune*: origine bourgeoise plutôt médiocre (l'édition de 1731 disait « d'assez bonne naissance » : cette variante montre la volonté de Prévost de moins choquer les lecteurs appartenant à l'élite sociale). \ **3.** *Domestique*: serviteur faisant partie de la famille. Le terme n'a ici aucune connotation péjorative. \ **4.** *Chaise de poste*: voiture beaucoup plus rapide que le coche : elle ne comporte qu'une ou deux places.

Tiberge, quoique âgé seulement de trois ans plus que moi, était un garçon d'un sens mûr et d'une conduite fort réglée. Il m'aimait avec une tendresse extraordinaire. La vue d'une aussi jolie fille que Mademoiselle Manon, mon empressement à la conduire, et le soin que j'avais eu de me défaire de lui en l'éloignant, lui firent naître quelques soupçons de mon amour. Il n'avait osé revenir à l'auberge, où il m'avait laissé, de peur de m'offenser par son retour; mais il était allé m'attendre à mon logis, où je le trouvai en arrivant, quoiqu'il fût dix heures du soir. Sa présence me chagrina. Il s'aperçut facilement de la contrainte qu'elle me causait. Je suis sûr, me dit-il sans déguisement, que vous méditez quelque dessein que vous me voulez cacher; je le vois à votre air. Je lui répondis assez brusquement que je n'étais pas obligé de lui rendre compte de tous mes desseins. Non, reprit-il, mais vous m'avez toujours traité en ami, et cette qualité suppose un peu de confiance et d'ouverture. Il me pressa si fort et si longtemps de lui découvrir mon secret, que, n'ayant jamais eu de réserve avec lui, je lui fis l'entière confidence de ma passion. Il la reçut avec une apparence de mécontentement qui me fit frémir. Je me repentis surtout de l'indiscrétion avec laquelle je lui avais découvert le dessein de ma fuite. Il me dit qu'il était trop parfaitement mon ami pour ne pas s'y opposer de tout son pouvoir; qu'il voulait me représenter d'abord tout ce qu'il croyait capable de m'en détourner, mais que, si je ne renonçais pas ensuite à cette misérable résolution, il avertirait des personnes qui pourraient l'arrêter à coup sûr. Il me tint là-dessus un discours sérieux qui dura plus d'un quart d'heure, et qui finit encore par la menace de me dénoncer, si je ne lui donnais ma parole de me conduire avec plus de sagesse et de raison. J'étais au désespoir de m'être trahi si mal à propos. Cependant, l'amour m'ayant ouvert extrêmement l'esprit depuis deux ou trois heures, je fis attention que je ne lui avais pas découvert que mon dessein devait s'exécuter le lendemain, et je résolus de le tromper à la faveur d'une équivoque[1]: Tiberge, lui dis-je, j'ai cru jusqu'à présent que vous

1. *Équivoque*: utilisation ambiguë du langage permettant de faire accroire une chose fausse sans réellement mentir, puisque celui à qui le propos est destiné ne comprend pas la même chose que celui qui l'énonce.

étiez mon ami, et j'ai voulu vous éprouver par cette confidence. Il est vrai que j'aime, je ne vous ai pas trompé, mais, pour ce qui regarde ma fuite, ce n'est point une entreprise à former au hasard. Venez me prendre demain à neuf heures, je vous ferai voir, s'il se peut, ma maîtresse, et vous jugerez si elle mérite que je fasse cette démarche pour elle. Il me laissa seul, après mille protestations d'amitié. J'employai la nuit à mettre ordre à mes affaires, et m'étant rendu à l'hôtellerie de Mademoiselle Manon vers la pointe du jour, je la trouvai qui m'attendait. Elle était à sa fenêtre, qui donnait sur la rue, de sorte que, m'ayant aperçu, elle vint m'ouvrir elle-même. Nous sortîmes sans bruit. Elle n'avait point d'autre équipage que son linge, dont je me chargeai moi-même. La chaise était en état de partir; nous nous éloignâmes aussitôt de la ville. Je rapporterai, dans la suite, quelle fut la conduite de Tiberge, lorsqu'il s'aperçut que je l'avais trompé. Son zèle n'en devint pas moins ardent. Vous verrez à quel excès il le porta, et combien je devrais verser de larmes en songeant quelle en a toujours été la récompense.

Nous nous hâtâmes tellement d'avancer, que nous arrivâmes à Saint-Denis avant la nuit. J'avais couru à cheval à côté de la chaise, ce qui ne nous avait guère permis de nous entretenir qu'en changeant de chevaux; mais lorsque nous nous vîmes si proche de Paris, c'est-à-dire presque en sûreté, nous prîmes le temps de nous rafraîchir, n'ayant rien mangé depuis notre départ d'Amiens. Quelque passionné que je fusse pour Manon, elle sut me persuader qu'elle ne l'était pas moins pour moi. Nous étions si peu réservés dans nos caresses, que nous n'avions pas la patience d'attendre que nous fussions seuls. Nos postillons [1] et nos hôtes nous regardaient avec admiration, et je remarquais qu'ils étaient surpris de voir deux enfants de notre âge, qui paraissaient s'aimer jusqu'à la fureur. Nos projets de mariage furent oubliés à Saint-Denis; nous fraudâmes les droits de l'Église, et nous nous trouvâmes époux sans y avoir fait réflexion. Il est sûr que, du naturel tendre et constant dont je suis, j'étais heureux pour toute ma vie, si Manon m'eût été fidèle. Plus je la connaissais, plus je découvrais en elle de nouvelles qualités

1. *Postillons* : valets de poste montés sur les chevaux de devant d'un attelage et le dirigeant.

aimables. Son esprit, son cœur, sa douceur et sa beauté formaient une chaîne si forte et si charmante, que j'aurais mis tout mon bonheur à n'en sortir jamais. Terrible changement ! Ce qui fait mon désespoir a pu faire ma félicité. Je me trouve le plus malheureux de tous les hommes, par cette même constance dont je devais attendre le plus doux de tous les sorts, et les plus parfaites récompenses de l'amour.

Nous prîmes un appartement meublé à Paris. Ce fut dans la rue V...[1] et, pour mon malheur, auprès de la maison de M. de B..., célèbre fermier général[2]. Trois semaines se passèrent, pendant lesquelles j'avais été si rempli de ma passion que j'avais peu songé à ma famille et au chagrin que mon père avait dû ressentir de mon absence. Cependant, comme la débauche n'avait nulle part à ma conduite, et que Manon se comportait aussi avec beaucoup de retenue, la tranquillité où nous vivions servit à me faire rappeler peu à peu l'idée de mon devoir. Je résolus de me réconcilier, s'il était possible, avec mon père. Ma maîtresse était si aimable que je ne doutai point qu'elle ne pût lui plaire, si je trouvais moyen de lui faire connaître sa sagesse et son mérite : en un mot, je me flattai d'obtenir de lui la liberté de l'épouser, ayant été désabusé de l'espérance de le pouvoir sans son consentement. Je communiquai ce projet à Manon, et je lui fis entendre qu'outre les motifs de l'amour et du devoir, celui de la nécessité pouvait y entrer aussi pour quelque chose, car nos fonds étaient extrêmement altérés, et je commençais à revenir de l'opinion qu'ils étaient inépuisables. Manon reçut froidement cette proposition. Cependant, les difficultés qu'elle y opposa n'étant prises que de sa tendresse même et de la crainte de me perdre, si mon père n'entrait point dans notre dessein après avoir connu le lieu de notre retraite, je n'eus pas le moindre soupçon du coup cruel qu'on se préparait à me porter. À l'objection de la nécessité, elle répondit qu'il nous restait encore de quoi vivre quelques semaines, et qu'elle trouverait, après cela, des ressources dans l'affection de quelques

1. *Rue V...* : vraisemblablement la rue Vivienne, qui était à la mode à cette époque, et où résidaient de nombreux financiers et grands seigneurs. \ 2. *Fermier général* : financier, appelé aussi « partisan » (voir p. 93), chargé du recouvrement de l'impôt. Il en payait d'avance le montant au Trésor royal et le percevait ensuite auprès du tiers état, sans oublier de se rembourser largement.

parents à qui elle écrirait en province. Elle adoucit son refus par des caresses si tendres et si passionnées, que moi, qui ne vivais que dans elle, et qui n'avais pas la moindre défiance de son cœur, j'applaudis à toutes ses réponses et à toutes ses résolutions. Je lui avais laissé la disposition de notre bourse, et le soin de payer notre dépense ordinaire. Je m'aperçus, peu après, que notre table était mieux servie, et qu'elle s'était donné quelques ajustements[1] d'un prix considérable. Comme je n'ignorais pas qu'il devait nous rester à peine douze ou quinze pistoles, je lui marquai mon étonnement de cette augmentation apparente de notre opulence. Elle me pria, en riant, d'être sans embarras. Ne vous ai-je pas promis, me dit-elle, que je trouverais des ressources ? Je l'aimais avec trop de simplicité pour m'alarmer facilement.

Un jour que j'étais sorti l'après-midi, et que je l'avais avertie que je serais dehors plus longtemps qu'à l'ordinaire, je fus étonné qu'à mon retour on me fît attendre deux ou trois minutes à la porte. Nous n'étions servis que par une petite fille[2] qui était à peu près de notre âge. Étant venue m'ouvrir[3], je lui demandai pourquoi elle avait tardé si longtemps. Elle me répondit, d'un air embarrassé, qu'elle ne m'avait point entendu frapper. Je n'avais frappé qu'une fois ; je lui dis : Mais, si vous ne m'avez pas entendu, pourquoi êtes-vous donc venue m'ouvrir ? Cette question la déconcerta si fort, que, n'ayant point assez de présence d'esprit pour y répondre, elle se mit à pleurer, en m'assurant que ce n'était point sa faute, et que Madame lui avait défendu d'ouvrir la porte jusqu'à ce que M. de B... fût sorti par l'autre escalier, qui répondait au cabinet. Je demeurai si confus, que je n'eus point la force d'entrer dans l'appartement. Je pris le parti de descendre sous prétexte d'une affaire, et j'ordonnai à cet enfant de dire à sa maîtresse que je retournerais dans le moment, mais de ne pas faire connaître qu'elle m'eût parlé de M. de B...

Ma consternation fut si grande, que je versais des larmes en descendant l'escalier, sans savoir encore de quel sentiment elles partaient. J'entrai dans le premier café et m'y étant assis près d'une

1. *Ajustements* : vêtements et parures. \ 2. *Petite fille* : jeune servante. \ 3. Cette construction grammaticale, qui paraît incorrecte aujourd'hui car le sujet de la subordonnée (la petite fille) n'est pas celui de la principale (Des Grieux), était admise à l'époque de Prévost.

table, j'appuyai la tête sur mes deux mains pour y développer ce qui se passait dans mon cœur. Je n'osais rappeler ce que je venais d'entendre. Je voulais le considérer comme une illusion, et je fus prêt deux ou trois fois de retourner au logis, sans marquer que j'y eusse fait attention. Il me paraissait si impossible que Manon m'eût trahi, que je craignais de lui faire injure en la soupçonnant. Je l'adorais[1], cela était sûr ; je ne lui avais pas donné plus de preuves d'amour que je n'en avais reçu d'elle ; pourquoi l'aurais-je accusée d'être moins sincère et moins constante que moi ? Quelle raison aurait-elle eue de me tromper ? Il n'y avait que trois heures qu'elle m'avait accablé de ses plus tendres caresses et qu'elle avait reçu les miennes avec transport ; je ne connaissais pas mieux mon cœur que le sien. Non, non, repris-je, il n'est pas possible que Manon me trahisse. Elle n'ignore pas que je ne vis que pour elle. Elle sait trop bien que je l'adore. Ce n'est pas là un sujet de me haïr.

Cependant la visite et la sortie furtive de M. de B... me causaient de l'embarras. Je rappelais aussi les petites acquisitions de Manon, qui me semblaient surpasser nos richesses présentes. Cela paraissait sentir les libéralités d'un nouvel amant. Et cette confiance qu'elle m'avait marquée pour des ressources qui m'étaient inconnues ! J'avais peine à donner à tant d'énigmes un sens aussi favorable que mon cœur le souhaitait. D'un autre côté, je ne l'avais presque pas perdue de vue depuis que nous étions à Paris. Occupations, promenades, divertissements, nous avions toujours été l'un à côté de l'autre ; mon Dieu ! un instant de séparation nous aurait trop affligés. Il fallait nous dire sans cesse que nous nous aimions ; nous serions morts d'inquiétude sans cela. Je ne pouvais donc m'imaginer presque un seul moment où Manon pût s'être occupée d'un autre que moi. À la fin, je crus avoir trouvé le dénouement de ce mystère. M. de B..., dis-je en moi-même, est un homme qui fait de grosses affaires, et qui a de grandes relations ; les parents de Manon se seront servis de cet homme pour lui faire tenir quelque argent. Elle en a peut-être déjà reçu de lui ; il est venu aujourd'hui lui en apporter encore. Elle s'est fait sans doute un jeu de me le cacher, pour me

1. *Je l'adorais* : expression hyperbolique, car le verbe *adorer* ne peut normalement être employé que pour une divinité.

surprendre agréablement. Peut-être m'en aurait-elle parlé si j'étais rentré à l'ordinaire, au lieu de venir ici m'affliger; elle ne me le cachera pas, du moins, lorsque je lui en parlerai moi-même.

Je me remplis si fortement de cette opinion, qu'elle eut la force de diminuer beaucoup ma tristesse. Je retournai sur-le-champ au logis. J'embrassai Manon avec ma tendresse ordinaire. Elle me reçut fort bien. J'étais tenté d'abord de lui découvrir mes conjectures, que je regardais plus que jamais comme certaines; je me retins, dans l'espérance qu'il lui arriverait peut-être de me prévenir[1], en m'apprenant tout ce qui s'était passé. On nous servit à souper. Je me mis à table d'un air fort gai; mais à la lumière de la chandelle qui était entre elle et moi, je crus apercevoir de la tristesse sur le visage et dans les yeux de ma chère maîtresse. Cette pensée m'en inspira aussi. Je remarquai que ses regards s'attachaient sur moi d'une autre façon qu'ils n'avaient accoutumé. Je ne pouvais démêler si c'était de l'amour ou de la compassion, quoiqu'il me parût que c'était un sentiment doux et languissant. Je la regardai avec la même attention; et peut-être n'avait-elle pas moins de peine à juger de la situation de mon cœur par mes regards. Nous ne pensions ni à parler, ni à manger. Enfin, je vis tomber des larmes de ses beaux yeux: perfides larmes! Ah Dieux! m'écriai-je, vous pleurez, ma chère Manon; vous êtes affligée jusqu'à pleurer, et vous ne me dites pas un seul mot de vos peines. Elle ne me répondit que par quelques soupirs qui augmentèrent mon inquiétude. Je me levai en tremblant. Je la conjurai, avec tous les empressements de l'amour, de me découvrir le sujet de ses pleurs; j'en versai moi-même en essuyant les siens; j'étais plus mort que vif. Un barbare aurait été attendri des témoignages de ma douleur et de ma crainte. Dans le temps que j'étais ainsi tout occupé d'elle, j'entendis le bruit de plusieurs personnes qui montaient l'escalier. On frappa doucement à la porte. Manon me donna un baiser, et s'échappant de mes bras, elle entra rapidement dans le cabinet[2], qu'elle ferma aussitôt sur elle. Je me figurai qu'étant un peu en désordre, elle voulait se cacher aux yeux des étrangers qui avaient frappé. J'allai

1. *Me prévenir*: me devancer. \ **2.** *Cabinet*: petite pièce retirée dépendant d'une plus grande, et aux usages multiples (étude, toilette, rêverie...).

leur ouvrir moi-même. À peine avais-je ouvert, que je me vis saisir par trois hommes, que je reconnus pour les laquais de mon père. Ils ne me firent point de violence ; mais deux d'entre eux m'ayant pris par le bras, le troisième visita mes poches, dont il tira un petit couteau qui était le seul fer[1] que j'eusse sur moi. Ils me demandèrent pardon de la nécessité où ils étaient de me manquer de respect ; ils me dirent naturellement qu'ils agissaient par l'ordre de mon père, et que mon frère aîné m'attendait en bas dans un carrosse. J'étais si troublé, que je me laissai conduire sans résister et sans répondre. Mon frère était effectivement à m'attendre. On me mit dans le carrosse, auprès de lui, et le cocher, qui avait ses ordres, nous conduisit à grand train jusqu'à Saint-Denis. Mon frère m'embrassa tendrement, mais il ne me parla point, de sorte que j'eus tout le loisir dont j'avais besoin, pour rêver à mon infortune.

J'y trouvai d'abord tant d'obscurité que je ne voyais pas de jour à la moindre conjecture. J'étais trahi cruellement. Mais par qui ? Tiberge fut le premier qui me vint à l'esprit. Traître ! disais-je, c'est fait de ta vie si mes soupçons se trouvent justes. Cependant je fis réflexion qu'il ignorait le lieu de ma demeure, et qu'on ne pouvait, par conséquent, l'avoir appris de lui. Accuser Manon, c'est de quoi mon cœur n'osait se rendre coupable. Cette tristesse extraordinaire dont je l'avais vue comme accablée, ses larmes, le tendre baiser qu'elle m'avait donné en se retirant, me paraissaient bien une énigme ; mais je me sentais porté à l'expliquer comme un pressentiment de notre malheur commun, et dans le temps que je me désespérais de l'accident qui m'arrachait à elle, j'avais la crédulité de m'imaginer qu'elle était encore plus à plaindre que moi. Le résultat de ma méditation fut de me persuader que j'avais été aperçu dans les rues de Paris par quelques personnes de connaissance, qui en avaient donné avis à mon père. Cette pensée me consola. Je comptais d'en être quitte pour des reproches ou pour quelques mauvais traitements, qu'il me faudrait essuyer de l'autorité paternelle. Je résolus de les souffrir avec patience, et de promettre tout ce qu'on exigerait de moi, pour me faciliter

1. *Fer* : arme blanche, épée ou poignard.

l'occasion de retourner plus promptement à Paris, et d'aller rendre la vie et la joie à ma chère Manon.

Nous arrivâmes, en peu de temps, à Saint-Denis. Mon frère, surpris de mon silence, s'imagina que c'était un effet de ma crainte. Il entreprit de me consoler, en m'assurant que je n'avais rien à redouter de la sévérité de mon père, pourvu que je fusse disposé à rentrer doucement dans le devoir, et à mériter l'affection qu'il avait pour moi. Il me fit passer la nuit à Saint-Denis, avec la précaution de faire coucher les trois laquais dans ma chambre. Ce qui me causa une peine sensible, fut de me voir dans la même hôtellerie où je m'étais arrêté avec Manon, en venant d'Amiens à Paris. L'hôte et les domestiques me reconnurent, et devinèrent en même temps la vérité de mon histoire. J'entendis dire à l'hôte : Ah ! c'est ce joli monsieur qui passait, il y a six semaines, avec une petite demoiselle qu'il aimait si fort. Qu'elle était charmante ! Les pauvres enfants, comme ils se caressaient ! Pardi, c'est dommage qu'on les ait séparés. Je feignais de ne rien entendre, et je me laissais voir le moins qu'il m'était possible. Mon frère avait, à Saint-Denis, une chaise à deux [1], dans laquelle nous partîmes de grand matin, et nous arrivâmes chez nous le lendemain au soir. Il vit mon père avant moi, pour le prévenir en ma faveur en lui apprenant avec quelle douceur je m'étais laissé conduire, de sorte que j'en fus reçu moins durement que je ne m'y étais attendu. Il se contenta de me faire quelques reproches généraux sur la faute que j'avais commise en m'absentant sans sa permission. Pour ce qui regardait ma maîtresse, il me dit que j'avais bien mérité ce qui venait de m'arriver, en me livrant à une inconnue ; qu'il avait eu meilleure opinion de ma prudence, mais qu'il espérait que cette petite aventure me rendrait plus sage. Je ne pris ce discours que dans le sens qui s'accordait avec mes idées. Je remerciai mon père de la bonté qu'il avait de me pardonner, et je lui promis de prendre une conduite plus soumise et plus réglée. Je triomphais au fond du cœur car de la manière dont les choses s'arrangeaient, je ne doutais point que je n'eusse la liberté de me dérober de la maison, même avant la fin de la nuit.

1. *Une chaise à deux* : chaise de poste ; voir note 4, p. 20.

On se mit à table pour souper; on me railla sur ma conquête d'Amiens, et sur ma fuite avec cette fidèle maîtresse. Je reçus les coups de bonne grâce. J'étais même charmé qu'il me fût permis de m'entretenir de ce qui m'occupait continuellement l'esprit. Mais quelques mots lâchés par mon père me firent prêter l'oreille avec la dernière attention: il parla de perfidie et de service intéressé, rendu par Monsieur B... Je demeurai interdit en lui entendant prononcer ce nom, et je le priai humblement de s'expliquer davantage. Il se tourna vers mon frère, pour lui demander s'il ne m'avait pas raconté toute l'histoire. Mon frère lui répondit que je lui avais paru si tranquille sur la route, qu'il n'avait pas cru que j'eusse besoin de ce remède pour me guérir de ma folie. Je remarquai que mon père balançait s'il achèverait de s'expliquer. Je l'en suppliai si instamment qu'il me satisfit, ou plutôt, qu'il m'assassina cruellement par le plus horrible de tous les récits.

Il me demanda d'abord si j'avais toujours eu la simplicité de croire que je fusse aimé de ma maîtresse. Je lui dis hardiment que j'en étais si sûr que rien ne pouvait m'en donner la moindre défiance. Ha! ha! ha! s'écria-t-il en riant de toute sa force, cela est excellent! Tu es une jolie dupe, et j'aime à te voir dans ces sentiments-là. C'est grand dommage, mon pauvre Chevalier, de te faire entrer dans l'ordre de Malte, puisque tu as tant de disposition à faire un mari patient et commode. Il ajouta mille railleries de cette force, sur ce qu'il appelait ma sottise et ma crédulité. Enfin, comme je demeurais dans le silence, il continua de me dire que, suivant le calcul qu'il pouvait faire du temps depuis mon départ d'Amiens, Manon m'avait aimé environ douze jours: car, ajouta-t-il, je sais que tu partis d'Amiens le 28, de l'autre mois; nous sommes au 29 du présent; il y en a onze que Monsieur B... m'a écrit; je suppose qu'il lui en ait fallu huit pour lier une parfaite connaissance avec ta maîtresse; ainsi, qui ôte onze et huit de trente-un jours qu'il y a depuis le 28 d'un mois jusqu'au 29 de l'autre, reste douze, un peu plus ou moins. Là-dessus, les éclats de rire recommencèrent. J'écoutais tout avec un saisissement de cœur auquel j'appréhendais de ne pouvoir résister jusqu'à la fin de cette triste comédie. Tu sauras donc, reprit mon père, puisque tu l'ignores, que Monsieur B... a gagné le cœur de ta princesse, car il se moque de moi, de prétendre me persuader que c'est par un zèle désintéressé pour mon service qu'il a voulu te l'enlever. C'est bien d'un homme tel que lui, de qui, d'ailleurs, je ne suis pas connu, qu'il faut attendre des sentiments si nobles ! Il a su d'elle que tu es mon fils, et pour se délivrer de tes importunités, il m'a écrit le lieu de ta demeure et le désordre où tu vivais, en me faisant entendre qu'il fallait main-forte pour s'assurer de toi. Il s'est offert de me faciliter les moyens de te saisir au collet, et c'est par sa direction et celle de ta maîtresse même que ton frère a trouvé le moment de te prendre sans vert [1]. Félicite-toi maintenant de la durée de ton triomphe. Tu sais vaincre assez rapidement, Chevalier ; mais tu ne sais pas conserver tes conquêtes.

Je n'eus pas la force de soutenir plus longtemps un discours dont chaque mot m'avait percé le cœur. Je me levai de table, et je n'avais pas fait quatre pas pour sortir de la salle, que je tombai sur le plancher, sans sentiment et sans connaissance. On me les rappela par de prompts secours. J'ouvris les yeux pour verser un torrent de pleurs, et la bouche pour proférer les plaintes les plus tristes et les plus touchantes. Mon père, qui m'a toujours aimé tendrement, s'employa avec toute son affection pour me consoler. Je l'écoutais, mais sans l'entendre. Je me jetai à ses genoux, je le conjurai, en joignant les mains, de me laisser retourner à Paris pour aller poignarder B... Non, disais-je, il n'a pas gagné le cœur de Manon, il lui a fait violence ; il l'a séduite par un charme [2] ou par un poison ; il l'a peut-être forcée brutalement. Manon m'aime. Ne le sais-je pas bien ? Il l'aura menacée, le poignard à la main, pour la contraindre de m'abandonner. Que n'aura-t-il pas fait pour me ravir une si charmante maîtresse ! Ô dieux ! dieux ! serait-il possible que Manon m'eût trahi, et qu'elle eût cessé de m'aimer !

Comme je parlais toujours de retourner promptement à Paris, et que je me levais même à tous moments pour cela, mon père vit bien que dans le transport où j'étais, rien ne serait capable de m'arrêter.

1. *Prendre sans vert* : prendre au dépourvu. Cette expression provient d'un jeu en usage au mois de mai, selon lequel il fallait toujours avoir sur soi une feuille cueillie du jour ; sinon, on risquait d'avoir un gage. \ **2.** Voir note 2, p. 18.

Il me conduisit dans une chambre haute[1], où il laissa deux domestiques avec moi pour me garder à vue. Je ne me possédais point. J'aurais donné mille vies pour être seulement un quart d'heure à Paris. Je compris que, m'étant déclaré si ouvertement, on ne me permettrait pas aisément de sortir de ma chambre. Je mesurai des yeux la hauteur des fenêtres; ne voyant nulle possibilité de m'échapper par cette voie, je m'adressai doucement à mes deux domestiques. Je m'engageai, par mille serments, à faire un jour leur fortune, s'ils voulaient consentir à mon évasion. Je les pressai, je les caressai, je les menaçai; mais cette tentative fut encore inutile. Je perdis alors toute espérance. Je résolus de mourir, et je me jetai sur un lit, avec le dessein de ne le quitter qu'avec la vie. Je passai la nuit et le jour suivant dans cette situation. Je refusai la nourriture qu'on m'apporta le lendemain. Mon père vint me voir l'après-midi. Il eut la bonté de flatter mes peines par les plus douces consolations. Il m'ordonna si absolument de manger quelque chose, que je le fis par respect pour ses ordres. Quelques jours se passèrent, pendant lesquels je ne pris rien qu'en sa présence et pour lui obéir. Il continuait toujours de m'apporter les raisons qui pouvaient me ramener au bons sens et m'inspirer du mépris pour l'infidèle Manon. Il est certain que je ne l'estimais plus; comment aurais-je estimé la plus volage et la plus perfide de toutes les créatures ? Mais son image, ses traits charmants que je portais au fond du cœur, y subsistaient toujours. Je me sentais bien[2]. Je puis mourir, disais-je; je le devrais même, après tant de honte et de douleur; mais je souffrirais mille morts sans pouvoir oublier l'ingrate Manon.

Mon père était surpris de me voir toujours si fortement touché. Il me connaissait des principes d'honneur, et ne pouvant douter que sa trahison ne me la fît mépriser, il s'imagina que ma constance venait moins de cette passion en particulier que d'un penchant général pour les femmes. Il s'attacha tellement à cette pensée que, ne consultant que sa tendre affection, il vint un jour m'en faire l'ouverture. Chevalier, me dit-il, j'ai eu dessein, jusqu'à présent de

1. *Chambre haute*: pièce s'apparentant à une sorte de prison puisque, située en hauteur, elle permet de mieux surveiller le prisonnier tout en l'empêchant de s'enfuir. \ **2.** *Je me sentais bien*: je me connaissais bien. Cette tournure n'est plus employée aujourd'hui.

te faire porter la croix de Malte ; mais je vois que tes inclinations ne sont point tournées de ce côté-là. Tu aimes les jolies femmes. Je suis d'avis de t'en chercher une qui te plaise. Explique-moi naturellement ce que tu penses là-dessus. Je lui répondis que je ne mettais plus de distinction entre les femmes, et qu'après le malheur qui venait de m'arriver je les détestais toutes également. Je t'en chercherai une, reprit mon père en souriant, qui ressemblera à Manon, et qui sera plus fidèle. Ah ! si vous avez quelque bonté pour moi, lui dis-je, c'est elle qu'il faut me rendre. Soyez sûr, mon cher père, qu'elle ne m'a point trahi ; elle n'est pas capable d'une si noire et si cruelle lâcheté. C'est le perfide B... qui nous trompe, vous, elle et moi. Si vous saviez combien elle est tendre et sincère, si vous la connaissiez, vous l'aimeriez vous-même. Vous êtes un enfant, repartit mon père. Comment pouvez-vous vous aveugler jusqu'à ce point, après ce que je vous ai raconté d'elle ? C'est elle-même qui vous a livré à votre frère. Vous devriez oublier jusqu'à son nom, et profiter, si vous êtes sage, de l'indulgence que j'ai pour vous. Je reconnaissais trop clairement qu'il avait raison. C'était un mouvement involontaire qui me faisait prendre ainsi le parti de mon infidèle. Hélas ! repris-je, après un moment de silence, il n'est que trop vrai que je suis le malheureux objet de la plus lâche de toutes les perfidies. Oui, continuai-je, en versant des larmes de dépit, je vois bien que je ne suis qu'un enfant. Ma crédulité ne leur coûtait guère à tromper. Mais je sais bien ce que j'ai à faire pour me venger. Mon père voulut savoir quel était mon dessein. J'irai à Paris, lui dis-je, je mettrai le feu à la maison de B..., et je le brûlerai tout vif avec la perfide Manon. Cet emportement fit rire mon père et ne servit qu'à me faire garder plus étroitement dans ma prison.

J'y passai six mois entiers, pendant le premier desquels il y eut peu de changements dans mes dispositions. Tous mes sentiments n'étaient qu'une alternative perpétuelle de haine et d'amour, d'espérance ou de désespoir, selon l'idée sous laquelle Manon s'offrait à mon esprit. Tantôt je ne considérais en elle que la plus aimable de toutes les filles, et je languissais du désir de la revoir ; tantôt je n'y apercevais qu'une lâche et perfide maîtresse, et je faisais mille serments de ne la chercher que pour la punir. On me donna des livres, qui servirent à rendre un peu de tranquillité à mon âme. Je relus tous mes auteurs ; j'acquis de nouvelles connaissances ; je repris un goût infini pour l'étude. Vous verrez de quelle utilité il me fut dans la suite. Les lumières que je devais à l'amour me firent trouver de la clarté dans quantités d'endroits d'Horace et de Virgile, qui m'avaient paru obscurs auparavant. Je fis un commentaire amoureux sur le quatrième livre de l'*Énéide*[1] ; je le destine à voir le jour, et je me flatte que le public en sera satisfait. Hélas ! disais-je en le faisant, c'était un cœur tel que le mien qu'il fallait à la fidèle Didon.

Tiberge vint me voir un jour dans ma prison. Je fus surpris du transport avec lequel il m'embrassa. Je n'avais point encore eu de preuves de son affection qui pussent me la faire regarder autrement que comme une simple amitié de collège, telle qu'elle se forme entre de jeunes gens qui sont à peu près du même âge. Je le trouvai si changé et si formé, depuis cinq ou six mois que j'avais passés sans le voir, que sa figure et le ton de son discours m'inspirèrent du respect. Il me parla en conseiller sage, plutôt qu'en ami d'école. Il plaignit l'égarement où j'étais tombé. Il me félicita de ma guérison, qu'il croyait avancée ; enfin il m'exhorta à profiter de cette erreur de jeunesse pour ouvrir les yeux sur la vanité des plaisirs. Je le regardai avec étonnement. Il s'en aperçut. Mon cher Chevalier, me dit-il, je ne vous dis rien qui ne soit solidement vrai, et dont je ne me sois convaincu par un sérieux examen. J'avais autant de penchant que vous vers la volupté, mais le Ciel m'avait donné, en même temps, du goût pour la vertu. Je me suis servi de ma raison pour comparer les fruits de l'une et de l'autre et je n'ai pas tardé longtemps à découvrir leurs différences. Le secours du Ciel s'est joint à mes réflexions. J'ai conçu pour le monde un mépris auquel il n'y a rien d'égal. Devineriez-vous ce qui m'y retient, ajouta-t-il, et ce qui m'empêche de courir à la solitude ? C'est uniquement la tendre amitié que j'ai pour vous. Je connais l'excellence de votre cœur et de votre esprit ; il n'y a rien de bon dont vous ne puissiez vous rendre capable. Le poison du plaisir vous a fait écarter du chemin. Quelle perte pour la vertu ! Votre fuite d'Amiens m'a causé tant de

1. *Énéide* : ouvrage du poète latin Virgile (70-19 av. J.-C.) où sont relatées (livre IV) les amours d'Énée, prince troyen fuyant sa ville en feu, et de Didon, reine de Carthage. Celle-ci s'immole par le feu quand Énée l'abandonne pour se rendre en Italie fonder la future ville de Rome.

douleur, que je n'ai pas goûté, depuis, un seul moment de satisfaction. Jugez-en par les démarches qu'elle m'a fait faire. Il me raconta qu'après s'être aperçu que je l'avais trompé et que j'étais parti avec ma maîtresse, il était monté à cheval pour me suivre ; mais qu'ayant sur lui quatre ou cinq heures d'avance, il lui avait été impossible de me joindre ; qu'il était arrivé néanmoins à Saint-Denis une demi-heure après mon départ ; qu'étant bien certain que je me serais arrêté à Paris, il y avait passé six semaines à me chercher inutilement ; qu'il allait dans tous les lieux où il se flattait de pouvoir me trouver, et qu'un jour enfin il avait reconnu ma maîtresse à la Comédie[1] ; qu'elle y était dans une parure si éclatante qu'il s'était imaginé qu'elle devait cette fortune à un nouvel amant ; qu'il avait suivi son carrosse jusqu'à sa maison, et qu'il avait appris d'un domestique qu'elle était entretenue par les libéralités de Monsieur B... Je ne m'arrêtai point là, continua-t-il. J'y retournai le lendemain, pour apprendre d'elle-même ce que vous étiez devenu ; elle me quitta brusquement, lorsqu'elle m'entendit parler de vous, et je fus obligé de revenir en province sans aucun autre éclaircissement. J'y appris votre aventure et la consternation extrême qu'elle vous a causée ; mais je n'ai pas voulu vous voir, sans être assuré de vous trouver plus tranquille.

TEXTE 25

Vous avez donc vu Manon, lui répondis je en soupirant. Hélas ! vous êtes plus heureux que moi, qui suis condamné à ne la revoir jamais. Il me fit des reproches de ce soupir, qui marquait encore de la faiblesse pour elle. Il me flatta si adroitement sur la bonté de mon caractère et sur mes inclinations, qu'il me fit naître dès cette première visite, une forte envie de renoncer comme lui à tous les plaisirs du siècle pour entrer dans l'état ecclésiastique.

Je goûtai tellement cette idée que, lorsque je me trouvai seul, je ne m'occupai plus d'autre chose. Je me rappelai les discours de M. l'Évêque d'Amiens, qui m'avait donné le même conseil, et les présages heureux qu'il avait formés en ma faveur, s'il m'arrivait d'embrasser ce parti. La piété se mêla aussi dans mes considérations.

1. *Comédie* : théâtre français situé dans l'actuelle rue de l'Ancienne-Comédie et correspondant à la Comédie-Française. Les représentations s'y donnaient entre 17 heures et 21 heures.

Je mènerai une vie sage et chrétienne, disais-je ; je m'occuperai de l'étude et de la religion, qui ne me permettront point de penser aux dangereux plaisirs de l'amour. Je mépriserai ce que le commun des hommes admire, et comme je sens assez que mon cœur ne désirera que ce qu'il estime, j'aurai aussi peu d'inquiétudes que de désirs. Je formai là-dessus, d'avance, un système de vie paisible et solitaire. J'y faisais entrer une maison écartée, avec un petit bois et un ruisseau d'eau douce au bout du jardin, une bibliothèque composée de livres choisis ; un petit nombre d'amis vertueux et de bon sens, une table propre[1], mais frugale et modérée. J'y joignais un commerce de lettres[2] avec un ami qui ferait son séjour à Paris, et qui m'informerait des nouvelles publiques, moins pour satisfaire ma curiosité que pour me faire un divertissement des folles agitations des hommes. Ne serai-je pas heureux ? ajoutais-je ; toutes mes prétentions ne seront-elles point remplies ? Il est certain que ce projet flattait extrêmement mes inclinations. Mais, à la fin d'un si sage arrangement, je sentais que mon cœur attendait encore quelque chose, et que, pour n'avoir rien à désirer dans la plus charmante solitude, il y fallait être avec Manon.

Cependant, Tiberge continuant de me rendre de fréquentes visites, dans le dessein qu'il m'avait inspiré, je pris l'occasion d'en faire l'ouverture à mon père. Il me déclara que son intention était de laisser ses enfants libres dans le choix de leur condition et que, de quelque manière que je voulusse disposer de moi, il ne se réserverait que le droit de m'aider de ses conseils. Il m'en donna de fort sages, qui tendaient moins à me dégoûter de mon projet, qu'à me le faire embrasser avec connaissance. Le renouvellement de l'année scolastique[3] approchait. Je convins avec Tiberge de nous mettre ensemble au séminaire[4] de Saint-Sulpice, lui pour achever ses études de théologie, et moi pour commencer les miennes. Son mérite, qui était connu de l'évêque du diocèse, lui fit obtenir de ce prélat un bénéfice considérable avant notre départ.

1. *Propre* : élégante et raffinée. \ **2.** *Commerce de lettres* : échange épistolaire amical. \ **3.** *Année scolastique* : année scolaire. \ **4.** *Séminaire* : établissement religieux où étudiaient les jeunes gens se destinant à la prêtrise. Celui de Saint-Sulpice était l'un des plus réputés au XVIIIe siècle.

Mon père, me croyant tout à fait revenu de ma passion, ne fit aucune difficulté de me laisser partir. Nous arrivâmes à Paris. L'habit ecclésiastique prit la place de la croix de Malte, et le nom d'Abbé Des Grieux celle de Chevalier. Je m'attachai à l'étude avec tant d'application, que je fis des progrès extraordinaires en peu de mois. J'y employais une partie de la nuit, et je ne perdais pas un moment du jour. Ma réputation eut tant d'éclat, qu'on me félicitait déjà sur les dignités que je ne pouvais manquer d'obtenir, et sans l'avoir sollicité, mon nom fut couché sur la feuille des bénéfices [1]. La piété n'était pas plus négligée ; j'avais de la ferveur pour tous les exercices [2]. Tiberge était charmé de ce qu'il regardait comme son ouvrage, et je l'ai vu plusieurs fois répandre des larmes, en s'applaudissant de ce qu'il nommait ma conversion. Que les résolutions humaines soient sujettes à changer, c'est ce qui ne m'a jamais causé d'étonnement ; une passion les fait naître, une autre passion peut les détruire ; mais quand je pense à la sainteté de celles qui m'avaient conduit à Saint-Sulpice et à la joie intérieure que le Ciel m'y faisait goûter en les exécutant, je suis effrayé de la facilité avec laquelle j'ai pu les rompre. S'il est vrai que les secours célestes sont à tous moments d'une force égale à celle des passions, qu'on m'explique donc par quel funeste ascendant on se trouve emporté tout d'un coup loin de son devoir, sans se trouver capable de la moindre résistance, et sans ressentir le moindre remords. Je me croyais absolument délivré des faiblesses de l'amour. Il me semblait que j'aurais préféré la lecture d'une page de saint Augustin [3], ou un quart d'heure de méditation chrétienne, à tous les plaisirs des sens, sans excepter ceux qui m'auraient été offerts par Manon. Cependant, un instant malheureux me fit retomber dans le précipice, et ma chute fut d'autant plus irréparable, que me trouvant tout d'un coup au même degré de profondeur d'où j'étais sorti, les

1. *Couché sur la feuille des bénéfices* : avoir la possibilité d'être nommé par le roi à la tête d'une abbaye et d'en toucher les revenus, sans avoir à y résider. \ **2.** *Exercices* : voir note 1, p. 16. \ **3.** *Saint Augustin* (354-430) : évêque africain, docteur et père de l'Église, à l'origine d'une doctrine religieuse selon laquelle l'homme, déchu par le péché originel, est incapable de faire son salut par lui-même et doit s'en remettre à la toute-puissance de la grâce divine. On voit comment l'augustinisme a influencé, entre autres, le jansénisme (voir p. 172).

nouveaux désordres où je tombai me portèrent bien plus loin vers le fond de l'abîme.

J'avais passé près d'un an à Paris, sans m'informer des affaires de Manon. Il m'en avait d'abord coûté beaucoup pour me faire cette violence; mais les conseils toujours présents de Tiberge, et mes propres réflexions, m'avaient fait obtenir la victoire. Les derniers mois s'étaient écoulés si tranquillement que je me croyais sur le point d'oublier éternellement cette charmante et perfide créature. Le temps arriva auquel je devais soutenir un exercice public dans l'École de Théologie. Je fis prier plusieurs personnes de considération de m'honorer de leur présence. Mon nom fut ainsi répandu dans tous les quartiers de Paris: il alla jusqu'aux oreilles de mon infidèle. Elle ne le reconnut pas avec certitude sous le titre d'abbé; mais un reste de curiosité, ou peut-être quelque repentir de m'avoir trahi (je n'ai jamais pu démêler lequel de ces deux sentiments), lui fit prendre intérêt à un nom si semblable au mien, elle vint en Sorbonne avec quelques autres dames. Elle fut présente à mon exercice, et sans doute qu'elle eut peu de peine à me remettre[1].

Je n'eus pas la moindre connaissance de cette visite. On sait qu'il y a, dans ces lieux, des cabinets particuliers pour les dames, où elles sont cachées derrière une jalousie. Je retournai à Saint-Sulpice, couvert de gloire et chargé de compliments. Il était six heures du soir. On vint m'avertir, un moment après mon retour, qu'une dame demandait à me voir. J'allai au parloir sur-le-champ. Dieux! quelle apparition surprenante! j'y trouvai Manon. C'était elle, mais plus aimable et plus brillante que je ne l'avais jamais vue. Elle était dans sa dix-huitième année. Ses charmes surpassaient tout ce qu'on peut décrire. C'était un air si fin, si doux, si engageant, l'air de l'Amour même. Toute sa figure me parut un enchantement.

Je demeurai interdit à sa vue, et ne pouvant conjecturer quel était le dessein de cette visite, j'attendais, les yeux baissés et avec tremblement, qu'elle s'expliquât. Son embarras fut, pendant quelque temps, égal au mien, mais, voyant que mon silence continuait, elle mit la main devant ses yeux, pour cacher quelques

1. *Me remettre*: me reconnaître.

larmes. Elle me dit, d'un ton timide, qu'elle confessait que son infidélité méritait ma haine ; mais que, s'il était vrai que j'eusse jamais eu quelque tendresse pour elle, il y avait eu, aussi, bien de la dureté à laisser passer deux ans sans prendre soin de m'informer de son sort, et qu'il y en avait beaucoup encore à la voir dans l'état où elle était en ma présence, sans lui dire une parole. Le désordre de mon âme, en l'écoutant, ne saurait être exprimé.

Elle s'assit. Je demeurai debout, le corps à demi tourné, n'osant l'envisager directement. Je commençai plusieurs fois une réponse, que je n'eus pas la force d'achever. Enfin, je fis un effort pour m'écrier douloureusement : Perfide Manon ! Ah ! perfide ! perfide ! Elle me répéta, en pleurant à chaudes larmes, qu'elle ne prétendait point justifier sa perfidie. Que prétendez-vous donc ? m'écriai-je encore. Je prétends mourir, répondit-elle, si vous ne me rendez votre cœur, sans lequel il est impossible que je vive. Demande donc ma vie, infidèle ! repris-je en versant moi-même des pleurs, que je m'efforçai en vain de retenir. Demande ma vie, qui est l'unique chose qui me reste à te sacrifier ; car mon cœur n'a jamais cessé d'être à toi. À peine eus-je achevé ces derniers mots, qu'elle se leva avec transport pour venir m'embrasser. Elle m'accabla de mille caresses passionnées. Elle m'appela par tous les noms que l'amour invente pour exprimer ses plus vives tendresses. Je n'y répondais encore qu'avec langueur. Quel passage, en effet, de la situation tranquille où j'avais été, aux mouvements tumultueux que je sentais renaître ! J'en étais épouvanté. Je frémissais, comme il arrive lorsqu'on se trouve la nuit dans une campagne écartée : on se croit transporté dans un nouvel ordre de choses ; on y est saisi d'une horreur secrète, dont on ne se remet qu'après avoir considéré longtemps tous les environs.

Nous nous assîmes l'un près de l'autre. Je pris ses mains dans les miennes. Ah ! Manon, lui dis-je en la regardant d'un œil triste, je ne m'étais pas attendu à la noire trahison dont vous avez payé mon amour. Il vous était bien facile de tromper un cœur dont vous étiez la souveraine absolue, et qui mettait toute sa félicité à vous plaire et à vous obéir. Dites-moi maintenant si vous en avez trouvé d'aussi tendres et d'aussi soumis. Non, non, la Nature n'en fait guère de la même trempe que le mien. Dites-moi, du moins, si vous l'avez quelquefois regretté. Quel fond dois-je faire sur ce retour de bonté qui vous ramène aujourd'hui pour le consoler ? Je ne vois que trop que vous êtes plus charmante que jamais ; mais au nom de toutes les peines que j'ai souffertes pour vous, belle Manon, dites-moi si vous serez plus fidèle.

Elle me répondit des choses si touchantes sur son repentir, et elle s'engagea à la fidélité par tant de protestations et de serments, qu'elle m'attendrit à un degré inexprimable. Chère Manon ! lui dis-je, avec un mélange profane d'expressions amoureuses et théologiques, tu es trop adorable pour une créature. Je me sens le cœur emporté par une délectation[1] victorieuse. Tout ce qu'on dit de la liberté à Saint-Sulpice est une chimère. Je vais perdre ma fortune et ma réputation pour toi, je le prévois bien ; je lis ma destinée dans tes beaux yeux, mais de quelles pertes ne serai-je pas consolé par ton amour ! Les faveurs de la fortune ne me touchent point ; la gloire me paraît une fumée ; tous mes projets de vie ecclésiastique étaient de folles imaginations ; enfin tous les biens différents de ceux que j'espère avec toi sont des biens méprisables, puisqu'ils ne sauraient tenir un moment, dans mon cœur, contre un seul de tes regards.

En lui promettant néanmoins un oubli général de ses fautes, je voulus être informé de quelle manière elle s'était laissé séduire par B... Elle m'apprit que, l'ayant vue à sa fenêtre, il était devenu passionné pour elle, qu'il avait fait sa déclaration en fermier général, c'est-à-dire en lui marquant dans une lettre que le payement serait proportionné aux faveurs ; qu'elle avait capitulé d'abord, mais sans autre dessein que de tirer de lui quelque somme considérable qui pût servir à nous faire vivre commodément ; qu'il l'avait éblouie par de si magnifiques promesses, qu'elle s'était laissée ébranler par degrés ; que je devais juger pourtant de ses remords par la douleur dont elle m'avait laissé voir des témoignages, la veille de notre séparation ; que, malgré l'opulence dans laquelle il l'avait entretenue, elle n'avait jamais goûté de bonheur avec lui, non seulement

---

1. *Délectation* : terme théologique, qui signifie le plaisir que l'on prend à se complaire dans une tentation, et qui a donc une connotation péjorative ; le sens profane de « plaisir délicieux » finit toutefois par l'emporter. On le voit une fois encore : Des Grieux mélange lexique religieux et lexique amoureux, en même temps qu'il joue sur l'équivoque du mot.

parce qu'elle n'y trouvait point, me dit-elle, la délicatesse de mes sentiments et l'agrément de mes manières, mais parce qu'au milieu même des plaisirs qu'il lui procurait sans cesse, elle portait, au fond du cœur, le souvenir de mon amour, et le remords de son infidélité. Elle me parla de Tiberge et de la confusion extrême que sa visite lui avait causée. Un coup d'épée dans le cœur, ajouta-t-elle, m'aurait moins ému le sang. Je lui tournai le dos, sans pouvoir soutenir un moment sa présence. Elle continua de me raconter par quels moyens elle avait été instruite de mon séjour à Paris, du changement de ma condition, et de mes exercices de Sorbonne. Elle m'assura qu'elle avait été si agitée, pendant la dispute [1], qu'elle avait eu beaucoup de peine, non seulement à retenir ses larmes, mais ses gémissements mêmes et ses cris, qui avaient été plus d'une fois sur le point d'éclater. Enfin, elle me dit qu'elle était sortie de ce lieu la dernière, pour cacher son désordre et que, ne suivant que le mouvement de son cœur et l'impétuosité de ses désirs, elle était venue droit au séminaire, avec la résolution d'y mourir si elle ne me trouvait pas disposé à lui pardonner.

Où trouver un barbare qu'un repentir si vif et si tendre n'eût pas touché ? Pour moi, je sentis, dans ce moment, que j'aurais sacrifié pour Manon tous les évêchés du monde chrétien. Je lui demandai quel nouvel ordre elle jugeait à propos de mettre dans nos affaires. Elle me dit qu'il fallait sur-le-champ sortir du séminaire, et remettre à nous arranger dans un lieu plus sûr. Je consentis à toutes ses volontés sans réplique. Elle entra dans son carrosse, pour aller m'attendre au coin de la rue. Je m'échappai un moment après, sans être aperçu du portier. Je montai avec elle. Nous passâmes à la friperie. Je repris les galons et l'épée. Manon fournit aux frais, car j'étais sans un sou ; et dans la crainte que je ne trouvasse de l'obstacle à ma sortie de Saint-Sulpice, elle n'avait pas voulu que je retournasse un moment à ma chambre pour y prendre mon argent. Mon trésor, d'ailleurs, était médiocre, et elle assez riche des libéralités de B... pour mépriser ce qu'elle me faisait abandonner. Nous conférâmes, chez le fripier même, sur le parti que nous allions

1. *Dispute* : discussion ou débat qui suit l'exposé d'une thèse ou d'une idée.

prendre. Pour me faire valoir davantage le sacrifice qu'elle me faisait de B..., elle résolut de ne pas garder avec lui le moindre ménagement. Je veux lui laisser ses meubles, me dit-elle, ils sont à lui ; mais j'emporterai, comme de justice, les bijoux et près de soixante mille francs que j'ai tirés de lui depuis deux ans. Je ne lui ai donné nul pouvoir sur moi, ajouta-t-elle ; ainsi nous pouvons demeurer sans crainte à Paris, en prenant une maison commode où nous vivrons heureusement. Je lui représentai que, s'il n'y avait point de péril pour elle, il y en avait beaucoup pour moi, qui ne manquerais point tôt ou tard d'être reconnu, et qui serais continuellement exposé au malheur que j'avais déjà essuyé. Elle me fit entendre qu'elle aurait du regret à quitter Paris. Je craignais tant de la chagriner, qu'il n'y avait point de hasards que je ne méprisasse pour lui plaire ; cependant, nous trouvâmes un tempérament[1] raisonnable, qui fut de louer une maison dans quelque village voisin de Paris, d'où il nous serait aisé d'aller à la ville lorsque le plaisir ou le besoin nous y appellerait. Nous choisîmes Chaillot[2], qui n'en est pas éloigné. Manon retourna sur-le-champ chez elle. J'allai l'attendre à la petite porte du jardin des Tuileries. Elle revint une heure après, dans un carrosse de louage, avec une fille qui la servait, et quelques malles où ses habits et tout ce qu'elle avait de précieux était renfermé.

Nous ne tardâmes point à gagner Chaillot. Nous logeâmes la première nuit à l'auberge, pour nous donner le temps de chercher une maison, ou du moins un appartement commode. Nous en trouvâmes, dès le lendemain, un de notre goût.

Mon bonheur me parut d'abord établi d'une manière inébranlable. Manon était la douceur et la complaisance même. Elle avait pour moi des attentions si délicates, que je me crus trop parfaitement dédommagé de toutes mes peines. Comme nous avions acquis tous deux un peu d'expérience, nous raisonnâmes sur la solidité de notre fortune. Soixante mille francs, qui faisaient le fond de nos richesses, n'étaient pas une somme qui pût s'étendre autant que le cours d'une longue vie. Nous n'étions pas disposés

1. *Tempérament* : milieu, moyen terme, accommodement. \ **2.** *Chaillot* : c'était à l'époque un village, situé hors de Paris.

d'ailleurs à resserrer trop notre dépense. La première vertu de Manon, non plus que la mienne, n'était pas l'économie. Voici le plan que je me proposai : Soixante mille francs, lui dis-je, peuvent nous soutenir pendant dix ans. Deux mille écus nous suffiront chaque année, si nous continuons de vivre à Chaillot. Nous y mènerons une vie honnête, mais simple. Notre unique dépense sera pour l'entretien d'un carrosse [1], et pour les spectacles. Nous nous réglerons. Vous aimez l'Opéra : nous irons deux fois la semaine. Pour le jeu, nous nous bornerons tellement que nos pertes ne passeront jamais deux pistoles. Il est impossible que, dans l'espace de dix ans, il n'arrive point de changement dans ma famille ; mon père est âgé, il peut mourir. Je me trouverai du bien, et nous serons alors au-dessus de toutes nos autres craintes.

Cet arrangement n'eût pas été la plus folle action de ma vie, si nous eussions été assez sages pour nous y assujettir constamment. Mais nos résolutions ne durèrent guère plus d'un mois. Manon était passionnée pour le plaisir ; je l'étais pour elle. Il nous naissait, à tous moments, de nouvelles occasions de dépense ; et loin de regretter les sommes qu'elle employait quelquefois avec profusion, je fus le premier à lui procurer tout ce que je croyais propre à lui plaire. Notre demeure de Chaillot commença même à lui devenir à charge. L'hiver approchait ; tout le monde retournait à la ville, et la campagne devenait déserte. Elle me proposa de reprendre une maison à Paris. Je n'y consentis point ; mais, pour la satisfaire en quelque chose, je lui dis que nous pouvions y louer un appartement meublé, et que nous y passerions la nuit lorsqu'il nous arriverait de quitter trop tard l'assemblée où nous allions plusieurs fois la semaine ; car l'incommodité de revenir si tard à Chaillot était le prétexte qu'elle apportait pour le vouloir quitter. Nous nous donnâmes ainsi deux logements, l'un à la ville, et l'autre à la campagne. Ce changement mit bientôt le dernier désordre dans nos affaires, en faisant naître deux aventures qui causèrent notre ruine.

---

1. *Carrosse* : moyen de transport qu'utilisaient les gens d'une certaine condition. On pouvait en louer au mois, mais cela coûtait très cher.

Manon avait un frère, qui était garde du corps[1]. Il se trouva malheureusement logé, à Paris, dans la même rue que nous. Il reconnut sa sœur, en la voyant le matin à sa fenêtre. Il accourut aussitôt chez nous. C'était un homme brutal et sans principes d'honneur. Il entra dans notre chambre en jurant horriblement, et comme il savait une partie des aventures de sa sœur, il l'accabla d'injures et de reproches. J'étais sorti un moment auparavant, ce qui fut sans doute un bonheur pour lui ou pour moi, qui n'étais rien moins que disposé à souffrir une insulte. Je ne retournai au logis qu'après son départ. La tristesse de Manon me fit juger qu'il s'était passé quelque chose d'extraordinaire. Elle me raconta la scène fâcheuse qu'elle venait d'essuyer, et les menaces brutales de son frère. J'en eus tant de ressentiment, que j'eusse couru sur-le-champ à la vengeance si elle ne m'eût arrêté par ses larmes. Pendant que je m'entretenais avec elle de cette aventure, le garde du corps rentra dans la chambre où nous étions, sans s'être fait annoncer. Je ne l'aurais pas reçu aussi civilement que je fis si je l'eusse connu ; mais, nous ayant salués d'un air riant, il eut le temps de dire à Manon qu'il venait lui faire des excuses de son comportement ; qu'il l'avait crue dans le désordre, et que cette opinion avait allumé sa colère ; mais que, s'étant informé qui j'étais, d'un de nos domestiques, il avait appris de moi des choses si avantageuses, qu'elles lui faisaient désirer de bien vivre avec nous. Quoique cette information, qui lui venait d'un de mes laquais, eût quelque chose de bizarre et de choquant, je reçus son compliment avec honnêteté. Je crus faire plaisir à Manon. Elle paraissait charmée de le voir porté à se réconcilier. Nous le retînmes à dîner. Il se rendit, en peu de moments, si familier, que nous ayant entendus parler de notre retour à Chaillot, il voulut absolument nous tenir compagnie. Il fallut lui donner une place dans notre carrosse. Ce fut une prise de possession, car il s'accoutuma bientôt à nous voir avec tant de plaisir, qu'il fit sa maison de la nôtre et qu'il se rendit le maître, en quelque sorte, de

1. *Garde du corps* : individu appartenant à une compagnie chargée de suivre le roi dans ses déplacements, et possédant certains privilèges (exemption de la taille, impunité, bel uniforme...). Néanmoins, mal payé et peu recommandable, il était souvent prêt à commettre des forfaits.

tout ce qui nous appartenait. Il m'appelait son frère, et sous prétexte de la liberté fraternelle, il se mit sur le pied d'amener tous ses amis dans notre maison de Chaillot, et de les y traiter à nos dépens. Il se fit habiller magnifiquement à nos frais. Il nous engagea même à payer toutes ses dettes. Je fermais les yeux sur cette tyrannie, pour ne pas déplaire à Manon, jusqu'à feindre de ne pas m'apercevoir qu'il tirait d'elle, de temps en temps, des sommes considérables. Il est vrai, qu'étant grand joueur, il avait la fidélité de lui en remettre une partie lorsque la fortune le favorisait ; mais la nôtre était trop médiocre pour fournir longtemps à des dépenses si peu modérées. J'étais sur le point de m'expliquer fortement avec lui, pour nous délivrer de ses importunités, lorsqu'un funeste accident m'épargna cette peine, en nous en causant une autre qui nous abîma sans ressource.

Nous étions demeurés un jour à Paris, pour y coucher, comme il nous arrivait fort souvent. La servante, qui restait seule à Chaillot dans ces occasions, vint m'avertir, le matin, que le feu avait pris, pendant la nuit, dans ma maison, et qu'on avait eu beaucoup de difficulté à l'éteindre. Je lui demandai si nos meubles avaient souffert quelque dommage ; elle me répondit qu'il y avait eu une si grande confusion, causée par la multitude d'étrangers qui étaient venus au secours, qu'elle ne pouvait être assurée de rien. Je tremblai pour notre argent, qui était renfermé dans une petite caisse. Je me rendis promptement à Chaillot. Diligence inutile ; la caisse avait déjà disparu. J'éprouvai alors qu'on peut aimer l'argent sans être avare. Cette perte me pénétra d'une si vive douleur que j'en pensai perdre la raison. Je compris tout d'un coup à quels nouveaux malheurs j'allais me trouver exposé ; l'indigence était le moindre. Je connaissais Manon ; je n'avais déjà que trop éprouvé que, quelque fidèle et quelque attachée qu'elle me fût dans la bonne fortune, il ne fallait pas compter sur elle dans la misère. Elle aimait trop l'abondance et les plaisirs pour me les sacrifier : je la perdrai, m'écriai-je. Malheureux Chevalier, tu vas donc perdre encore tout ce que tu aimes ! Cette pensée me jeta dans un trouble si affreux, que je balançai, pendant quelques moments, si je ne ferais pas mieux de finir tous mes maux par la mort. Cependant, je conservai assez de présence d'esprit pour vouloir examiner auparavant s'il ne me restait nulle ressource. Le Ciel me fit naître une idée, qui arrêta mon désespoir. Je crus qu'il ne me serait pas impossible de cacher notre perte à Manon, et que, par industrie[1] ou par quelque faveur du hasard, je pourrais fournir assez honnêtement à son entretien pour l'empêcher de sentir la nécessité. J'ai compté, disais-je pour me consoler, que vingt mille écus nous suffiraient pendant dix ans. Supposons que les dix ans soient écoulés, et que nul des changements que j'espérais ne soit arrivé dans ma famille. Quel parti prendrais-je ? Je ne le sais pas trop bien, mais, ce que je ferais alors, qui m'empêche de le faire aujourd'hui ? Combien de personnes vivent à Paris qui n'ont ni mon esprit, ni mes qualités naturelles, et qui doivent néanmoins leur entretien à leurs talents, tels qu'ils les ont ! La Providence[2], ajoutais-je, en réfléchissant sur les différents états de la vie, n'a-t-elle pas arrangé les choses fort sagement ? La plupart des grands et des riches sont des sots : cela est clair à qui connaît un peu le monde. Or il y a là-dedans une justice admirable : s'ils joignaient l'esprit aux richesses, ils seraient trop heureux, et le reste des hommes trop misérable. Les qualités du corps et de l'âme sont accordées à ceux-ci, comme des moyens pour se tirer de la misère et de la pauvreté. Les uns prennent part aux richesses des grands, en servant à leurs plaisirs ; ils en font des dupes ; d'autres servent à leur instruction, ils tâchent d'en faire d'honnêtes gens ; il est rare, à la vérité, qu'il y réussissent, mais ce n'est pas là le but de la divine Sagesse : ils tirent toujours un fruit de leurs besoins, qui est de vivre aux dépens de ceux qu'ils instruisent ; et de quelque façon qu'on le prenne, c'est un fond excellent de revenu pour les petits, que la sottise des riches et des grands.

Ces pensées me remirent un peu le cœur et la tête. Je résolus d'abord d'aller consulter M. Lescaut, frère de Manon. Il connaissait parfaitement Paris, et je n'avais eu que trop d'occasions de reconnaître que ce n'était ni de son bien ni de la paye du roi qu'il tirait son plus clair revenu. Il me restait à peine vingt pistoles qui

---

1. *Industrie* : habileté pouvant aller jusqu'à la tromperie ou l'escroquerie. L'expression *chevalier d'industrie*, forgée à cette époque, montre les compromissions auxquelles pouvait se laisser aller la noblesse. \ **2.** *Providence* : sage gouvernement de Dieu sur la création. Le terme peut aussi désigner le destin qui régit la vie des hommes dans un sens favorable.

s'étaient trouvées heureusement dans ma poche. Je lui montrai ma bourse, en lui expliquant mon malheur et mes craintes, et je lui demandai s'il y avait pour moi un parti à choisir entre celui de mourir de faim, ou de me casser la tête de désespoir. Il me répondit que se casser la tête était la ressource des sots ; pour mourir de faim, qu'il y avait quantité de gens d'esprit qui s'y voyaient réduits, quand ils ne voulaient pas faire usage de leurs talents ; que c'était à moi d'examiner de quoi j'étais capable ; qu'il m'assurait de son secours et de ses conseils dans toutes mes entreprises.

Cela est bien vague, M. Lescaut, lui dis-je ; mes besoins demanderaient un remède plus présent, car que voulez-vous que je dise à Manon ? À propos de Manon, reprit-il, qu'est-ce qui vous embarrasse ? N'avez-vous pas toujours, avec elle, de quoi finir vos inquiétudes quand vous le voudrez ? Une fille comme elle devrait nous entretenir, vous, elle et moi. Il me coupa la réponse que cette impertinence méritait, pour continuer de me dire qu'il me garantissait avant le soir mille écus à partager entre nous, si je voulais suivre son conseil ; qu'il connaissait un seigneur, si libéral sur le chapitre des plaisirs, qu'il était sûr que mille écus ne lui coûteraient rien pour obtenir les faveurs d'une fille telle que Manon. Je l'arrêtai. J'avais meilleure opinion de vous, lui répondis-je ; je m'étais figuré que le motif que vous aviez eu, pour m'accorder votre amitié, était un sentiment tout opposé à celui où vous êtes maintenant. Il me confessa impudemment qu'il avait toujours pensé de même, et que, sa sœur ayant une fois violé les lois de son sexe, quoique en faveur de l'homme qu'il aimait le plus, il ne s'était réconcilié avec elle que dans l'espérance de tirer parti de sa mauvaise conduite Il me fut aise de juger que jusqu'alors nous avions été ses dupes. Quelque émotion néanmoins que ce discours m'eût causée, le besoin que j'avais de lui m'obligea de répondre, en riant, que son conseil était une dernière ressource qu'il fallait remettre à l'extrémité. Je le priai de m'ouvrir quelque autre voie. Il me proposa de profiter de ma jeunesse et de la figure avantageuse que j'avais reçue de la nature, pour me mettre en liaison avec quelque dame vieille et libérale. Je ne goûtai pas non plus ce parti, qui m'aurait rendu infidèle à Manon. Je lui parlai du jeu, comme du moyen le plus facile, et le plus convenable à ma situation. Il me dit que le jeu, à la vérité, était une ressource, mais que cela demandait d'être expliqué ; qu'entreprendre de jouer simplement, avec les espérances communes, c'était le vrai moyen d'achever ma perte ; que de prétendre exercer seul, et sans être soutenu, les petits moyens qu'un habile homme emploie pour corriger la fortune, était un métier trop dangereux ; qu'il y avait une troisième voie, qui était celle de l'association, mais que ma jeunesse lui faisait craindre que messieurs les Confédérés [1] ne me jugeassent point encore les qualités propres à la Ligue. Il me promit néanmoins ses bons offices auprès d'eux ; et ce que je n'aurais pas attendu de lui, il m'offrit quelque argent, lorsque je me trouverais pressé du besoin. L'unique grâce que je lui demandai, dans les circonstances, fut de ne rien apprendre à Manon de la perte que j'avais faite, et du sujet de notre conversation.

Je sortis de chez lui, moins satisfait encore que je n'y étais entré ; je me repentis même de lui avoir confié mon secret. Il n'avait rien fait, pour moi, que je n'eusse pu obtenir de même sans cette ouverture, et je craignais mortellement qu'il ne manquât à la promesse qu'il m'avait faite de ne rien découvrir à Manon. J'avais lieu d'appréhender aussi, par la déclaration de ses sentiments, qu'il ne formât le dessein de tirer parti d'elle, suivant ses propres termes, en l'enlevant de mes mains, ou, du moins, en lui conseillant de me quitter pour s'attacher à quelque amant plus riche et plus heureux. Je fis là-dessus mille réflexions, qui n'aboutirent qu'à me tourmenter et à renouveler le désespoir où j'avais été le matin. Il me vint plusieurs fois à l'esprit d'écrire à mon père, et de feindre une nouvelle conversion, pour obtenir de lui quelque secours d'argent ; mais je me rappelai aussitôt que, malgré toute sa bonté, il m'avait resserré six mois dans une étroite prison, pour ma première faute ; j'étais bien sûr qu'après un éclat tel que l'avait dû causer ma fuite de Saint-Sulpice, il me traiterait beaucoup plus rigoureusement. Enfin, cette confusion de pensées en produisit une qui remit le calme tout d'un coup dans mon esprit, et que je m'étonnai de n'avoir pas eue plus tôt, ce fut de recourir à mon ami Tiberge, dans lequel j'étais

1. *Messieurs les Confédérés, la Ligue* : bandes de tricheurs au jeu. Bien sûr ces deux expressions sont ironiques, car les *confédérés* sont ceux qui se réunissent autour d'un traité ; quant à la *Ligue*, elle fait référence aux confédérations, notamment religieuses.

bien certain de retrouver toujours le même fond de zèle et d'amitié. Rien n'est plus admirable, et ne fait plus d'honneur à la vertu, que la confiance avec laquelle on s'adresse aux personnes dont on connaît parfaitement la probité. On sent qu'il n'y a point de risque à courir. Si elles ne sont pas toujours en état d'offrir du secours, on est sûr qu'on en obtiendra du moins de la bonté et de la compassion. Le cœur, qui se ferme avec tant de soin au reste des hommes, s'ouvre naturellement en leur présence, comme une fleur s'épanouit à la lumière du soleil, dont elle n'attend qu'une douce influence.

Je regardai comme un effet de la protection du Ciel de m'être souvenu si à propos de Tiberge, et je résolus de chercher les moyens de le voir avant la fin du jour. Je retournai sur-le-champ au logis pour lui écrire un mot, et lui marquer un lieu propre à notre entretien. Je lui recommandais le silence et la discrétion, comme un des plus importants services qu'il pût me rendre dans la situation de mes affaires. La joie que l'espérance de le voir m'inspirait effaça les traces du chagrin que Manon n'aurait pas manqué d'apercevoir sur mon visage. Je lui parlai de notre malheur de Chaillot comme d'une bagatelle qui ne devait pas l'alarmer ; et Paris étant le lieu du monde où elle se voyait avec le plus de plaisir, elle ne fut pas fâchée de m'entendre dire qu'il était à propos d'y demeurer, jusqu'à ce qu'on eût réparé à Chaillot quelques légers effets de l'incendie. Une heure après, je reçus la réponse de Tiberge, qui me promettait de se rendre au lieu de l'assignation. J'y courus avec impatience. Je sentais néanmoins quelque honte d'aller paraître aux yeux d'un ami, dont la seule présence devait être un reproche de mes désordres, mais l'opinion que j'avais de la bonté de son cœur et l'intérêt de Manon soutinrent ma hardiesse.

Je l'avais prié de se trouver au jardin du Palais-Royal. Il y était avant moi. Il vint m'embrasser, aussitôt qu'il m'eut aperçu. Il me tint serré longtemps entre ses bras, et je sentis mon visage mouillé de ses larmes. Je lui dis que je ne me présentais à lui qu'avec confusion, et que je portais dans le cœur un vif sentiment de mon ingratitude ; que la première chose dont je le conjurais était de m'apprendre s'il m'était encore permis de le regarder comme mon ami, après avoir mérité si justement de perdre son estime et son affection. Il me répondit, du ton le plus tendre, que rien n'était capable de le faire renoncer à cette qualité ; que mes malheurs mêmes, et si je lui permettais de le dire, mes fautes et mes désordres, avaient redoublé sa tendresse pour moi ; mais que c'était une tendresse mêlée de la plus vive douleur, telle qu'on la sent pour une personne chère, qu'on voit toucher à sa perte sans pouvoir la secourir.

Nous nous assîmes sur un banc. Hélas ! lui dis-je, avec un soupir parti du fond du cœur, votre compassion doit être excessive, mon cher Tiberge, si vous m'assurez qu'elle est égale à mes peines. J'ai honte de vous les laisser voir, car je confesse que la cause n'en est pas glorieuse, mais l'effet en est si triste qu'il n'est pas besoin de m'aimer autant que vous faites pour en être attendri. Il me demanda, comme une marque d'amitié, de lui raconter sans déguisement ce qui m'était arrivé depuis mon départ de Saint-Sulpice. Je le satisfis ; et loin d'altérer quelque chose à la vérité, ou de diminuer mes fautes pour les faire trouver plus excusables, je lui parlai de ma passion avec toute la force qu'elle m'inspirait. Je la lui représentai comme un de ces coups particuliers du destin qui s'attache à la ruine d'un misérable, et dont il est aussi impossible à la vertu de se défendre qu'il l'a été à la sagesse de les prévoir. Je lui fis une vive peinture de mes agitations, de mes craintes, du désespoir où j'étais deux heures avant que de le voir, et de celui dans lequel j'allais retomber, si j'étais abandonné par mes amis aussi impitoyablement que par la fortune ; enfin, j'attendris tellement le bon Tiberge, que je le vis aussi affligé par la compassion que je l'étais par le sentiment de mes peines. Il ne se lassait point de m'embrasser, et de m'exhorter à prendre du courage et de la consolation, mais, comme il supposait toujours qu'il fallait me séparer de Manon, je lui fis entendre nettement que c'était cette séparation même que je regardais comme la plus grande de mes infortunes, et que j'étais disposé à souffrir, non seulement le dernier excès de la misère, mais la mort la plus cruelle, avant que de recevoir un remède plus insupportable que tous mes maux ensemble.

Expliquez-vous donc, me dit-il : quelle espèce de secours suis-je capable de vous donner, si vous vous révoltez contre toutes mes propositions ? Je n'osais lui déclarer que c'était de sa bourse que j'avais besoin. Il le comprit pourtant à la fin, et m'ayant confessé qu'il croyait m'entendre, il demeura quelque temps suspendu, avec l'air d'une personne qui balance. Ne croyez pas, reprit-il bientôt, que ma rêverie vienne d'un refroidissement de zèle et d'amitié. Mais à quelle alternative me réduisez-vous, s'il faut que je vous refuse le seul secours que vous voulez accepter, ou que je blesse mon devoir en vous l'accordant ? car n'est-ce pas prendre part à votre désordre, que de vous y faire persévérer ? Cependant, continua-t-il après avoir réfléchi un moment, je m'imagine que c'est peut-être l'état violent où l'indigence vous jette, qui ne vous laisse pas assez de liberté pour choisir le meilleur parti ; il faut un esprit tranquille pour goûter la sagesse et la vérité. Je trouverai le moyen de vous faire avoir quelque argent. Permettez-moi, mon cher Chevalier, ajouta-t-il en m'embrassant, d'y mettre seulement une condition : c'est que vous m'apprendrez le lieu de votre demeure, et que vous souffrirez que je fasse du moins mes efforts pour vous ramener à la vertu, que je sais que vous aimez, et dont il n'y a que la violence de vos passions qui vous écarte. Je lui accordai sincèrement tout ce qu'il souhaitait, et je le priai de plaindre la malignité de mon sort, qui me faisait profiter si mal des conseils d'un ami si vertueux. Il me mena aussitôt chez un banquier de sa connaissance, qui m'avança cent pistoles sur son billet[1], car il n'était rien moins qu'en argent comptant. J'ai déjà dit qu'il n'était pas riche. Son bénéfice valait mille écus, mais, comme c'était la première année qu'il le possédait, il n'avait encore rien touché du revenu : c'était sur les fruits futurs qu'il me faisait cette avance.

Je sentis tout le prix de sa générosité. J'en fus touché, jusqu'au point de déplorer l'aveuglement d'un amour fatal, qui me faisait violer tous les devoirs. La vertu eut assez de force pendant quelques moments pour s'élever dans mon cœur contre ma passion, et j'aperçus du moins, dans cet instant de lumière, la honte et l'indignité de mes chaînes. Mais ce combat fut léger et dura peu. La vue de Manon m'aurait fait précipiter du ciel, et je m'étonnai, en me retrouvant près d'elle, que j'eusse pu traiter un moment de honteuse une tendresse si juste pour un objet si charmant.

---

1. *Sur son billet* : engagement écrit et signé par lequel on s'engage à rembourser à une date déterminée une certaine somme d'argent que l'on ne possède pas encore.

Manon était une créature d'un caractère extraordinaire. Jamais fille n'eut moins d'attachement qu'elle pour l'argent, mais elle ne pouvait être tranquille un moment, avec la crainte d'en manquer. C'était du plaisir et des passe-temps qu'il lui fallait. Elle n'eût jamais voulu toucher un sou, si l'on pouvait se divertir sans qu'il en coûte. Elle ne s'informait pas même quel était le fonds de nos richesses, pourvu qu'elle pût passer agréablement la journée, de sorte que, n'étant ni excessivement livrée au jeu ni capable d'être éblouie par le faste des grandes dépenses, rien n'était plus facile que de la satisfaire, en lui faisant naître tous les jours des amusements de son goût. Mais c'était une chose si nécessaire pour elle, d'être ainsi occupée par le plaisir, qu'il n'y avait pas le moindre fond à faire, sans cela, sur son humeur et sur ses inclinations. Quoiqu'elle m'aimât tendrement, et que je fusse le seul, comme elle en convenait volontiers, qui pût lui faire goûter parfaitement les douceurs de l'amour, j'étais presque certain que sa tendresse ne tiendrait point contre de certaines craintes. Elle m'aurait préféré à toute la terre avec une fortune médiocre ; mais je ne doutais nullement qu'elle ne m'abandonnât pour quelque nouveau B... lorsqu'il ne me resterait que de la constance et de la fidélité à lui offrir. Je résolus donc de régler si bien ma dépense particulière que je fusse toujours en état de fournir aux siennes, et de me priver plutôt de mille choses nécessaires que de la borner même pour le superflu. Le carrosse m'effrayait plus que tout le reste ; car il n'y avait point d'apparence de pouvoir entretenir des chevaux et un cocher. Je découvris ma peine à M. Lescaut. Je ne lui avais point caché que j'eusse reçu cent pistoles d'un ami. Il me répéta que, si je voulais tenter le hasard du jeu, il ne désespérait point qu'en sacrifiant de bonne grâce une centaine de francs pour traiter ses associés, je ne pusse être admis, à sa recommandation, dans la Ligue de l'Industrie. Quelque répugnance que j'eusse à tromper, je me laissai entraîner par une cruelle nécessité.

M. Lescaut me présenta, le soir même, comme un de ses parents ; il ajouta que j'étais d'autant mieux disposé à réussir, que j'avais besoin des plus grandes faveurs de la fortune. Cependant, pour faire connaître que ma misère n'était pas celle d'un homme de néant, il leur dit que j'étais dans le dessein de leur donner à souper. L'offre fut acceptée. Je les traitai magnifiquement. On s'entretint longtemps de la gentillesse de ma figure et de mes heureuses dispositions. On prétendit qu'il y avait beaucoup à espérer de moi, parce qu'avant quelque chose dans la physionomie qui sentait l'honnête homme, personne ne se défierait de mes artifices. Enfin, on rendit grâce à M. Lescaut d'avoir procuré à l'Ordre un novice de mon mérite, et l'on chargea un des chevaliers de me donner, pendant quelques jours, les instructions nécessaires. Le principal théâtre de mes exploits devait être l'hôtel de Transylvanie[1], où il y avait une table de pharaon[2] dans une salle et divers autres jeux de cartes et de dés dans la galerie. Cette académie se tenait au profit de M. le prince de R..., qui demeurait alors à Clagny, et la plupart de ses officiers étaient de notre société. Le dirai-je à ma honte ? Je profitai en peu de temps des leçons de mon maître. J'acquis surtout beaucoup d'habileté à faire une volte-face[3], à filer la carte[4], et m'aidant fort bien d'une longue paire de manchettes, j'escamotais[5] assez légèrement pour tromper les yeux des plus habiles, et ruiner sans affectation quantité d'honnêtes joueurs. Cette adresse extraordinaire hâta si fort les progrès de ma fortune, que je me trouvai en peu de semaines des sommes considérables, outre celles que je partageais de bonne foi avec mes associés. Je ne craignis plus, alors, de découvrir à Manon notre perte de Chaillot, et, pour la consoler, en lui apprenant cette fâcheuse nouvelle, je louai une maison garnie, où nous nous établîmes avec un air d'opulence et de sécurité.

Tiberge n'avait pas manqué, pendant ce temps-là, de me rendre de fréquentes visites. Sa morale ne finissait point. Il recommençait sans cesse à me représenter le tort que je faisais à ma conscience, à mon honneur et à ma fortune. Je recevais ses avis avec amitié, et quoique je n'eusse pas la moindre disposition à les suivre, je lui savais bon gré de son zèle, parce que j'en connaissais la source.

1. *Hôtel de Transylvanie* : hôtel particulier ayant réellement appartenu à François Rakoczy. Consacré au jeu, il se trouvait à l'angle du quai Malaquais et de la rue Bonaparte (voir p. 165 et 169). \ **2.** *Pharaon* : jeu de hasard se jouant avec des cartes, et se prêtant particulièrement bien à la tricherie. \ **3.** *Faire une volte-face* : faire toutes les mains, autrement dit remporter toutes les levées. \ **4.** *Filer la carte* : reconnaître une carte à l'envers. \ **5.** *J'escamotais* : le héros cache une carte ou en fait sortir une de ses manches.

Quelquefois je le raillais agréablement, dans la présence même de Manon, et je l'exhortais à n'être pas plus scrupuleux qu'un grand nombre d'évêques et d'autres prêtres, qui savent accorder fort bien une maîtresse avec un bénéfice. Voyez, lui disais-je, en lui montrant les yeux de la mienne, et dites-moi s'il y a des fautes qui ne soient pas justifiées par une si belle cause. Il prenait patience. Il la poussa même assez loin ; mais lorsqu'il vit que mes richesses augmentaient, et que non seulement je lui avais restitué ses cent pistoles, mais qu'ayant loué une nouvelle maison et doublé ma dépense, j'allais me replonger plus que jamais dans les plaisirs, il changea entièrement de ton et de manières. Il se plaignit de mon endurcissement ; il me menaça des châtiments du Ciel, et il me prédit une partie des malheurs qui ne tardèrent guère à m'arriver. Il est impossible, me dit-il, que les richesses qui servent à l'entretien de vos désordres vous soient venues par des voies légitimes. Vous les avez acquises injustement ; elles vous seront ravies de même. La plus terrible punition de Dieu serait de vous en laisser jouir tranquillement. Tous mes conseils, ajouta-t-il, vous ont été inutiles ; je ne prévois que trop qu'ils vous seraient bientôt importuns. Adieu, ingrat et faible ami. Puissent vos criminels plaisirs s'évanouir comme une ombre ! Puissent votre fortune et votre argent périr sans ressource, et vous rester seul et nu, pour sentir la vanité des biens qui vous ont follement enivré ! C'est alors que vous me trouverez disposé à vous aimer et à vous servir, mais je romps aujourd'hui tout commerce avec vous, et je déteste la vie que vous menez. Ce fut dans ma chambre, aux yeux de Manon, qu'il me fit cette harangue apostolique. Il se leva pour se retirer. Je voulus le retenir, mais je fus arrêté par Manon, qui me dit que c'était un fou qu'il fallait laisser sortir.

Son discours ne laissa pas de faire quelque impression sur moi. Je remarque ainsi les diverses occasions où mon cœur sentit un retour vers le bien, parce que c'est à ce souvenir que j'ai dû ensuite une partie de ma force dans les plus malheureuses circonstances de ma vie. Les caresses de Manon dissipèrent, en un moment, le chagrin que cette scène m'avait causé. Nous continuâmes de mener une vie toute composée de plaisir et d'amour. L'augmentation de nos richesses redoubla notre affection ; Vénus et la

Fortune[1] n'avaient point d'esclaves plus heureux et plus tendres. Dieux ! pourquoi nommer le monde un lieu de misères, puisqu'on y peut goûter de si charmantes délices ? Mais, hélas ! leur faible est de passer trop vite. Quelle autre félicité voudrait-on se proposer, si elles étaient de nature à durer toujours ? Les nôtres eurent le sort commun, c'est-à-dire de durer peu, et d'être suivies par des regrets amers. J'avais fait, au jeu, des gains si considérables, que je pensais à placer une partie de mon argent. Mes domestiques n'ignoraient pas mes succès, surtout mon valet de chambre et la suivante de Manon, devant lesquels nous nous entretenions souvent sans défiance. Cette fille était jolie ; mon valet en était amoureux. Ils avaient affaire à des maîtres jeunes et faciles, qu'ils s'imaginèrent pouvoir tromper aisément. Ils en conçurent le dessein, et ils l'exécutèrent si malheureusement pour nous, qu'ils nous mirent dans un état dont il ne nous a jamais été possible de nous relever.

M. Lescaut nous ayant un jour donné à souper, il était environ minuit lorsque nous retournâmes au logis. J'appelai mon valet, et Manon sa femme de chambre ; ni l'un ni l'autre ne parurent. On nous dit qu'ils n'avaient point été vus dans la maison depuis huit heures, et qu'ils étaient sortis après avoir fait transporter quelques caisses, suivant les ordres qu'ils disaient avoir reçus de moi. Je pressentis une partie de la vérité, mais je ne formai point de soupçons qui ne fussent surpassés par ce que j'aperçus en entrant dans ma chambre. La serrure de mon cabinet avait été forcée, et mon argent enlevé, avec tous mes habits. Dans le temps que je réfléchissais, seul, sur cet accident, Manon vint, tout effrayée, m'apprendre qu'on avait fait le même ravage dans son appartement. Le coup me parut si cruel qu'il n'y eut qu'un effort extraordinaire de raison qui m'empêcha de me livrer aux cris et aux pleurs. La crainte de communiquer mon désespoir à Manon me fit affecter de prendre un visage tranquille. Je lui dis, en badinant, que je me vengerais sur quelque dupe à l'hôtel de Transylvanie. Cependant, elle me sembla si sensible à notre malheur que sa tristesse eut bien plus de force pour m'affliger, que ma joie feinte n'en avait eu pour l'empêcher d'être trop abattue. Nous sommes

1. *Vénus et la Fortune* : *Vénus* est la déesse de l'amour, et la *Fortune* est une divinité censée distribuer le bonheur ou le malheur tout à fait arbitrairement.

perdus ! me dit-elle, les larmes aux yeux. Je m'efforçai en vain de la consoler par mes caresses ; mes propres pleurs trahissaient mon désespoir et ma consternation. En effet, nous étions ruinés si absolument, qu'il ne nous restait pas une chemise.

Je pris le parti d'envoyer chercher sur-le-champ M. Lescaut. Il me conseilla d'aller, à l'heure même, chez M. le Lieutenant de Police et M. le Grand Prévôt de Paris. J'y allai, mais ce fut pour mon plus grand malheur ; car outre que cette démarche et celles que je fis faire à ces deux officiers de justice ne produisirent rien, je donnai le temps à Lescaut d'entretenir sa sœur, et de lui inspirer, pendant mon absence, une horrible résolution. Il lui parla de M. de G... M..., vieux voluptueux, qui payait prodiguement les plaisirs, et il lui fit envisager tant d'avantages à se mettre à sa solde, que, troublée comme elle était par notre disgrâce, elle entra dans tout ce qu'il entreprit de lui persuader. Cet honorable marché fut conclu avant mon retour, et l'exécution remise au lendemain, après que Lescaut aurait prévenu M. de G... M... Je le trouvai qui m'attendait au logis ; mais Manon s'était couchée dans son appartement[1], et elle avait donné ordre à son laquais de me dire qu'ayant besoin d'un peu de repos, elle me priait de la laisser seule pendant cette nuit. Lescaut me quitta, après m'avoir offert quelques pistoles que j'acceptai. Il était près de quatre heures, lorsque je me mis au lit, et m'y étant encore occupé longtemps des moyens de rétablir ma fortune, je m'endormis si tard, que je ne pus me réveiller que vers onze heures ou midi. Je me levai promptement pour aller m'informer de la santé de Manon ; on me dit qu'elle était sortie, une heure auparavant, avec son frère, qui l'était venu prendre dans un carrosse de louage. Quoiqu'une telle partie, faite avec Lescaut, me parût mystérieuse, je me fis violence pour suspendre mes soupçons. Je laissai couler quelques heures, que je passai à lire. Enfin, n'étant plus le maître de mon inquiétude, je me promenai à grands pas dans nos appartements. J'aperçus, dans celui de Manon, une lettre cachetée qui était sur sa table. L'adresse était à moi, et l'écriture de sa main. Je l'ouvris avec un frisson mortel ; elle était dans ces termes :

---

1. *Son appartement* : partie d'un logement particulièrement réservée à l'un des habitants et à son usage privé.

Je te jure, mon cher Chevalier, que tu es l'idole de mon cœur, et qu'il n'y a que toi au monde que je puisse aimer de la façon dont je t'aime; mais ne vois-tu pas, ma pauvre chère âme, que, dans l'état où nous sommes réduits, c'est une sotte vertu que la fidélité ? Crois-tu qu'on puisse être bien tendre lorsqu'on manque de pain ? La faim me causerait quelque méprise fatale; je rendrais quelque jour le dernier soupir, en croyant en pousser un d'amour. Je t'adore, compte là-dessus; mais laisse-moi, pour quelque temps, le ménagement de notre fortune. Malheur à qui va tomber dans mes filets[1] ! Je travaille pour rendre mon Chevalier riche et heureux. Mon frère t'apprendra des nouvelles de ta Manon, et qu'elle a pleuré de la nécessité de te quitter.

Je demeurai, après cette lecture, dans un état qui me serait difficile à décrire car j'ignore encore aujourd'hui par quelle espèce de sentiments je fus alors agité. Ce fut une de ces situations uniques auxquelles on n'a rien éprouvé qui soit semblable. On ne saurait les expliquer aux autres, parce qu'ils n'en ont pas l'idée; et l'on a peine à se les bien démêler à soi-même, parce qu'étant seules de leur espèce, cela ne se lie à rien dans la mémoire, et ne peut même être rapproché d'aucun sentiment connu. Cependant, de quelque nature que fussent les miens, il est certain qu'il devait y entrer de la douleur, du dépit, de la jalousie et de la honte. Heureux s'il n'y fût pas entré encore plus d'amour ! Elle m'aime, je le veux croire; mais ne faudrait-il pas, m'écriai-je, qu'elle fût un monstre pour me haïr ? Quels droits eut-on jamais sur un cœur que je n'aie pas sur le sien ? Que me reste-t-il à faire pour elle, après tout ce que je lui ai sacrifié ? Cependant elle m'abandonne ! et l'ingrate se croit à couvert de mes reproches en me disant qu'elle ne cesse pas de m'aimer ! Elle appréhende la faim. Dieu d'amour ! quelle grossièreté de sentiments ! et que c'est répondre mal à ma délicatesse ! Je ne l'ai pas appréhendée, moi qui m'y expose si volontiers pour elle en renonçant à ma fortune et aux douceurs de la maison de mon père; moi qui me suis retranché jusqu'au nécessaire pour satisfaire ses petites humeurs et ses caprices. Elle m'adore, dit-elle.

1. *Tomber dans mes filets* : expression empruntée au domaine de la chasse et appliquée au domaine amoureux.

Si tu m'adorais, ingrate, je sais bien de qui tu aurais pris des conseils ; tu ne m'aurais pas quitté, du moins, sans me dire adieu. C'est à moi qu'il faut demander quelles peines cruelles on sent à se séparer de ce qu'on adore. Il faudrait avoir perdu l'esprit pour s'y exposer volontairement.

Mes plaintes furent interrompues par une visite à laquelle je ne m'attendais pas. Ce fut celle de Lescaut. Bourreau ! lui dis-je en mettant l'épée à la main, où est Manon ? qu'en as-tu fait ? Ce mouvement l'effraya ; il me répondit que, si c'était ainsi que je le recevais lorsqu'il venait me rendre compte du service le plus considérable qu'il eût pu me rendre, il allait se retirer, et ne remettrait jamais le pied chez moi. Je courus à la porte de la chambre, que je fermai soigneusement. Ne t'imagine pas, lui dis-je en me tournant vers lui, que tu puisses me prendre encore une fois pour dupe et me tromper par des fables. Il faut défendre ta vie, ou me faire retrouver Manon. Là ! que vous êtes vif ! repartit-il ; c'est l'unique sujet qui m'amène. Je viens vous annoncer un bonheur auquel vous ne pensez pas, et pour lequel vous reconnaîtrez peut-être que vous m'avez quelque obligation. Je voulus être éclairci sur-le-champ.

Il me raconta que Manon, ne pouvant soutenir la crainte de la misère, et surtout l'idée d'être obligée tout d'un coup à la réforme de notre équipage[1], l'avait prié de lui procurer la connaissance de M. de G… M…, qui passait pour un homme généreux. Il n'eut garde de me dire que le conseil était venu de lui, ni qu'il eût préparé les voies, avant que de l'y conduire. Je l'y ai menée ce matin, continua-t-il, et cet honnête homme a été si charmé de son mérite qu'il l'a invitée d'abord à lui tenir compagnie à sa maison de campagne, où il est allé passer quelques jours. Moi, ajouta Lescaut, qui ai pénétré tout d'un coup de quel avantage cela pouvait être pour vous, je lui ai fait entendre adroitement que Manon avait essuyé des pertes considérables, et j'ai tellement piqué sa générosité, qu'il a commencé par lui faire un présent de deux cents pistoles. Je lui ai dit que cela était honnête pour le présent, mais que l'avenir amènerait à ma sœur de grands besoins, qu'elle s'était chargée,

1. *Équipage* : moyen de transport dont dispose personnellement un individu.

d'ailleurs, du soin d'un jeune frère qui nous était resté sur les bras après la mort de nos père et mère, et que, s'il la croyait digne de son estime, il ne la laisserait pas souffrir dans ce pauvre enfant qu'elle regardait comme la moitié d'elle-même. Ce récit n'a pas manqué de l'attendrir. Il s'est engagé à louer une maison commode, pour vous et pour Manon, car c'est vous-même qui êtes ce pauvre petit frère orphelin. Il a promis de vous meubler proprement, et de vous fournir, tous les mois quatre cents bonnes livres, qui en feront, si je compte bien, quatre mille huit cents à la fin de chaque année. Il a laissé ordre à son intendant, avant que de partir pour sa campagne, de chercher une maison, et de la tenir prête pour son retour. Vous reverrez alors Manon, qui m'a chargé de vous embrasser mille fois pour elle, et de vous assurer qu'elle vous aime plus que jamais.

Je m'assis, en rêvant à cette bizarre disposition de mon sort. Je me trouvai dans un partage de sentiments, et par conséquent dans une incertitude si difficile à terminer, que je demeurai longtemps sans répondre à quantité de questions que Lescaut me faisait l'une sur l'autre. Ce fut, dans ce moment, que l'honneur et la vertu me firent sentir encore les pointes du remords, et que je jetai les yeux, en soupirant, vers Amiens, vers la maison de mon père, vers Saint-Sulpice et vers tous les lieux où j'avais vécu dans l'innocence. Par quel immense espace n'étais-je pas séparé de cet heureux état ! Je ne le voyais plus que de loin, comme une ombre qui s'attirait encore mes regrets et mes désirs, mais trop faible pour exciter mes efforts. Par quelle fatalité, disais-je, suis-je devenu si criminel ? L'amour est une passion innocente ; comment s'est-il changé, pour moi, en une source de misères et de désordres ? Qui m'empêchait de vivre tranquille et vertueux avec Manon ? Pourquoi ne l'épousais-je point, avant que d'obtenir rien de son amour ? Mon père, qui m'aimait si tendrement, n'y aurait-il pas consenti si je l'en eusse pressé avec des instances légitimes ? Ah ! mon père l'aurait chérie lui-même, comme une fille charmante, trop digne d'être la femme de son fils ; je serais heureux avec l'amour de Manon, avec l'affection de mon père, avec l'estime des honnêtes gens, avec les biens de la fortune et la tranquillité de la vertu. Revers funeste ! Quel est l'infâme personnage qu'on vient ici me proposer ? Quoi ! j'irai partager… Mais y a-t-il à balancer, si c'est Manon qui l'a réglé, et si je la perds sans cette complaisance ? Monsieur Lescaut, m'écriai-je en fermant les yeux comme pour écarter de si chagrinantes réflexions, si vous avez eu dessein de me servir, je vous rends grâces. Vous auriez pu prendre une voie plus honnête ; mais c'est une chose finie, n'est-ce pas ? Ne pensons donc plus qu'à profiter de vos soins et à remplir votre projet. Lescaut, à qui ma colère, suivie d'un fort long silence, avait causé de l'embarras, fut ravi de me voir prendre un parti tout différent de celui qu'il avait appréhendé sans doute ; il n'était rien moins que brave, et j'en eus de meilleures preuves dans la suite. Oui, oui, se hâta-t-il de me répondre, c'est un fort bon service que je vous ai rendu, et vous verrez que nous en tirerons plus d'avantage que vous ne vous y attendez. Nous concertâmes de quelle manière nous pourrions prévenir les défiances que M. de G... M... pouvait concevoir de notre fraternité, en me voyant plus grand et un peu plus âgé peut-être qu'il ne se l'imaginait. Nous ne trouvâmes point d'autre moyen, que de prendre devant lui un air simple et provincial, et de lui faire croire que j'étais dans le dessein d'entrer dans l'état ecclésiastique, et que j'allais pour cela tous les jours au collège. Nous résolûmes aussi que je me mettrais fort mal, la première fois que je serais admis à l'honneur de le saluer. Il revint à la ville trois ou quatre jours après ; il conduisit lui-même Manon dans la maison que son intendant avait eu soin de préparer. Elle fit avertir aussitôt Lescaut de son retour ; et celui-ci m'en ayant donné avis, nous nous rendîmes tous deux chez elle. Le vieil amant en était déjà sorti.

Malgré la résignation avec laquelle je m'étais soumis à ses volontés, je ne pus réprimer le murmure de mon cœur en la revoyant. Je lui parus triste et languissant. La joie de la retrouver ne l'emportait pas tout à fait sur le chagrin de son infidélité. Elle, au contraire, paraissait transportée du plaisir de me revoir. Elle me fit des reproches de ma froideur. Je ne pus m'empêcher de laisser échapper les noms de perfide et d'infidèle, que j'accompagnai d'autant de soupirs. Elle me railla d'abord de ma simplicité ; mais, lorsqu'elle vit mes regards s'attacher toujours tristement sur elle, et la peine que j'avais à digérer un changement si contraire à mon humeur et à mes désirs, elle passa seule dans son cabinet. Je la suivis un moment après. Je l'y trouvai tout en pleurs ; je lui demandai ce qui les causait. Il t'est bien aisé de le voir, me dit-elle, comment veux-tu que je vive, si ma vue n'est plus propre qu'à te causer un air sombre et chagrin ? Tu ne m'as pas fait une seule caresse, depuis une heure que tu es ici, et tu as reçu les miennes avec la majesté du Grand Turc au Sérail.

Écoutez, Manon, lui répondis je en l'embrassant, je ne puis vous cacher que j'ai le cœur mortellement affligé. Je ne parle point à présent des alarmes où votre fuite imprévue m'a jeté, ni de la cruauté que vous avez eue de m'abandonner sans un mot de consolation, après avoir passé la nuit dans un autre lit que moi. Le charme de votre présence m'en ferait bien oublier davantage. Mais croyez-vous que je puisse penser sans soupirs, et même sans larmes, continuai-je en en versant quelques-unes, à la triste et malheureuse vie que vous voulez que je mène dans cette maison ? Laissons ma naissance et mon honneur à part : ce ne sont plus des raisons si faibles qui doivent entrer en concurrence avec un amour tel que le mien ; mais cet amour même, ne vous imaginez-vous pas qu'il gémit de se voir si mal récompensé, ou plutôt traité si cruellement par une ingrate et dure maîtresse ? Elle m'interrompit : Tenez, dit-elle, mon Chevalier, il est inutile de me tourmenter par des reproches qui me percent le cœur, lorsqu'ils viennent de vous. Je vois ce qui vous blesse. J'avais espéré que vous consentiriez au projet que j'avais fait pour rétablir un peu notre fortune, et c'était pour ménager votre délicatesse que j'avais commencé à l'exécuter sans votre participation ; mais j'y renonce, puisque vous ne l'approuvez pas. Elle ajouta qu'elle ne me demandait qu'un peu de complaisance, pour le reste du jour ; qu'elle avait déjà reçu deux cents pistoles de son vieil amant, et qu'il lui avait promis de lui apporter le soir un beau collier de perles avec d'autres bijoux, et par-dessus cela, la moitié de la pension annuelle qu'il lui avait promise. Laissez-moi seulement le temps, me dit-elle, de recevoir ses présents, je vous jure qu'il ne pourra se vanter des avantages que je lui ai donnés sur moi, car je l'ai remis jusqu'à présent à la ville[1]. Il est vrai qu'il m'a baisé plus d'un million de fois les mains ; il est juste

1. *Je l'ai remis jusqu'à présent à la ville* : je l'ai fait attendre. Les membres de la noblesse ou de la grande bourgeoisie avaient en général deux lieux de résidence, l'un à la ville et l'autre à la campagne. Dire que l'on *remettait quelqu'un à la ville* quand on était à la campagne, signifiait donc qu'on le faisait attendre, et qu'on ne s'occupait plus de lui.

qu'il paye ce plaisir, et ce ne sera point trop que cinq ou six mille francs, en proportionnant le prix à ses richesses et à son âge.

Sa résolution me fut beaucoup plus agréable que l'espérance des cinq mille livres. J'eus lieu de reconnaître que mon cœur n'avait point encore perdu tout sentiment d'honneur, puisqu'il était si satisfait d'échapper à l'infamie. Mais j'étais né pour les courtes joies et les longues douleurs. La Fortune ne me délivrera d'un précipice que pour me faire tomber dans un autre. Lorsque j'eus marqué à Manon, par mille caresses, combien je me croyais heureux de son changement, je lui dis qu'il fallait en instruire M. Lescaut, afin que nos mesures se prissent de concert. Il en murmura d'abord ; mais les quatre ou cinq mille livres d'argent comptant le firent entrer gaiement dans nos vues. Il fut donc réglé que nous nous trouverions tous à souper avec M. de G… M…, et cela pour deux raisons : l'une, pour nous donner le plaisir d'une scène agréable en me faisant passer pour un écolier, frère de Manon ; l'autre, pour empêcher ce vieux libertin[1] de s'émanciper trop avec ma maîtresse, par le droit qu'il croirait s'être acquis en payant si libéralement d'avance. Nous devions nous retirer, Lescaut et moi, lorsqu'il monterait à la chambre où il comptait de passer la nuit ; et Manon, au lieu de le suivre, nous promit de sortir, et de la venir passer avec moi. Lescaut se chargea du soin d'avoir exactement un carrosse à la porte.

L'heure du souper étant venue, M. de G… M… ne se fit pas attendre longtemps. Lescaut était avec sa sœur, dans la salle. Le premier compliment du vieillard fut d'offrir à sa belle un collier, des bracelets et des pendants de perles, qui valaient au moins mille écus. Il lui compta ensuite, en beaux louis d'or, la somme de deux mille quatre cents livres, qui faisaient la moitié de la pension. Il assaisonna son présent de quantité de douceurs dans le goût de la vieille Cour. Manon ne put lui refuser quelques baisers ; c'était autant de droits qu'elle acquérait sur l'argent qu'il lui mettait entre les mains. J'étais à la porte, où je prêtais l'oreille, en attendant que Lescaut m'avertît d'entrer.

---

1. *Libertin* : homme qui s'est affranchi des lois de la religion et de la morale et qui est donc de mœurs très libres et s'adonne sans retenue à tous les plaisirs. Voir l'analyse de ce terme et de ses implications p. 172-174.

Il vint me prendre par la main, lorsque Manon eut serré l'argent et les bijoux, et me conduisant vers M. de G… M…, il m'ordonna de lui faire la révérence. J'en fis deux ou trois des plus profondes. Excusez, monsieur, lui dit Lescaut, c'est un enfant fort neuf[1]. Il est bien éloigné, comme vous voyez, d'avoir les airs de Paris ; mais nous espérons qu'un peu d'usage le façonnera. Vous aurez l'honneur de voir ici souvent Monsieur, ajouta-t-il, en se tournant vers moi ; faites bien votre profit d'un si bon modèle. Le vieil amant parut prendre plaisir à me voir. Il me donna deux ou trois petits coups sur la joue en me disant que j'étais un joli garçon, mais qu'il fallait être sur mes gardes à Paris, où les jeunes gens se laissent aller facilement à la débauche. Lescaut l'assura que j'étais naturellement si sage, que je ne parlais que de me faire prêtre, et que tout mon plaisir était à faire de petites chapelles[2]. Je lui trouve de l'air de Manon, reprit le vieillard en me haussant le menton avec la main. Je répondis d'un air niais : Monsieur, c'est que nos deux chairs se touchent de bien proche ; aussi, j'aime ma sœur Manon comme un autre moi-même. L'entendez-vous ? dit-il à Lescaut, il a de l'esprit. C'est dommage que cet enfant-là n'ait pas un peu plus de monde[3]. Oh ! monsieur, repris-je, j'en ai vu beaucoup chez nous dans les églises, et je crois bien que j'en trouverai, à Paris, de plus sots que moi. Voyez, ajouta-t-il, cela est admirable pour un enfant de province. Toute notre conversation fut à peu près du même goût, pendant le souper. Manon, qui était badine, fut sur le point, plusieurs fois, de gâter tout par ses éclats de rire. Je trouvai l'occasion, en soupant, de lui raconter sa propre histoire, et le mauvais sort qui le menaçait. Lescaut et Manon tremblaient pendant mon récit, surtout lorsque je faisais son portrait au naturel ; mais l'amour-propre l'empêcha de s'y reconnaître, et je l'achevai si adroitement, qu'il fut le premier à le trouver fort risible. Vous verrez que ce n'est pas sans raison que je me suis étendu sur cette ridicule scène. Enfin, l'heure du sommeil étant arrivée, il parla d'amour et d'impatience. Nous nous retirâmes, Lescaut et moi ; on le conduisit à sa chambre, et Manon,

1. *Neuf* : naïf. \ **2.** *Faire de petites chapelles* : jeu d'enfant consistant à faire des maquettes avec un peu de plâtre et des morceaux de tissu. \ **3.** *Un peu plus de monde* : un peu plus d'usage du beau monde, c'est-à-dire un comportement aux manières mondaines.

étant sortie sous prétexte d'un besoin, nous vint joindre à la porte. Le carrosse, qui nous attendait trois ou quatre maisons plus bas, s'avança pour nous recevoir. Nous nous éloignâmes en un instant du quartier.

Quoiqu'à mes propres yeux cette action fût une véritable friponnerie, ce n'était pas la plus injuste que je crusse avoir à me reprocher. J'avais plus de scrupule sur l'argent que j'avais acquis au jeu. Cependant nous profitâmes aussi peu de l'un que de l'autre, et le Ciel permit que la plus légère de ces deux injustices fût la plus rigoureusement punie.

M. de G… M… ne tarda pas longtemps à s'apercevoir qu'il était dupé. Je ne sais s'il fit, dès le soir même, quelques démarches pour nous découvrir, mais il eut assez de crédit pour n'en pas faire longtemps d'inutiles, et nous assez d'imprudence pour compter trop sur la grandeur de Paris et sur l'éloignement qu'il y avait de notre quartier au sien. Non seulement il fut informé de notre demeure et de nos affaires présentes, mais il apprit aussi qui j'étais, la vie que j'avais menée à Paris, l'ancienne liaison de Manon avec B…, la tromperie qu'elle lui avait faite, en un mot, toutes les parties scandaleuses de notre histoire. Il prit là-dessus la résolution de nous faire arrêter, et de nous traiter moins comme des criminels que comme de fieffés libertins. Nous étions encore au lit, lorsqu'un exempt de police entra dans notre chambre avec une demi-douzaine de gardes. Ils se saisirent d'abord de notre argent, ou plutôt de celui de M. de G… M…, et nous ayant fait lever brusquement, ils nous conduisirent à la porte, où nous trouvâmes deux carrosses, dans l'un desquels la pauvre Manon fut enlevée sans explication, et moi traîné dans l'autre à Saint-Lazare [1]. Il faut avoir éprouvé de tels revers, pour juger du désespoir qu'ils peuvent causer. Nos gardes eurent la dureté de ne me pas permettre d'embrasser Manon, ni de lui dire une parole. J'ignorai longtemps ce qu'elle était devenue. Ce fut sans doute un bonheur pour moi de ne l'avoir pas su d'abord, car une catastrophe si terrible m'aurait fait perdre le sens et, peut-être, la vie.

---

1. *Saint-Lazare* : prison dans laquelle on enfermait les jeunes gens débauchés (voir p. 168).

Ma malheureuse maîtresse fut donc enlevée, à mes yeux, et menée dans une retraite que j'ai horreur de nommer. Quel sort pour une créature toute charmante, qui eût occupé le premier trône du monde, si tous les hommes eussent eu mes yeux et mon cœur ! On ne l'y traita pas barbarement ; mais elle fut resserrée dans une étroite prison, seule, et condamnée à remplir tous les jours une certaine tâche de travail, comme une condition nécessaire pour obtenir quelque dégoûtante nourriture. Je n'appris ce triste détail que longtemps après, lorsque j'eus essuyé moi-même plusieurs mois d'une rude et ennuyeuse pénitence. Mes gardes ne m'ayant point averti non plus du lieu où ils avaient ordre de me conduire, je ne connus mon destin qu'à la porte de Saint-Lazare. J'aurais préféré la mort, dans ce moment, à l'état où je me crus prêt de tomber. J'avais de terribles idées de cette maison. Ma frayeur augmenta lorsqu'en entrant les gardes visitèrent une seconde fois mes poches, pour s'assurer qu'il ne me restait ni armes, ni moyen de défense. Le Supérieur parut à l'instant ; il était prévenu sur mon arrivée ; il me salua avec beaucoup de douceur. Mon Père, lui dis-je, point d'indignités [1]. Je perdrai mille vies avant que d'en souffrir une. Non, non, Monsieur, me répondit-il ; vous prendrez une conduite sage, et nous serons contents l'un de l'autre. Il me pria de monter dans une chambre haute. Je le suivis sans résistance. Les archers nous accompagnèrent jusqu'à la porte, et le supérieur, y étant entré avec moi, leur fit signe de se retirer.

Je suis donc votre prisonnier ! lui dis-je. Eh bien, mon Père, que prétendez-vous faire de moi ? Il me dit qu'il était charmé de me voir prendre un ton raisonnable ; que son devoir serait de travailler à m'inspirer le goût de la vertu et de la religion, et le mien, de profiter de ses exhortations [2] et de ses conseils ; que, pour peu que je voulusse répondre aux attentions qu'il aurait pour moi, je ne trouverais que du plaisir dans ma solitude. Ah ! du plaisir ! repris-je ; vous ne savez pas, mon Père, l'unique chose qui est capable de m'en faire goûter ! Je le sais, reprit-il ; mais j'espère que votre incli-

1. *Indignités* : fessées publiques que recevaient parfois les jeunes débauchés. \ **2.** *Exhortations* : discours visant à persuader ou à admonester quelqu'un, mais aussi prédications d'un prêtre pour inciter à la piété.

nation changera. Sa réponse me fit comprendre qu'il était instruit de mes aventures, et peut-être de mon nom. Je le priai de m'éclaircir. Il me dit naturellement qu'on l'avait informé de tout.

Cette connaissance fut le plus rude de tous mes châtiments. Je me mis à verser un ruisseau de larmes, avec toutes les marques d'un affreux désespoir. Je ne pouvais me consoler d'une humiliation qui allait me rendre la fable de toutes les personnes de ma connaissance, et la honte de ma famille. Je passai ainsi huit jours dans le plus profond abattement sans être capable de rien entendre, ni de m'occuper d'autre chose que de mon opprobre [1]. Le souvenir même de Manon n'ajoutait rien à ma douleur. Il n'y entrait, du moins, que comme un sentiment qui avait précédé cette nouvelle peine, et la passion dominante de mon âme était la honte et la confusion. Il y a peu de personnes qui connaissent la force de ces mouvements particuliers du cœur. Le commun des hommes n'est sensible qu'à cinq ou six passions, dans le cercle desquelles leur vie se passe, et où toutes leurs agitations se réduisent. Ôtez-leur l'amour et la haine, le plaisir et la douleur, l'espérance et la crainte, ils ne sentent plus rien. Mais les personnes d'un caractère plus noble peuvent être remuées de mille façons différentes ; il semble qu'elles aient plus de cinq sens, et qu'elles puissent recevoir des idées et des sensations qui passent les bornes ordinaires de la nature ; et comme elles ont un sentiment de cette grandeur qui les élève au-dessus du vulgaire, il n'y a rien dont elles soient plus jalouses. De là vient qu'elles souffrent si impatiemment le mépris et la risée, et que la honte est une de leurs plus violentes passions.

J'avais ce triste avantage à Saint-Lazare. Ma tristesse parut si excessive au Supérieur, qu'en appréhendant les suites, il crut devoir me traiter avec beaucoup de douceur et d'indulgence. Il me visitait deux ou trois fois le jour. Il me prenait souvent avec lui, pour faire un tour de jardin, et son zèle s'épuisait en exhortations et en avis salutaires. Je les recevais avec douceur ; je lui marquais même de la reconnaissance. Il en tirait l'espoir de ma conversion. Vous êtes d'un naturel si doux et si aimable, me dit-il un jour, que je ne puis

1. *Opprobre* : déshonneur, honte, avilissement.

comprendre les désordres dont on vous accuse. Deux choses m'étonnent : l'une, comment, avec de si bonnes qualités, vous avez pu vous livrer à l'excès du libertinage ; et l'autre que j'admire encore plus, comment vous recevez si volontiers mes conseils et mes instructions, après avoir vécu plusieurs années dans l'habitude du désordre. Si c'est repentir, vous êtes un exemple signalé des miséricordes du Ciel ; si c'est bonté naturelle, vous avez du moins un excellent fond de caractère, qui me fait espérer que nous n'aurons pas besoin de vous retenir ici longtemps, pour vous ramener à une vie honnête et réglée. Je fus ravi de lui voir cette opinion de moi. Je résolus de l'augmenter par une conduite qui pût le satisfaire entièrement, persuadé que c'était le plus sûr moyen d'abréger ma prison. Je lui demandai des livres. Il fut surpris que, m'ayant laissé le choix de ceux que je voulais lire, je me déterminai pour quelques auteurs sérieux. Je feignis de m'appliquer à l'étude avec le dernier attachement, et je lui donnai ainsi, dans toutes les occasions, des preuves du changement qu'il désirait.

Cependant il n'était qu'extérieur. Je dois le confesser à ma honte, je jouai, à Saint-Lazare, un personnage d'hypocrite[1]. Au lieu d'étudier, quand j'étais seul, je ne m'occupais qu'à gémir de ma destinée ; je maudissais ma prison et la tyrannie qui m'y retenait. Je n'eus pas plutôt quelque relâche du côté de cet accablement où m'avait jeté la confusion, que je retombai dans les tourments de l'amour. L'absence de Manon, l'incertitude de son sort, la crainte de ne la revoir jamais étaient l'unique objet de mes tristes méditations. Je me la figurais dans les bras de G... M..., car c'était la pensée que j'avais eue d'abord ; et, loin de m'imaginer qu'il lui eût fait le même traitement qu'à moi, j'étais persuadé qu'il ne m'avait fait éloigner que pour la posséder tranquillement. Je passais ainsi des jours et des nuits dont la longueur me paraissait éternelle. Je n'avais d'espérance que dans le succès de mon hypocrisie. J'observais soigneusement le visage et les discours du Supérieur, pour m'assurer de ce qu'il pensait de moi, et je me faisais une étude de lui plaire, comme à l'arbitre de ma

1. On pense bien sûr à Tartuffe, mais aussi à Don Juan quand il joue l'hypocrite face à son père (voir l'acte IV de la pièce de Molière).

destinée. Il me fut aisé de reconnaître que j'étais parfaitement dans ses bonnes grâces. Je ne doutai plus qu'il ne fût disposé à me rendre service. Je pris un jour la hardiesse de lui demander si c'était de lui que mon élargissement dépendait. Il me dit qu'il n'en était pas absolument le maître, mais que, sur son témoignage, il espérait que M. de G... M..., à la sollicitation duquel M. le Lieutenant général de Police m'avait fait renfermer, consentirait à me rendre la liberté. Puis-je me flatter, repris-je doucement, que deux mois de prison, que j'ai déjà essuyés, lui paraîtront une expiation[1] suffisante ? Il me promit de lui en parler, si je le souhaitais. Je le priai instamment de me rendre ce bon office. Il m'apprit, deux jours après, que G... M... avait été si touché du bien qu'il avait entendu de moi, que non seulement il paraissait être dans le dessein de me laisser voir le jour, mais qu'il avait même marqué beaucoup d'envie de me connaître plus particulièrement, et qu'il se proposait de me rendre une visite dans ma prison. Quoique sa présence ne pût m'être agréable, je la regardais comme un acheminement prochain à ma liberté.

Il vint effectivement à Saint-Lazare. Je lui trouvai l'air plus grave et moins sot qu'il ne l'avait eu dans la maison de Manon. Il me tint quelques discours de bon sens sur ma mauvaise conduite. Il ajouta pour justifier apparemment ses propres désordres, qu'il était permis à la faiblesse des hommes de se procurer certains plaisirs que la nature exige, mais que la friponnerie et les artifices honteux méritaient d'être punis. Je l'écoutai avec un air de soumission dont il parut satisfait. Je ne m'offensai pas même de lui entendre lâcher quelques railleries sur ma fraternité avec Lescaut et Manon, et sur les petites chapelles dont il supposait, me dit-il, que j'avais dû faire un grand nombre à Saint-Lazare, puisque je trouvais tant de plaisir à cette pieuse occupation. Mais il lui échappa, malheureusement pour lui et pour moi-même, de me dire que Manon en aurait fait aussi, sans doute, de fort jolies à l'Hôpital. Malgré le frémissement que le nom d'Hôpital me causa, j'eus encore le pouvoir de le prier, avec douceur, de s'expliquer. Hé oui ! reprit-il, il y a deux mois

1. *Expiation* : souffrance que l'on s'impose en vue de se purifier de ses fautes passées.

qu'elle apprend la sagesse à l'Hôpital général [1], et je souhaite qu'elle en ait tiré autant de profit que vous à Saint-Lazare.

Quand j'aurais eu une prison éternelle, ou la mort même présente à mes yeux, je n'aurais pas été le maître de mon transport, à cette affreuse nouvelle. Je me jetai sur lui avec une si affreuse rage que j'en perdis la moitié de mes forces. J'en eus assez néanmoins pour le renverser par terre, et pour le prendre à la gorge. Je l'étranglais, lorsque le bruit de sa chute, et quelques cris aigus, que je lui laissais à peine la liberté de pousser, attirèrent le Supérieur et plusieurs religieux dans ma chambre. On le délivra de mes mains. J'avais presque perdu moi-même la force et la respiration. Ô Dieu ! m'écriai-je, en poussant mille soupirs ; justice du Ciel ! faut-il que je vive un moment, après une telle infamie ? Je voulus me jeter encore sur le barbare qui venait de m'assassiner. On m'arrêta. Mon désespoir, mes cris et mes larmes passaient toute imagination. Je fis des choses si étonnantes, que tous les assistants, qui en ignoraient la cause, se regardaient les uns les autres avec autant de frayeur que de surprise. M. de G… M… rajustait pendant ce temps-là sa perruque et sa cravate, et dans le dépit d'avoir été si maltraité, il ordonnait au Supérieur de me resserrer plus étroitement que jamais, et de me punir par tous les châtiments qu'on sait être propres à Saint-Lazare. Non, Monsieur, lui dit le Supérieur ; ce n'est point avec une personne de la naissance de M. le Chevalier que nous en usons de cette manière. Il est si doux, d'ailleurs, et si honnête, que j'ai peine à comprendre qu'il se soit porté à cet excès sans de fortes raisons. Cette réponse acheva de déconcerter M. de G… M… Il sortit en disant qu'il saurait faire plier et le Supérieur, et moi, et tous ceux qui oseraient lui résister.

Le Supérieur, ayant ordonné à ses religieux de le conduire, demeura seul avec moi. Il me conjura de lui apprendre promptement d'où venait ce désordre. Ô mon Père, lui dis-je, en continuant de pleurer comme un enfant, figurez-vous la plus horrible cruauté, imaginez-vous la plus détestable de toutes les barbaries, c'est l'action que l'indigne G… M… a eu la lâcheté de commettre.

1. *Hôpital général* : prison dans laquelle on enfermait les femmes de mauvaise vie (voir p. 168).

Oh ! il m'a percé le cœur. Je n'en reviendrai jamais. Je veux vous raconter tout, ajoutai-je en sanglotant. Vous êtes bon, vous aurez pitié de moi. Je lui fis un récit abrégé de la longue et insurmontable passion que j'avais pour Manon[1], de la situation florissante de notre fortune avant que nous eussions été dépouillés par nos propres domestiques, des offres que G… M… avait faites à ma maîtresse, de la conclusion de leur marché, et de la manière dont il avait été rompu. Je lui représentai les choses, à la vérité du côté le plus favorable pour nous : voilà, continuai-je, de quelle source est venu le zèle de M. de G… M… pour ma conversion. Il a eu le crédit de me faire ici renfermer, par un pur motif de vengeance. Je lui pardonne, mais, mon Père, ce n'est pas tout : il a fait enlever cruellement la plus chère moitié de moi-même, il l'a fait mettre honteusement à l'Hôpital, il a eu l'impudence de me l'annoncer aujourd'hui de sa propre bouche. À l'Hôpital, mon Père ! Ô Ciel ! ma charmante maîtresse, ma chère reine à l'Hôpital, comme la plus infâme de toutes les créatures ! Où trouverai-je assez de force pour ne pas mourir de douleur et de honte ? Le bon Père, me voyant dans cet excès d'affliction, entreprit de me consoler. Il me dit qu'il n'avait jamais compris mon aventure de la manière dont je la racontais ; qu'il avait su, à la vérité, que je vivais dans le désordre, mais qu'il s'était figuré que ce qui avait obligé M. de G… M… d'y prendre intérêt, était quelque liaison d'estime et d'amitié avec ma famille ; qu'il ne s'en était expliqué à lui-même que sur ce pied ; que ce que je venais de lui apprendre mettrait beaucoup de changement dans mes affaires, et qu'il ne doutait point que le récit qu'il avait dessein d'en faire à M. le Lieutenant général de Police ne pût contribuer à ma liberté. Il me demanda ensuite pourquoi je n'avais pas encore pensé à donner de mes nouvelles à ma famille, puisqu'elle n'avait point eu de part à ma captivité. Je satisfis à cette objection par quelques raisons prises de la douleur que j'avais appréhendé de causer à mon père, et de la honte que j'en aurais ressentie moi-même. Enfin il me promit d'aller de ce pas chez le Lieutenant de

1. On peut noter ici un effet de mise en abyme du récit que Des Grieux fait à l'homme de qualité.

Police, ne fût-ce, ajouta-t-il, que pour prévenir quelque chose de pis, de la part de M. de G… M…, qui est sorti de cette maison fort mal satisfait, et qui est assez considéré pour se faire redouter.

J'attendis le retour du Père avec toutes les agitations d'un malheureux qui touche au moment de sa sentence. C'était pour moi un supplice inexprimable de me représenter Manon à l'Hôpital. Outre l'infamie de cette demeure, j'ignorais de quelle manière elle y était traitée, et le souvenir de quelques particularités que j'avais entendues de cette maison d'horreur renouvelait à tous moments mes transports. J'étais tellement résolu de la secourir, à quelque prix et par quelque moyen que ce pût être, que j'aurais mis le feu à Saint-Lazare, s'il m'eût été impossible d'en sortir autrement. Je réfléchis donc sur les voies que j'avais à prendre s'il arrivait que le Lieutenant général de Police continuât de m'y retenir malgré moi. Je mis mon industrie à toutes les épreuves ; je parcourus toutes les possibilités. Je ne vis rien qui pût m'assurer d'une évasion certaine, et je craignis d'être renfermé plus étroitement si je faisais une tentative malheureuse. Je me rappelai le nom de quelques amis, de qui je pouvais espérer du secours ; mais quel moyen de leur faire savoir ma situation ? Enfin, je crus avoir formé un plan si adroit qu'il pourrait réussir, et je remis à l'arranger encore mieux après le retour du Père supérieur, si l'inutilité de sa démarche me le rendait nécessaire. Il ne tarda point à revenir. Je ne vis pas, sur son visage, les marques de joie qui accompagnent une bonne nouvelle. J'ai parlé, me dit-il, à M. le Lieutenant général de Police, mais je lui ai parlé trop tard. M. de G… M… l'est allé voir en sortant d'ici, et l'a si fort prévenu contre vous, qu'il était sur le point de m'envoyer de nouveaux ordres pour vous resserrer davantage.

Cependant, lorsque je lui ai appris le fond de vos affaires, il a paru s'adoucir beaucoup, et riant un peu de l'incontinence du vieux M. de G… M…, il m'a dit qu'il fallait vous laisser ici six mois pour le satisfaire ; d'autant mieux, a-t-il dit, que cette demeure ne saurait vous être inutile. Il m'a recommandé de vous traiter honnêtement, et je vous réponds que vous ne vous plaindrez point de mes manières.

Cette explication du bon Supérieur fut assez longue pour me donner le temps de faire une sage réflexion. Je conçus que je m'exposerais à renverser mes desseins si je lui marquais trop d'empressement pour ma liberté. Je lui témoignai, au contraire, que dans la nécessité de demeurer, c'était une douce consolation pour moi d'avoir quelque part à son estime. Je le priai ensuite, sans affectation, de m'accorder une grâce, qui n'était de nulle importance pour personne, et qui servirait beaucoup à ma tranquillité ; c'était de faire avertir un de mes amis, un saint ecclésiastique qui demeurait à Saint-Sulpice, que j'étais à Saint-Lazare, et de permettre que je reçusse quelquefois sa visite. Cette faveur me fut accordée sans délibérer. C'était mon ami Tiberge dont il était question, non que j'espérasse de lui les secours nécessaires pour ma liberté, mais je voulais l'y faire servir comme un instrument éloigné, sans qu'il en eût même connaissance. En un mot, voici mon projet : je voulais écrire à Lescaut et le charger, lui et nos amis communs, du soin de me délivrer. La première difficulté était de lui faire tenir ma lettre ; ce devait être l'office de Tiberge. Cependant, comme il le connaissait pour le frère de ma maîtresse, je craignais qu'il n'eût peine à se charger de cette commission. Mon dessein était de renfermer ma lettre à Lescaut dans une autre lettre que je devais adresser à un honnête homme de ma connaissance, en le priant de rendre promptement la première à son adresse, et comme il était nécessaire que je visse Lescaut pour nous accorder dans nos mesures, je voulais lui marquer de venir à Saint-Lazare, et de demander à me voir sous le nom de mon frère aîné, qui était venu exprès à Paris pour prendre connaissance de mes affaires. Je remettais à convenir avec lui des moyens qui nous paraîtraient les plus expéditifs et les plus sûrs. Le Père supérieur fit avertir Tiberge du désir que j'avais de l'entretenir. Ce fidèle ami ne m'avait pas tellement perdu de vue qu'il ignorât mon aventure ; il savait que j'étais à Saint-Lazare, et peut-être n'avait-il pas été fâché de cette disgrâce qu'il croyait capable de me ramener au devoir. Il accourut aussitôt à ma chambre.

Notre entretien fut plein d'amitié. Il voulut être informé de mes dispositions. Je lui ouvris mon cœur sans réserve, excepté sur le dessein de ma fuite. Ce n'est pas à vos yeux, cher ami, lui dis-je, que je veux paraître ce que je ne suis point. Si vous avez cru trouver ici un ami sage et réglé dans ses désirs, un libertin réveillé par les châtiments du Ciel, en un mot un cœur dégagé de l'amour et revenu des charmes de sa Manon, vous avez jugé trop favorablement de moi.

Vous me revoyez tel que vous me laissâtes il y a quatre mois : toujours tendre, et toujours malheureux par cette fatale tendresse dans laquelle je ne me lasse point de chercher mon bonheur

Il me répondit que l'aveu que je faisais me rendait inexcusable ; qu'on voyait bien des pécheurs qui s'enivraient du faux bonheur du vice jusqu'à le préférer hautement à celui de la vertu ; mais que c'était, du moins, à des images de bonheur qu'ils s'attachaient, et qu'ils étaient les dupes de l'apparence ; mais que, de reconnaître, comme je le faisais, que l'objet de mes attachements n'était propre qu'à me rendre coupable et malheureux, et de continuer à me précipiter volontairement dans l'infortune et dans le crime, c'était une contradiction d'idées et de conduite qui ne faisait pas honneur à ma raison.

Tiberge, repris-je, qu'il vous est aisé de vaincre, lorsqu'on n'oppose rien à vos armes ! Laissez-moi raisonner à mon tour. Pouvez-vous prétendre que ce que vous appelez le bonheur de la vertu soit exempt de peines, de traverses et d'inquiétudes ? Quel nom donnerez-vous à la prison, aux croix, aux supplices et aux tortures des tyrans ? Direz-vous, comme font les mystiques, que ce qui tourmente le corps est un bonheur pour l'âme ? Vous n'oseriez le dire ; c'est un paradoxe insoutenable. Ce bonheur, que vous relevez tant, est donc mêlé de mille peines, ou pour parler plus juste, ce n'est qu'un tissu de malheurs au travers desquels on tend à la félicité. Or si la force de l'imagination fait trouver du plaisir dans ces maux mêmes, parce qu'ils peuvent conduire à un terme heureux qu'on espère, pourquoi traitez-vous de contradictoire et d'insensée, dans ma conduite, une disposition toute semblable ? J'aime Manon ; je tends au travers de mille douleurs à vivre heureux et tranquille auprès d'elle. La voie par où je marche est malheureuse ; mais l'espérance d'arriver à mon terme y répand toujours de la douceur, et je me croirai trop bien payé, par un moment passé avec elle, de tous les chagrins que j'essuie pour l'obtenir. Toutes choses me paraissent donc égales de votre côté et du mien ; ou s'il y a quelque différence, elle est encore à mon avantage, car le bonheur que j'espère est proche, et l'autre est éloigné ; le mien est de la nature des peines, c'est-à-dire sensible au corps, et l'autre est d'une nature inconnue, qui n'est certaine que par la foi.

Tiberge parut effrayé de ce raisonnement. Il recula de deux pas, en me disant, de l'air le plus sérieux, que, non seulement ce que je venais de dire blessait le bon sens, mais que c'était un malheureux sophisme[1] d'impiété et d'irréligion : car cette comparaison, ajouta-t-il, du terme de vos peines avec celui qui est proposé par la religion, est une idée des plus libertines et des plus monstrueuses.

J'avoue, repris-je, qu'elle n'est pas juste ; mais prenez-y garde, ce n'est pas sur elle que porte mon raisonnement. J'ai eu dessein d'expliquer ce que vous regardez comme une contradiction, dans la persévérance d'un amour malheureux, et je crois avoir fort bien prouvé que, si c'en est une, vous ne sauriez vous en sauver plus que moi. C'est à cet égard seulement que j'ai traité les choses d'égales, et je soutiens encore qu'elles le sont. Répondrez-vous que le terme de la vertu est infiniment supérieur à celui de l'amour ? Qui refuse d'en convenir ? Mais est-ce de quoi il est question ? Ne s'agit-il pas de la force qu'ils ont, l'un et l'autre, pour faire supporter les peines ? Jugeons-en par l'effet. Combien trouve-t-on de déserteurs de la sévère vertu, et combien en trouverez-vous peu de l'amour ? Répondrez-vous encore que, s'il y a des peines dans l'exercice du bien, elles ne sont pas infaillibles et nécessaires ; qu'on ne trouve plus de tyrans ni de croix, et qu'on voit quantité de personnes vertueuses mener une vie douce et tranquille ? Je vous dirai de même qu'il y a des amours paisibles et fortunées, et, ce qui fait encore une différence qui m'est extrêmement avantageuse, j'ajouterai que l'amour, quoiqu'il trompe assez souvent, ne promet du moins que des satisfactions et des joies, au lieu que la religion veut qu'on s'attende à une pratique triste et mortifiante. Ne vous alarmez pas, ajoutai-je en voyant son zèle prêt à se chagriner. L'unique chose que je veux conclure ici, c'est qu'il n'y a point de plus mauvaise méthode pour dégoûter un cœur de l'amour, que de lui en décrier les douceurs et de lui promettre plus de bonheur dans l'exercice de la vertu. De la manière dont nous sommes faits, il est certain que notre félicité consiste dans le plaisir ; je défie qu'on s'en forme une autre idée ; or le cœur n'a pas besoin de se consulter

1. *Sophisme* : raisonnement faux, malgré son apparence de vérité.

longtemps pour sentir que, de tous les plaisirs, les plus doux sont ceux de l'amour. Il s'aperçoit bientôt qu'on le trompe lorsqu'on lui en promet ailleurs de plus charmants, et cette tromperie le dispose à se défier des promesses les plus solides. Prédicateurs [1], qui voulez me ramener à la vertu, dites-moi qu'elle est indispensablement nécessaire, mais ne me déguisez pas qu'elle est sévère et pénible. Établissez bien que les délices de l'amour sont passagères, qu'elles sont défendues, qu'elles seront suivies par d'éternelles peines, et ce qui fera peut-être encore plus d'impression sur moi, que, plus elles sont douces et charmantes, plus le Ciel sera magnifique à récompenser un si grand sacrifice, mais confessez qu'avec des cœurs tels que nous les avons, elles sont ici-bas nos plus parfaites félicités.

Cette fin de mon discours rendit sa bonne humeur à Tiberge. Il convint qu'il y avait quelque chose de raisonnable dans mes pensées. La seule objection qu'il ajouta fut de me demander pourquoi je n'entrais pas du moins dans mes propres principes, en sacrifiant mon amour à l'espérance de cette rémunération dont je me faisais une si grande idée. Ô cher ami ! lui répondis-je, c'est ici que je reconnais ma misère et ma faiblesse. Hélas ! oui, c'est mon devoir d'agir comme je raisonne ! mais l'action est-elle en mon pouvoir ? De quels secours n'aurais-je pas besoin pour oublier les charmes de Manon ? Dieu me pardonne, reprit Tiberge, je pense que voici encore un de nos jansénistes [2]. Je ne sais ce que je suis, répliquai-je, et je ne vois pas trop clairement ce qu'il faut être ; mais je n'éprouve que trop la vérité de ce qu'ils disent.

Cette conversation servit du moins à renouveler la pitié de mon ami. Il comprit qu'il y avait plus de faiblesse que de malignité dans mes désordres. Son amitié en fut plus disposée, dans la suite, à me donner des secours, sans lesquels j'aurais péri infailliblement de misère. Cependant, je ne lui fis pas la moindre ouverture du dessein que j'avais de m'échapper de Saint-Lazare. Je le priai seulement de se charger de ma lettre. Je l'avais préparée, avant qu'il fût venu, et je ne manquai point de prétextes pour colorer la nécessité où j'étais

1. *Prédicateurs* : ecclésiastiques chargés de prononcer les sermons. \ **2.** *Jansénistes* : partisans de la théorie de la prédestination et de la grâce divine (voir p. 172).

d'écrire. Il eut la fidélité de la porter exactement, et Lescaut reçut, avant la fin du jour, celle qui était pour lui.

Il me vint voir le lendemain, et il passa heureusement sous le nom de mon frère. Ma joie fut extrême en l'apercevant dans ma chambre. J'en fermai la porte avec soin. Ne perdons pas un seul moment, lui dis-je ; apprenez-moi d'abord des nouvelles de Manon, et donnez-moi ensuite un bon conseil pour rompre mes fers. Il m'assura qu'il n'avait pas vu sa sœur depuis le jour qui avait précédé mon emprisonnement, qu'il n'avait appris son sort et le mien qu'à force d'informations et de soins, que, s'étant présenté deux ou trois fois à l'Hôpital, on lui avait refusé la liberté de lui parler. Malheureux G... M... ! m'écriai-je, que tu me le paieras cher !

Pour ce qui regarde votre délivrance, continua Lescaut, c'est une entreprise moins facile que vous ne pensez. Nous passâmes hier la soirée, deux de mes amis et moi, à observer toutes les parties extérieures de cette maison, et nous jugeâmes que, vos fenêtres étant sur une cour entourée de bâtiments, comme vous nous l'aviez marqué, il y aurait bien de la difficulté à vous tirer de là. Vous êtes d'ailleurs au troisième étage, et nous ne pouvons introduire ici ni cordes ni échelles. Je ne vois donc nulle ressource du côté du dehors. C'est dans la maison même qu'il faudrait imaginer quelque artifice. Non, repris-je ; j'ai tout examiné, surtout depuis que ma clôture est un peu moins rigoureuse, par l'indulgence du supérieur. La porte de ma chambre ne se ferme plus avec la clef, j'ai la liberté de me promener dans les galeries des religieux, mais tous les escaliers sont bouchés par des portes épaisses qu'on a soin de tenir fermées la nuit et le jour de sorte qu'il est impossible que la seule adresse puisse me sauver. Attendez, repris-je, après avoir un peu réfléchi sur une idée qui me parut excellente, pourriez-vous m'apporter un pistolet ? Aisément, me dit Lescaut ; mais voulez-vous tuer quelqu'un ? Je l'assurai que j'avais si peu dessein de tuer qu'il n'était pas même nécessaire que le pistolet fût chargé. Apportez-le-moi demain, ajoutai-je, et ne manquez pas de vous trouver le soir, à onze heures, vis-à-vis de la porte de cette maison, avec deux ou trois de nos amis. J'espère que je pourrai vous y rejoindre. Il me pressa en vain de lui en apprendre davantage. Je lui dis qu'une entreprise, telle que je la méditais, ne pouvait paraître raisonnable qu'après avoir réussi. Je le priai d'abréger sa visite, afin qu'il trouvât plus de facilité à me revoir le lendemain. Il fut admis avec aussi peu de peine que la première fois. Son air était grave, il n'y a personne qui ne l'eût pris pour un homme d'honneur.

Lorsque je me trouvai muni de l'instrument de ma liberté [1], je ne doutai presque plus du succès de mon projet. Il était bizarre et hardi ; mais de quoi n'étais-je pas capable, avec les motifs qui m'animaient ? J'avais remarqué, depuis qu'il m'était permis de sortir de ma chambre et de me promener dans les galeries, que le portier apportait chaque jour au soir les clefs de toutes les portes au supérieur, et qu'il régnait ensuite un profond silence dans la maison, qui marquait que tout le monde était retiré. Je pouvais aller sans obstacle, par une galerie de communication, de ma chambre à celle de ce Père. Ma résolution était de lui prendre ses clefs, en l'épouvantant avec mon pistolet s'il faisait difficulté de me les donner, et de m'en servir pour gagner la rue. J'en attendis le temps avec impatience. Le portier vint à l'heure ordinaire, c'est-à-dire un peu après neuf heures. J'en laissai passer encore une, pour m'assurer que tous les religieux et les domestiques étaient endormis. Je partis enfin, avec mon arme et une chandelle allumée. Je frappai d'abord doucement à la porte du Père, pour l'éveiller sans bruit. Il m'entendit au second coup, et s'imaginant, sans doute, que c'était quelque religieux qui se trouvait mal et qui avait besoin de secours il se leva pour m'ouvrir. Il eut, néanmoins, la précaution de demander, au travers de la porte, qui c'était et ce qu'on voulait de lui. Je fus obligé de me nommer ; mais j'affectai un ton plaintif, pour lui faire comprendre que je ne me trouvais pas bien. Ah ! c'est vous, mon cher fils, me dit-il, en ouvrant la porte ; qu'est-ce donc qui vous amène si tard ? J'entrai dans sa chambre, et l'ayant tiré à l'autre bout opposé à la porte, je lui déclarai qu'il m'était impossible de demeurer plus longtemps à Saint-Lazare ; que la nuit était un temps commode pour sortir sans être aperçu, et que j'attendais de son amitié qu'il consentirait à m'ouvrir les portes, ou à me prêter ses clefs pour les ouvrir moi-même.

---

1. *Instrument de ma liberté* : périphrase pour désigner le pistolet.

Ce compliment devait le surprendre. Il demeura quelque temps à me considérer, sans me répondre. Comme je n'en avais pas à perdre, je repris la parole pour lui dire que j'étais fort touché de toutes ses bontés, mais que, la liberté étant le plus cher de tous les biens, surtout pour moi à qui on la ravissait injustement, j'étais résolu de me la procurer cette nuit même, à quelque prix que ce fût ; et de peur qu'il ne lui prît envie d'élever la voix pour appeler du secours, je lui fis voir une honnête raison de silence, que je tenais sous mon juste-au-corps[1]. Un pistolet ! me dit-il. Quoi ! mon fils, vous voulez m'ôter la vie, pour reconnaître la considération que j'ai eue pour vous ? À Dieu ne plaise, lui répondis-je. Vous avez trop d'esprit et de raison pour me mettre dans cette nécessité ; mais je veux être libre, et j'y suis si résolu que, si mon projet manque par votre faute, c'est fait de vous absolument. Mais, mon cher fils, reprit-il d'un air pâle et effrayé, que vous ai-je fait ? quelle raison avez-vous de vouloir ma mort ? Eh non ! répliquai-je avec impatience. Je n'ai pas dessein de vous tuer, si vous voulez vivre. Ouvrez-moi la porte, et je suis le meilleur de vos amis. J'aperçus les clefs qui étaient sur sa table. Je les pris et je le priai de me suivre, en faisant le moins de bruit qu'il pourrait. Il fut obligé de s'y résoudre. À mesure que nous avancions et qu'il ouvrait une porte, il me répétait avec un soupir : Ah ! mon fils, ah ! qui l'aurait cru ? Point de bruit, mon Père, répétais-je de mon côté à tout moment. Enfin nous arrivâmes à une espèce de barrière, qui est avant la grande porte de la rue. Je me croyais déjà libre, et j'étais derrière le Père, avec ma chandelle dans une main et mon pistolet dans l'autre. Pendant qu'il s'empressait d'ouvrir, un domestique, qui couchait dans une petite chambre voisine, entendant le bruit de quelques verrous, se lève et met la tête à sa porte. Le bon Père le crut apparemment capable de m'arrêter. Il lui ordonna, avec beaucoup d'imprudence, de venir à son secours. C'était un puissant coquin, qui s'élança sur moi sans balancer. Je ne le marchandai point[2] ; je lui lâchai le coup au milieu de la poitrine. Voilà de quoi vous êtes cause, mon Père, dis-je assez fièrement à mon guide. Mais que cela ne vous empêche point d'achever, ajoutai-je en

1. *Juste-au-corps* : sorte de veste qui arrivait jusqu'aux genoux et que portaient les nobles et les élégants. \ **2.** *Je ne le marchandai point* : je ne le ménageai pas.

le poussant vers la dernière porte. Il n'osa refuser de l'ouvrir. Je sortis heureusement et je trouvai, à quatre pas, Lescaut qui m'attendait avec deux amis, suivant sa promesse.

Nous nous éloignâmes. Lescaut me demanda s'il n'avait pas entendu tirer un pistolet. C'est votre faute, lui dis-je ; pourquoi me l'apportiez-vous chargé ? Cependant je le remerciai d'avoir eu cette précaution, sans laquelle j'étais sans doute à Saint-Lazare pour longtemps. Nous allâmes passer la nuit chez un traiteur, où je me remis un peu de la mauvaise chère que j'avais faite depuis près de trois mois. Je ne pus néanmoins m'y livrer au plaisir. Je souffrais mortellement dans Manon[1]. Il faut la délivrer, dis-je à mes trois amis. Je n'ai souhaité la liberté que dans cette vue. Je vous demande le secours de votre adresse ; pour moi, j'y emploierai jusqu'à ma vie. Lescaut, qui ne manquait pas d'esprit et de prudence, me représenta qu'il fallait aller bride en main[2] ; que mon évasion de Saint-Lazare et le malheur qui m'était arrivé en sortant, causeraient infailliblement du bruit ; que le Lieutenant général de Police me ferait chercher, et qu'il avait les bras longs ; enfin, que si je ne voulais pas être exposé à quelque chose de pis que Saint-Lazare, il était à propos de me tenir couvert et renfermé pendant quelques jours, pour laisser au premier feu de mes ennemis le temps de s'éteindre. Son conseil était sage, mais il aurait fallu l'être aussi pour le suivre. Tant de lenteur et de ménagement ne s'accordait pas avec ma passion. Toute ma complaisance se réduisit à lui promettre que je passerais le jour suivant à dormir. Il m'enferma dans sa chambre, où je demeurai jusqu'au soir.

J'employai une partie de ce temps à former des projets et des expédients pour secourir Manon. J'étais bien persuadé que sa prison était encore plus impénétrable que n'avait été la mienne. Il n'était pas question de force et de violence, il fallait de l'artifice ; mais la déesse même de l'invention n'aurait pas su par où commencer. J'y vis si peu de jour, que je remis à considérer mieux les choses lorsque j'aurais pris quelques informations sur l'arrangement intérieur de l'Hôpital.

---

1. *Je souffrais mortellement dans Manon* : cette tournure qui nous semble aujourd'hui étrange signifie tout simplement que Des Grieux est dans la compassion, c'est-à-dire qu'il ressent la souffrance qu'éprouve Manon. \ **2.** *Bride en main* : expression appartenant au domaine de l'équitation et signifiant « aller doucement et prudemment ».

Aussitôt que la nuit m'eut rendu la liberté, je priai Lescaut de m'accompagner. Nous liâmes conversation avec un des portiers, qui nous parut homme de bon sens. Je feignis d'être un étranger qui avait entendu parler avec admiration de l'Hôpital général, et de l'ordre qui s'y observe. Je l'interrogeai sur les plus minces détails, et de circonstances en circonstances, nous tombâmes sur les administrateurs, dont je le priai de m'apprendre les noms et les qualités. Les réponses qu'il me fit sur ce dernier article me firent naître une pensée dont je m'applaudis aussitôt, et que je ne tardai point à mettre en œuvre. Je lui demandai, comme une chose essentielle à mon dessein, si ces messieurs avaient des enfants. Il me dit qu'il ne pouvait m'en rendre un compte certain, mais que, pour M. de T..., qui était un des principaux, il lui connaissait un fils en âge d'être marié, qui était venu plusieurs fois à l'Hôpital avec son père. Cette assurance me suffisait. Je rompis presque aussitôt notre entretien, et je fis part à Lescaut, en retournant chez lui, du dessein que j'avais conçu. Je m'imagine, lui dis-je, que M. de T... le fils, qui est riche et de bonne famille, est dans un certain goût de plaisirs, comme la plupart des jeunes gens de son âge. Il ne saurait être ennemi des femmes, ni ridicule au point de refuser ses services pour une affaire d'amour. J'ai formé le dessein de l'intéresser à la liberté de Manon. S'il est honnête homme, et qu'il ait des sentiments, il nous accordera son secours par générosité. S'il n'est point capable d'être conduit par ce motif, il fera du moins quelque chose pour une fille aimable, ne fût-ce que par l'espérance d'avoir part à ses faveurs. Je ne veux pas différer de le voir, ajoutai-je, plus longtemps que jusqu'à demain. Je me sens si consolé par ce projet, que j'en tire un bon augure. Lescaut convint lui-même qu'il y avait de la vraisemblance dans mes idées, et que nous pouvions espérer quelque chose par cette voie. J'en passai la nuit moins tristement.

Le matin étant venu, je m'habillai le plus proprement qu'il me fut possible, dans l'état d'indigence où j'étais, et je me fis conduire dans un fiacre[1] à la maison de M. de T... Il fut surpris de recevoir la visite d'un inconnu. J'augurai bien de sa physionomie et de ses

1. *Fiacre* : carrosse que l'on arrêtait dans la rue et qui était une sorte de taxi à cheval.

civilités. Je m'expliquai naturellement avec lui, et pour échauffer ses sentiments naturels, je lui parlai de ma passion et du mérite de ma maîtresse comme de deux choses qui ne pouvaient être égalées que l'une par l'autre. Il me dit que, quoiqu'il n'eût jamais vu Manon, il avait entendu parler d'elle, du moins s'il s'agissait de celle qui avait été la maîtresse du vieux G... M... Je ne doutai point qu'il ne fût informé de la part que j'avais eue à cette aventure, et pour le gagner de plus en plus, en me faisant un mérite de ma confiance, je lui racontai le détail de tout ce qui était arrivé à Manon et à moi. Vous voyez, Monsieur, continuai-je, que l'intérêt de ma vie et celui de mon cœur sont maintenant entre vos mains. L'un ne m'est pas plus cher que l'autre. Je n'ai point de réserve avec vous, parce que je suis informé de votre générosité, et que la ressemblance de nos âges me fait espérer qu'il s'en trouvera quelqu'une dans nos inclinations. Il parut fort sensible à cette marque d'ouverture et de candeur. Sa réponse fut celle d'un homme qui a du monde et des sentiments[1] ; ce que le monde ne donne pas toujours et qu'il fait perdre souvent. Il me dit qu'il mettait ma visite au rang de ses bonnes fortunes, qu'il regarderait mon amitié comme une de ses plus heureuses acquisitions, et qu'il s'efforcerait de la mériter par l'ardeur de ses services. Il ne promit pas de me rendre Manon, parce qu'il n'avait, me dit-il, qu'un crédit médiocre et mal assuré ; mais il m'offrit de me procurer le plaisir de la voir, et de faire tout ce qui serait en sa puissance pour la remettre entre mes bras. Je fus plus satisfait de cette incertitude de son crédit que je ne l'aurais été d'une pleine assurance de remplir tous mes désirs. Je trouvai, dans la modération de ses offres, une marque de franchise dont je fus charmé. En un mot, je me promis tout de ses bons offices. La seule promesse de me faire voir Manon m'aurait fait tout entreprendre pour lui. Je lui marquai quelque chose de ces sentiments, d'une manière qui le persuada aussi que je n'étais pas d'un mauvais naturel. Nous nous embrassâmes avec tendresse, et nous devînmes amis, sans autre raison que la bonté de nos cœurs et une simple disposition qui porte un homme tendre et généreux à aimer un

1. *Homme qui a du monde et des sentiments* : honnête homme qui fait preuve de politesse mondaine et de cœur.

autre homme qui lui ressemble. Il poussa les marques de son estime bien plus loin ; car, ayant combiné mes aventures, et jugeant qu'en sortant de Saint-Lazare je ne devais pas me trouver à mon aise, il m'offrit sa bourse, et il me pressa de l'accepter. Je ne l'acceptai point ; mais je lui dis : C'est trop, mon cher Monsieur. Si, avec tant de bonté et d'amitié, vous me faites revoir ma chère Manon, je vous suis attaché pour toute ma vie. Si vous me rendez tout à fait cette chère créature, je ne croirai pas être quitte en versant tout mon sang pour vous servir.

Nous ne nous séparâmes qu'après être convenus du temps et du lieu où nous devions nous retrouver. Il eut la complaisance de ne pas me remettre plus loin que l'après-midi du même jour. Je l'attendis dans un café, où il vint me rejoindre vers les quatre heures, et nous prîmes ensemble le chemin de l'Hôpital. Mes genoux étaient tremblants en traversant les cours. Puissance d'amour ! disais-je, je reverrai donc l'idole de mon cœur, l'objet de tant de pleurs et d'inquiétudes ! Ciel ! conservez-moi assez de vie pour aller jusqu'à elle, et disposez après cela de ma fortune et de mes jours, je n'ai plus d'autre grâce à vous demander.

M. de T… parla à quelques concierges[1] de la maison qui s'empressèrent de lui offrir tout ce qui dépendait d'eux pour sa satisfaction. Il se fit montrer le quartier où Manon avait sa chambre, et l'on nous y conduisit avec une clef d'une grandeur effroyable, qui servit à ouvrir sa porte. Je demandai au valet qui nous menait, et qui était celui qu'on avait chargé du soin de la servir, de quelle manière elle avait passé le temps dans cette demeure. Il nous dit que c'était une douceur angélique ; qu'il n'avait jamais reçu d'elle un mot de dureté ; qu'elle avait versé continuellement des larmes pendant les six premières semaines après son arrivée, mais que, depuis quelque temps, elle paraissait prendre son malheur avec plus de patience, et qu'elle était occupée à coudre du matin jusqu'au soir, à la réserve de quelques heures qu'elle employait à la lecture. Je lui demandai encore si elle avait été entretenue proprement. Il m'assura que le nécessaire, du moins, ne lui avait jamais manqué.

1. *Concierges* : geôliers, gardiens de prison.

Nous approchâmes de sa porte. Mon cœur battait violemment. Je dis à M. de T... : Entrez seul et prévenez-la sur ma visite, car j'appréhende qu'elle ne soit trop saisie en me voyant tout d'un coup. La porte nous fut ouverte. Je demeurai dans la galerie. J'entendis néanmoins leurs discours. Il lui dit qu'il venait lui apporter un peu de consolation, qu'il était de mes amis, et qu'il prenait beaucoup d'intérêt à notre bonheur. Elle lui demanda, avec le plus vif empressement, si elle apprendrait de lui ce que j'étais devenu. Il lui promit de m'amener à ses pieds, aussi tendre, aussi fidèle qu'elle pouvait le désirer. Quand? reprit-elle. Aujourd'hui même, lui dit-il ; ce bienheureux moment ne tardera point ; il va paraître à l'instant si vous le souhaitez. Elle comprit que j'étais à la porte. J'entrai, lorsqu'elle y accourait avec précipitation. Nous nous embrassâmes avec cette effusion de tendresse qu'une absence de trois mois fait trouver si charmante à de parfaits amants. Nos soupirs, nos exclamations interrompues, mille noms d'amour répétés languissamment de part et d'autre, formèrent, pendant un quart d'heure, une scène qui attendrissait M. de T... Je vous porte envie, me dit-il, en nous faisant asseoir ; il n'y a point de sort glorieux auquel je ne préférasse une maîtresse si belle et si passionnée. Aussi mépriserais-je tous les empires du monde, lui répondis-je, pour m'assurer le bonheur d'être aimé d'elle.

Tout le reste d'une conversation si désirée ne pouvait manquer d'être infiniment tendre. La pauvre Manon me raconta ses aventures, et je lui appris les miennes. Nous pleurâmes amèrement en nous entretenant de l'état où elle était, et de celui d'où je ne faisais que sortir. M. de T... nous consola par de nouvelles promesses de s'employer ardemment pour finir nos misères. Il nous conseilla de ne pas rendre cette première entrevue trop longue, pour lui donner plus de facilité à nous en procurer d'autres. Il eut beaucoup de peine à nous faire goûter ce conseil ; Manon, surtout, ne pouvait se résoudre à me laisser partir. Elle me fit remettre cent fois sur ma chaise ; elle me retenait par les habits et par les mains. Hélas ! dans quel lieu me laissez-vous ! disait-elle. Qui peut m'assurer de vous revoir ? M. de T... lui promit de la venir voir souvent avec moi. Pour le lieu, ajouta-t-il agréablement, il ne faut plus l'appeler l'Hôpital ; c'est Versailles, depuis qu'une personne qui mérite l'empire de tous les cœurs y est renfermée.

Je fis, en sortant, quelques libéralités au valet qui la servait, pour l'engager à lui rendre ses soins avec zèle. Ce garçon avait l'âme moins basse et moins dure que ses pareils. Il avait été témoin de notre entrevue ; ce tendre spectacle l'avait touché. Un louis d'or, dont je lui fis présent, acheva de me l'attacher. Il me prit à l'écart, en descendant dans les cours. Monsieur, me dit-il, si vous me voulez prendre à votre service, ou me donner une honnête récompense pour me dédommager de la perte de l'emploi que j'occupe ici, je crois qu'il me sera facile de délivrer Mademoiselle Manon. J'ouvris l'oreille à cette proposition, et quoique je fusse dépourvu de tout, je lui fis des promesses fort au-dessus de ses désirs. Je comptais bien qu'il me serait toujours aisé de récompenser un homme de cette étoffe. Sois persuadé, lui dis-je, mon ami, qu'il n'y a rien que je ne fasse pour toi, et que ta fortune est aussi assurée que la mienne. Je voulus savoir quels moyens il avait dessein d'employer. Nul autre, me dit-il, que de lui ouvrir le soir la porte de sa chambre, et de vous la conduire jusqu'à celle de la rue, où il faudra que vous soyez prêt à la recevoir. Je lui demandai s'il n'était point à craindre qu'elle ne fût reconnue en traversant les galeries et les cours. Il confessa qu'il y avait quelque danger, mais il me dit qu'il fallait bien risquer quelque chose. Quoique je fusse ravi de le voir si résolu, j'appelai M. de T… pour lui communiquer ce projet, et la seule raison qui semblait pouvoir le rendre douteux. Il y trouva plus de difficulté que moi. Il convint qu'elle pouvait absolument s'échapper de cette manière ; mais, si elle est reconnue, continua-t-il, si elle est arrêtée en fuyant, c'est peut-être fait d'elle pour toujours. D'ailleurs, il vous faudrait donc quitter Paris sur-le-champ, car vous ne seriez jamais assez caché aux recherches. On les redoublerait, autant par rapport à vous qu'à elle. Un homme s'échappe aisément, quand il est seul, mais il est presque impossible de demeurer inconnu avec une jolie femme. Quelque solide que me parût ce raisonnement, il ne put l'emporter dans mon esprit, sur un espoir si proche de mettre Manon en liberté. Je le dis à M. de T…, et je le priai de pardonner un peu d'imprudence et de témérité à l'amour. J'ajoutai que mon dessein était, en effet, de quitter Paris, pour m'arrêter, comme j'avais déjà fait, dans quelque village voisin. Nous convînmes donc, avec le valet, de ne pas remettre son entreprise plus loin qu'au jour suivant, et pour la rendre aussi certaine qu'il était en notre pouvoir, nous résolûmes d'apporter des habits d'homme, dans la vue de faciliter notre sortie. Il n'était pas aisé de les faire entrer, mais je ne manquai pas d'invention pour en trouver le moyen. Je priai seulement M. de T... de mettre le lendemain deux vestes légères l'une sur l'autre, et je me chargeai de tout le reste.

Nous retournâmes le matin à l'Hôpital. J'avais avec moi, pour Manon, du linge, des bas, etc., et par-dessus mon juste-au-corps, un surtout [1] qui ne laissait rien voir de trop enflé dans mes poches. Nous ne fûmes qu'un moment dans sa chambre. M. de T... lui laissa une de ses deux vestes ; je lui donnai mon juste-au-corps, le surtout me suffisant pour sortir. Il ne se trouva rien de manque à son ajustement, excepté la culotte [2] que j'avais malheureusement oubliée. L'oubli de cette pièce nécessaire nous eût, sans doute, apprêtés à rire si l'embarras où il nous mettait eût été moins sérieux. J'étais au désespoir qu'une bagatelle de cette nature fût capable de nous arrêter. Cependant, je pris mon parti, qui fut de sortir moi-même sans culotte. Je laissai la mienne à Manon. Mon surtout était long, et je me mis, à l'aide de quelques épingles, en état de passer décemment la porte. Le reste du jour me parut d'une longueur insupportable. Enfin, la nuit étant venue, nous nous rendîmes un peu au-dessous de la porte de l'Hôpital, dans un carrosse. Nous n'y fûmes pas longtemps sans voir Manon paraître avec son conducteur. Notre portière étant ouverte, ils montèrent tous deux à l'instant. Je reçus ma chère maîtresse dans mes bras. Elle tremblait comme une feuille. Le cocher me demanda où il fallait toucher. Touche au bout du monde, lui dis-je, et mène-moi quelque part où je ne puisse jamais être séparé de Manon.

Ce transport, dont je ne fus pas le maître, faillit de m'attirer un fâcheux embarras. Le cocher fit réflexion à mon langage, et lorsque je lui dis ensuite le nom de la rue où nous voulions être conduits, il me répondit qu'il craignait que je ne l'engageasse dans une mauvaise

1. *Surtout* : pardessus. \ **2.** *Culotte* : pantalon court que portaient les hommes à cette époque.

affaire, qu'il voyait bien que ce beau jeune homme, qui s'appelait Manon, était une fille que j'enlevais de l'Hôpital, et qu'il n'était pas d'humeur à se perdre pour l'amour de moi. La délicatesse de ce coquin n'était qu'une envie de me faire payer la voiture plus cher. Nous étions trop près de l'Hôpital pour ne pas filer doux. Tais-toi, lui dis-je, il y a un louis d'or à gagner pour toi. Il m'aurait aidé, après cela, à brûler l'Hôpital même. Nous gagnâmes la maison où demeurait Lescaut. Comme il était tard, M. de T... nous quitta en chemin, avec promesse de nous revoir le lendemain. Le valet demeura seul avec nous.

Je tenais Manon si étroitement serrée entre mes bras que nous n'occupions qu'une place dans le carrosse. Elle pleurait de joie, et je sentais ses larmes qui mouillaient mon visage mais, lorsqu'il fallut descendre pour entrer chez Lescaut, j'eus avec le cocher un nouveau démêlé, dont les suites furent funestes. Je me repentis de lui avoir promis un louis, non seulement parce que le présent était excessif, mais par une autre raison bien plus forte, qui était l'impuissance de le payer. Je fis appeler Lescaut. Il descendit de sa chambre pour venir à la porte. Je lui dis à l'oreille dans quel embarras je me trouvais. Comme il était d'une humeur brusque et nullement accoutumé à ménager un fiacre, il me répondit que je me moquais. Un louis d'or ! ajouta-t-il. Vingt coups de canne à ce coquin-là ! J'eus beau lui représenter doucement qu'il allait nous perdre, il m'arracha ma canne, avec l'air d'en vouloir maltraiter le cocher. Celui-ci, à qui il était peut-être arrivé de tomber quelquefois sous la main d'un garde du corps ou d'un mousquetaire[1], s'enfuit de peur, avec son carrosse, en criant que je l'avais trompé, mais que j'aurais de ses nouvelles. Je lui répétai inutilement d'arrêter. Sa fuite me causa une extrême inquiétude. Je ne doutai point qu'il n'avertît le commissaire. Vous me perdez, dis-je à Lescaut. Je ne serais pas en sûreté chez vous ; il faut nous éloigner pour le moment. Je prêtai le bras à Manon pour marcher, et nous sortîmes promptement de cette dangereuse rue. Lescaut nous tint compagnie. C'est quelque chose d'admirable[2] que la manière dont la Providence enchaîne les

1. *Mousquetaire* : cavalier faisant partie des troupes de la maison du roi. \ **2.** *Admirable* : littéralement, « étonnant ».

événements. À peine avions-nous marché cinq ou six minutes, qu'un homme, dont je ne découvris point le visage, reconnut Lescaut. Il le cherchait sans doute aux environs de chez lui, avec le malheureux dessein qu'il exécuta. C'est Lescaut, dit-il, en lui lâchant un coup de pistolet ; il ira souper ce soir avec les anges. Il se déroba aussitôt. Lescaut tomba, sans le moindre mouvement de vie. Je pressai Manon de fuir, car nos secours étaient inutiles à un cadavre, et je craignais d'être arrêté par le guet [1], qui ne pouvait tarder à paraître. J'enfilai, avec elle et le valet, la première petite rue qui croisait. Elle était si éperdue que j'avais de la peine à la soutenir. Enfin j'aperçus un fiacre au bout de la rue. Nous y montâmes, mais lorsque le cocher me demanda où il fallait nous conduire, je fus embarrassé à lui répondre. Je n'avais point d'asile assuré ni d'ami de confiance à qui j'osasse avoir recours. J'étais sans argent, n'ayant guère plus d'une demi-pistole dans ma bourse. La frayeur et la fatigue avaient tellement incommodé Manon qu'elle était à demi pâmée près de moi. J'avais, d'ailleurs, l'imagination remplie du meurtre de Lescaut, et je n'étais pas encore sans appréhension de la part du guet. Quel parti prendre ? Je me souvins heureusement de l'auberge de Chaillot, où j'avais passé quelques jours avec Manon, lorsque nous étions allés dans ce village pour y demeurer. J'espérai non seulement d'y être en sûreté, mais d'y pouvoir vivre quelque temps sans être pressé de payer. Mène-nous à Chaillot, dis-je au cocher. Il refusa d'y aller si tard, à moins d'une pistole : autre sujet d'embarras. Enfin nous convînmes de six francs ; c'était toute la somme qui restait dans ma bourse.

Je consolais Manon, en avançant ; mais, au fond, j'avais le désespoir dans le cœur. Je me serais donné mille fois la mort, si je n'eusse pas eu, dans mes bras, le seul bien qui m'attachait à la vie. Cette seule pensée me remettait. Je la tiens du moins, disais-je ; elle m'aime, elle est à moi. Tiberge a beau dire, ce n'est pas là un fantôme de bonheur. Je verrais périr tout l'univers sans y prendre intérêt. Pourquoi ? Parce que je n'ai plus d'affection de reste. Ce sentiment était vrai ; cependant, dans le temps que je faisais si peu

1. *Guet* : police chargée de la surveillance des rues, particulièrement la nuit.

de cas des biens du monde, je sentais que j'aurais eu besoin d'en avoir du moins une petite partie, pour mépriser encore plus souverainement tout le reste. L'amour est plus fort que l'abondance, plus fort que les trésors et les richesses, mais il a besoin de leur secours ; et rien n'est plus désespérant, pour un amant délicat, que de se voir ramené par là, malgré lui, à la grossièreté des âmes les plus basses.

Il était onze heures quand nous arrivâmes à Chaillot. Nous fûmes reçus à l'auberge comme des personnes de connaissance ; on ne fut pas surpris de voir Manon en habit d'homme, parce qu'on est accoutumé, à Paris[1] et aux environs, de voir prendre aux femmes toutes sortes de formes. Je la fis servir aussi proprement que si j'eusse été dans la meilleure fortune. Elle ignorait que je fusse mal en argent ; je me gardai bien de lui en rien apprendre, étant résolu de retourner seul à Paris, le lendemain, pour chercher quelque remède à cette fâcheuse espèce de maladie.

Elle me parut pâle et maigrie, en soupant. Je ne m'en étais point aperçu à l'Hôpital, parce que la chambre où je l'avais vue n'était pas des plus claires. Je lui demandai si ce n'était point encore un effet de la frayeur qu'elle avait eue en voyant assassiner son frère. Elle m'assura que, quelque touchée qu'elle fût de cet accident, sa pâleur ne venait que d'avoir essuyé pendant trois mois mon absence. Tu m'aimes donc extrêmement ? lui répondis-je. Mille fois plus que je ne puis dire, reprit-elle. Tu ne me quitteras donc plus jamais ? ajoutai-je. Non, jamais, répliqua-t-elle ; et cette assurance fut confirmée par tant de caresses et de serments, qu'il me parut impossible, en effet, qu'elle pût jamais les oublier. J'ai toujours été persuadé qu'elle était sincère ; quelle raison aurait-elle eue de se contrefaire jusqu'à ce point ? Mais elle était encore plus volage, ou plutôt elle n'était plus rien, et elle ne se reconnaissait pas elle-même, lorsque, ayant devant les yeux des femmes qui vivaient dans l'abondance, elle se trouvait dans la pauvreté et dans le besoin. J'étais à la veille d'en avoir une dernière preuve qui a surpassé toutes les autres, et qui a produit la plus étrange aventure qui soit jamais arrivée à un homme de ma naissance et de ma fortune.

---

1. Rappelons néanmoins que, sous l'Ancien Régime, le travestissement des femmes en hommes était interdit et parfois puni par la loi.

Comme je la connaissais de cette humeur, je me hâtai le lendemain d'aller à Paris. La mort de son frère et la nécessité d'avoir du linge et des habits pour elle et pour moi étaient de si bonnes raisons que je n'eus pas besoin de prétextes. Je sortis de l'auberge, avec le dessein, dis-je à Manon et à mon hôte, de prendre un carrosse de louage[1] ; mais c'était une gasconnade[2]. La nécessité m'obligeant d'aller à pied, je marchai fort vite jusqu'au Cours-la-Reine[3], où j'avais dessein de m'arrêter. Il fallait bien prendre un moment de solitude et de tranquillité pour m'arranger et prévoir ce que j'allais faire à Paris.

Je m'assis sur l'herbe. J'entrai dans une mer de raisonnements et de réflexions, qui se réduisirent peu à peu à trois principaux articles. J'avais besoin d'un secours présent, pour un nombre infini de nécessités présentes. J'avais à chercher quelque voie qui pût, du moins, m'ouvrir des espérances pour l'avenir, et ce qui n'était pas de moindre importance, j'avais des informations et des mesures à prendre pour la sûreté de Manon et pour la mienne. Après m'être épuisé en projets et en combinaisons sur ces trois chefs, je jugeai encore à propos d'en retrancher les deux derniers. Nous n'étions pas mal à couvert, dans une chambre de Chaillot, et pour les besoins futurs, je crus qu'il serait temps d'y penser lorsque j'aurais satisfait aux présents.

Il était donc question de remplir actuellement ma bourse. M. de T... m'avait offert généreusement la sienne, mais j'avais une extrême répugnance à le remettre moi-même sur cette matière. Quel personnage, que d'aller exposer sa misère à un étranger, et de le prier de nous faire part de son bien ! Il n'y a qu'une âme lâche qui en soit capable, par une bassesse qui l'empêche d'en sentir l'indignité, ou un chrétien humble, par un excès de générosité qui le rend supérieur à cette honte. Je n'étais ni un homme lâche, ni un bon chrétien ; j'aurais donné la moitié de mon sang pour éviter cette humiliation. Tiberge, disais-je, le bon Tiberge, me refusera-t-il ce qu'il aura le pouvoir de me donner ? Non, il sera touché de ma misère ; mais il m'assassinera par sa morale. Il faudra essuyer ses

1. *Carrosse de louage* : fiacre. \ **2.** *Gasconnade* : action ou propos dignes d'un Gascon, c'est-à-dire fanfaronnade ou vanterie. \ **3.** *Cours-la-Reine* : large avenue boisée située le long de la Seine et menant à l'actuel bois de Boulogne, qui était alors une promenade à la mode.

reproches, ses exhortations, ses menaces ; il me fera acheter ses secours si cher, que je donnerais encore une partie de mon sang plutôt que de m'exposer à cette scène fâcheuse qui me laissera du trouble et des remords. Bon ! reprenais-je, il faut donc renoncer à tout espoir, puisqu'il ne me reste point d'autre voie, et que je suis si éloigné de m'arrêter à ces deux-là, que je verserais plus volontiers la moitié de mon sang que d'en prendre une, c'est-à-dire tout mon sang plutôt que de les prendre toutes deux ? Oui, mon sang tout entier, ajoutai-je, après une réflexion d'un moment ; je le donnerais plus volontiers, sans doute, que de me réduire à de basses supplications. Mais il s'agit bien ici de mon sang ! Il s'agit de la vie et de l'entretien de Manon, il s'agit de son amour et de sa fidélité. Qu'ai-je à mettre en balance avec elle ? Je n'y ai rien mis jusqu'à présent. Elle me tient lieu de gloire, de bonheur et de fortune. Il y a bien des choses, sans doute, que je donnerais ma vie pour obtenir ou pour éviter, mais estimer une chose plus que ma vie n'est pas une raison pour l'estimer autant que Manon. Je ne fus pas longtemps à me déterminer, après ce raisonnement. Je continuai mon chemin, résolu d'aller d'abord chez Tiberge, et de là chez M. de T...

En entrant à Paris, je pris un fiacre, quoique je n'eusse pas de quoi le payer ; je comptais sur les secours que j'allais solliciter. Je me fis conduire au Luxembourg, d'où j'envoyai avertir Tiberge que j'étais à l'attendre. Il satisfit mon impatience par sa promptitude. Je lui appris l'extrémité de mes besoins, sans nul détour. Il me demanda si les cent pistoles que je lui avais rendues me suffiraient, et, sans m'opposer un seul mot de difficulté, il me les alla chercher dans le moment, avec cet air ouvert et ce plaisir à donner qui n'est connu que de l'amour et de la véritable amitié. Quoique je n'eusse pas eu le moindre doute du succès de ma demande, je fus surpris de l'avoir obtenue à si bon marché, c'est-à-dire sans qu'il m'eût querellé sur mon impénitence[1]. Mais je me trompais, en me croyant tout à fait quitte de ses reproches, car lorsqu'il eut achevé de me compter son argent et que je me préparais à le quitter, il me pria de faire avec lui un tour d'allée. Je ne lui avais point parlé de Manon ; il ignorait

1. *Impénitence* : fait de ne pas se repentir et de persister dans ses fautes.

qu'elle fût en liberté ; ainsi sa morale ne tomba que sur la fuite téméraire de Saint-Lazare et sur la crainte où il était qu'au lieu de profiter des leçons de sagesse que j'y avais reçues, je ne reprisse le train du désordre. Il me dit qu'étant allé pour me visiter à Saint-Lazare, le lendemain de mon évasion, il avait été frappé au-delà de toute expression en apprenant la manière dont j'en étais sorti ; qu'il avait eu là-dessus un entretien avec le Supérieur ; que ce bon Père n'était pas encore remis de son effroi ; qu'il avait eu néanmoins la générosité de déguiser à M. le Lieutenant général de Police les circonstances de mon départ, et qu'il avait empêché que la mort du portier ne fût connue au dehors ; que je n'avais donc, de ce côté-là, nul sujet d'alarme, mais que, s'il me restait le moindre sentiment de sagesse, je profiterais de cet heureux tour que le Ciel donnait à mes affaires ; que je devais commencer par écrire à mon père, et me remettre bien avec lui ; et que, si je voulais suivre une fois son conseil, il était d'avis que je quittasse Paris, pour retourner dans le sein de ma famille.

J'écoutai son discours jusqu'à la fin. Il y avait là bien des choses satisfaisantes. Je fus ravi, premièrement, de n'avoir rien à craindre du côté de Saint-Lazare. Les rues de Paris me redevenaient un pays libre. En second lieu, je m'applaudis de ce que Tiberge n'avait pas la moindre idée de la délivrance de Manon et de son retour avec moi. Je remarquai même qu'il avait évité de me parler d'elle, dans l'opinion, apparemment, qu'elle me tenait moins au cœur, puisque je paraissais si tranquille sur son sujet. Je résolus, sinon de retourner dans ma famille, du moins d'écrire à mon père, comme il me le conseillait, et de lui témoigner que j'étais disposé à rentrer dans l'ordre de mes devoirs et de ses volontés. Mon espérance était de l'engager à m'envoyer de l'argent sous prétexte de faire mes exercices à l'Académie car j'aurais eu peine à lui persuader que je fusse dans la disposition de retourner à l'état ecclésiastique. Et dans le fond, je n'avais nul éloignement pour ce que je voulais lui promettre. J'étais bien aise, au contraire, de m'appliquer à quelque chose d'honnête et de raisonnable, autant que ce dessein pourrait s'accorder avec mon amour. Je faisais mon compte de vivre avec ma maîtresse et de faire en même temps mes exercices, cela était fort compatible. Je fus si satisfait de toutes ces idées que je promis à Tiberge de faire partir, le jour même, une lettre pour mon père.

J'entrai effectivement dans un bureau d'écriture[1], en le quittant, et j'écrivis d'une manière si tendre et si soumise, qu'en relisant ma lettre, je me flattai d'obtenir quelque chose du cœur paternel.

Quoique je fusse en état de prendre et de payer un fiacre après avoir quitté Tiberge, je me fis un plaisir de marcher fièrement à pied en allant chez M. de T... Je trouvais de la joie dans cet exercice de ma liberté, pour laquelle mon ami m'avait assuré qu'il ne me restait rien à craindre. Cependant il me revint tout d'un coup à l'esprit que ses assurances ne regardaient que Saint-Lazare, et que j'avais, outre cela, l'affaire de l'Hôpital sur les bras, sans compter la mort de Lescaut, dans laquelle j'étais mêlé, du moins comme témoin. Ce souvenir m'effraya si vivement que je me retirai dans la première allée, d'où je fis appeler un carrosse. J'allai droit chez M. de T..., que je fis rire de ma frayeur. Elle me parut risible à moi-même, lorsqu'il m'eut appris que je n'avais rien à craindre du côté de l'Hôpital, ni de celui de Lescaut. Il me dit que, dans la pensée qu'on pourrait le soupçonner d'avoir eu part à l'enlèvement de Manon, il était allé le matin à l'Hôpital, et qu'il avait demandé à la voir en feignant d'ignorer ce qui était arrivé ; qu'on était si éloigné de nous accuser, ou lui, ou moi, qu'on s'était empressé, au contraire, de lui apprendre cette aventure comme une étrange nouvelle, et qu'on admirait qu'une fille aussi jolie que Manon eût pris le parti de fuir avec un valet : qu'il s'était contenté de répondre froidement qu'il n'en était pas surpris, et qu'on fait tout pour la liberté. Il continua de me raconter qu'il était allé de là chez Lescaut, dans l'espérance de m'y trouver avec ma charmante maîtresse ; que l'hôte de la maison, qui était un carrossier[2], lui avait protesté qu'il n'avait vu ni elle ni moi ; mais qu'il n'était pas étonnant que nous n'eussions point paru chez lui, si c'était pour Lescaut que nous devions y venir, parce que nous aurions sans doute appris qu'il venait d'être tué à peu près dans le même temps. Sur quoi, il n'avait pas refusé d'expliquer ce qu'il savait de la cause et des circonstances de cette mort. Environ deux heures auparavant, un garde du corps, des amis de Lescaut, l'était

1. *Bureau d'écriture* : lieu où l'on pouvait soit faire rédiger une lettre par un écrivain public, soit trouver le matériel nécessaire pour rédiger soi-même sa lettre. \ 2. *Carrossier* : artisan spécialisé dans les carrosses.

venu voir et lui avait proposé de jouer. Lescaut avait gagné si rapidement que l'autre s'était trouvé cent écus de moins en une heure, c'est-à-dire tout son argent. Ce malheureux, qui se voyait sans un sou, avait prié Lescaut de lui prêter la moitié de la somme qu'il avait perdue ; et sur quelques difficultés nées à cette occasion, ils s'étaient querellés avec une animosité extrême. Lescaut avait refusé de sortir pour mettre l'épée à la main, et l'autre avait juré, en le quittant, de lui casser la tête : ce qu'il avait exécuté le soir même. M. de T... eut l'honnêteté d'ajouter qu'il avait été fort inquiet par rapport à nous et qu'il continuait de m'offrir ses services. Je ne balançai point à lui apprendre le lieu de notre retraite. Il me pria de trouver bon qu'il allât souper avec nous.

Comme il ne me restait qu'à prendre du linge et des habits pour Manon, je lui dis que nous pouvions partir à l'heure même, s'il voulait avoir la complaisance de s'arrêter un moment avec moi chez quelques marchands. Je ne sais s'il crut que je lui faisais cette proposition dans la vue d'intéresser sa générosité, ou si ce fut par le simple mouvement d'une belle âme, mais ayant consenti à partir aussitôt, il me mena chez les marchands qui fournissaient sa maison ; il me fit choisir plusieurs étoffes d'un prix plus considérable que je ne me l'étais proposé, et lorsque je me disposais à les payer, il défendit absolument aux marchands de recevoir un sou de moi. Cette galanterie[1] se fit de si bonne grâce que je crus pouvoir en profiter sans honte. Nous prîmes ensemble le chemin de Chaillot, où j'arrivai avec moins d'inquiétude que je n'en étais parti.

Le Chevalier Des Grieux ayant employé plus d'une heure à ce récit, je le priai de prendre un peu de relâche, et de nous tenir compagnie à souper. Notre attention lui fit juger que nous l'avions écouté avec plaisir. Il nous assura que nous trouverions quelque chose encore de plus intéressant dans la suite de son histoire, et lorsque nous eûmes fini de souper, il continua dans ces termes.

FIN DE LA PREMIÈRE PARTIE

1. *Galanterie* : terme qui ne se réduit pas aux rapports entre les hommes et les femmes, mais qui désigne toute action noble et élégante.

Seconde partie

Ma présence et les politesses de M. de T… dissipèrent tout ce qui pouvait rester de chagrin à Manon. Oublions nos terreurs passées, ma chère âme, lui dis-je en arrivant, et recommençons à vivre plus heureux que jamais. Après tout, l'amour est un bon maître ; la fortune ne saurait nous causer autant de peines qu'il nous fait goûter de plaisirs. Notre souper fut une vraie scène de joie. J'étais plus fier et plus content, avec Manon et mes cent pistoles, que le plus riche partisan[1] de Paris avec ses trésors entassés. Il faut compter ses richesses par les moyens qu'on a de satisfaire ses désirs. Je n'en avais pas un seul à remplir ; l'avenir même me causait peu d'embarras. J'étais presque sûr que mon père ne ferait pas difficulté de me donner de quoi vivre honorablement à Paris, parce qu'étant dans ma vingtième année, j'entrais en droit d'exiger ma part du bien de ma mère[2]. Je ne cachai point à Manon que le fond de mes richesses n'était que de cent pistoles. C'était assez pour attendre tranquillement une meilleure fortune, qui semblait ne me pouvoir manquer, soit par mes droits naturels ou par les ressources du jeu.

Ainsi[3], pendant les premières semaines, je ne pensai qu'à jouir de ma situation ; et la force de l'honneur, autant qu'un reste de ménagement pour la police, me faisant remettre de jour en jour à renouer avec les associés de l'hôtel de T…, je me réduisis à jouer dans quelques assemblées moins décriées, où ma faveur du sort m'épargna l'humiliation d'avoir recours à l'industrie. J'allais passer à la ville une

1. *Partisan* : fermier général ; voir note 2, p. 23. \ **2.** *Ma part du bien de ma mère* : comme la mère de Des Grieux est morte, il a le droit de recevoir sa part d'héritage maternel. \ **3.** L'épisode du Prince italien qui commence avec ce paragraphe a été rajouté dans l'édition de 1753 ; il se poursuit jusqu'à la page 99.

partie de l'après-midi, et je revenais souper à Chaillot, accompagné fort souvent de M. de T..., dont l'amitié croissait de jour en jour pour nous. Manon trouva des ressources contre l'ennui. Elle se lia, dans le voisinage, avec quelques jeunes personnes que le printemps y avait ramenées. La promenade et les petits exercices de leur sexe faisaient alternativement leur occupation. Une partie de jeu, dont elles avaient réglé les bornes, fournissait aux frais de la voiture. Elles allaient prendre l'air au bois de Boulogne, et le soir, à mon retour, je retrouvais Manon plus belle, plus contente, et plus passionnée que jamais.

Il s'éleva néanmoins quelques nuages, qui semblèrent menacer l'édifice de mon bonheur. Mais ils furent nettement dissipés, et l'humeur folâtre de Manon rendit le dénouement si comique, que je trouve encore de la douceur dans un souvenir qui me représente sa tendresse et les agréments de son esprit.

Le seul valet qui composait notre domestique[1] me prit un jour à l'écart pour me dire, avec beaucoup d'embarras, qu'il avait un secret d'importance à me communiquer. Je l'encourageai à parler librement. Après quelques détours, il me fit entendre qu'un seigneur étranger semblait avoir pris beaucoup d'amour pour Mademoiselle Manon. Le trouble de mon sang se fit sentir dans toutes mes veines. En a-t-elle pour lui ? interrompis-je plus brusquement que la prudence ne permettait pour m'éclaircir. Ma vivacité l'effraya. Il me répondit, d'un air inquiet, que sa pénétration n'avait pas été si loin, mais qu'ayant observé, depuis plusieurs jours, que cet étranger venait assidûment au bois de Boulogne, qu'il y descendait de son carrosse, et que, s'engageant seul dans les contre-allées, il paraissait chercher l'occasion de voir ou de rencontrer Mademoiselle, il lui était venu à l'esprit de faire quelque liaison avec ses gens, pour apprendre le nom de leur maître ; qu'ils le traitaient de Prince italien, et qu'ils le soupçonnaient eux-mêmes de quelque aventure galante ; qu'il n'avait pu se procurer d'autres lumières, ajouta-t-il en tremblant, parce que le Prince, étant alors sorti du bois, s'était approché familièrement de lui, et lui avait demandé son nom ; après quoi, comme s'il eût deviné qu'il était à notre service, il l'avait félicité d'appartenir à la plus charmante personne du monde.

---

1. *Notre domestique* : l'ensemble de nos domestiques.

J'attendais impatiemment la suite de ce récit. Il le finit par des excuses timides, que je n'attribuai qu'à mes imprudentes agitations. Je le pressai en vain de continuer sans déguisement. Il me protesta qu'il ne savait rien de plus, et que ce qu'il venait de me raconter étant arrivé le jour précédent, il n'avait pas revu les gens du Prince. Je le rassurai, non seulement par des éloges, mais par une honnête récompense, et sans lui marquer la moindre défiance de Manon, je lui recommandai, d'un ton plus tranquille, de veiller sur toutes les démarches de l'étranger.

Au fond, sa frayeur me laissa de cruels doutes. Elle pouvait lui avoir fait supprimer une partie de la vérité. Cependant, après quelques réflexions, je revins de mes alarmes, jusqu'à regretter d'avoir donné cette marque de faiblesse. Je ne pouvais faire un crime à Manon d'être aimée. Il y avait beaucoup d'apparence qu'elle ignorait sa conquête ; et quelle vie allais-je mener si j'étais capable d'ouvrir si facilement l'entrée de mon cœur à la jalousie ? Je retournai à Paris le jour suivant, sans avoir formé d'autre dessein que de hâter le progrès de ma fortune en jouant plus gros jeu, pour me mettre en état de quitter Chaillot au premier sujet d'inquiétude. Le soir, je n'appris rien de nuisible à mon repos. L'étranger avait reparu au bois de Boulogne, et prenant droit de ce qui s'y était passé la veille pour se rapprocher de mon confident, il lui avait parlé de son amour, mais dans des termes qui ne supposaient aucune intelligence avec Manon. Il l'avait interrogé sur mille détails. Enfin, il avait tenté de le mettre dans ses intérêts par des promesses considérables, et tirant une lettre qu'il tenait prête, il lui avait offert inutilement quelques louis d'or pour la rendre à sa maîtresse.

Deux jours se passèrent sans aucun autre incident. Le troisième fut plus orageux. J'appris, en arrivant de la ville assez tard, que Manon, pendant sa promenade, s'était écartée un moment de ses compagnes, et que l'étranger, qui la suivait à peu de distance, s'étant approché d'elle au signe qu'elle lui en avait fait, elle lui avait remis une lettre qu'il avait reçue avec des transports de joie. Il n'avait eu le temps de les exprimer qu'en baisant amoureusement les caractères, parce qu'elle s'était aussitôt dérobée. Mais elle avait paru d'une gaieté extraordinaire pendant le reste du jour, et depuis qu'elle était rentrée au logis, cette humeur ne l'avait pas abandonnée. Je frémis, sans doute, à chaque mot. Es-tu bien sûr, dis-je tristement à mon valet, que tes yeux ne t'aient pas trompé ? Il prit le Ciel à témoin de sa bonne foi. Je ne sais à quoi les tourments de mon cœur m'auraient porté si Manon, qui m'avait entendu rentrer, ne fût venue au-devant de moi avec un air d'impatience et des plaintes de ma lenteur. Elle n'attendit point ma réponse pour m'accabler de caresses, et lorsqu'elle se vit seule avec moi, elle me fit des reproches fort vifs de l'habitude que je prenais de revenir si tard. Mon silence lui laissant la liberté de continuer, elle me dit que, depuis trois semaines, je n'avais pas passé une journée entière avec elle ; qu'elle ne pouvait soutenir de si longues absences ; qu'elle me demandait du moins un jour par intervalles et que, dès le lendemain, elle voulait me voir près d'elle du matin au soir. J'y serai, n'en doutez pas, lui répondis-je d'un ton assez brusque. Elle marqua peu d'attention pour mon chagrin, et dans le mouvement de sa joie, qui me parut en effet d'une vivacité singulière, elle me fit mille peintures plaisantes de la manière dont elle avait passé le jour. Étrange fille ! me disais-je à moi-même ; que dois-je attendre de ce prélude ? L'aventure de notre première séparation me revint à l'esprit. Cependant je croyais voir, dans le fond de sa joie et de ses caresses, un air de vérité qui s'accordait avec les apparences.

Il ne me fut pas difficile de rejeter la tristesse, dont je ne pus me défendre pendant notre souper, sur une perte que je me plaignis d'avoir faite au jeu. J'avais regardé comme un extrême avantage que l'idée de ne pas quitter Chaillot le jour suivant fût venue d'elle-même. C'était gagner du temps pour mes délibérations. Ma présence éloignait toutes sortes de craintes pour le lendemain, et si je ne remarquais rien qui m'obligeât de faire éclater mes découvertes, j'étais déjà résolu de transporter, le jour d'après, mon établissement à la ville, dans un quartier où je n'eusse rien à démêler avec les Princes. Cet arrangement me fit passer une nuit plus tranquille, mais il ne m'ôtait pas la douleur d'avoir à trembler pour une nouvelle infidélité.

À mon réveil, Manon me déclara que, pour passer le jour dans notre appartement, elle ne prétendait pas que j'en eusse l'air plus négligé, et qu'elle voulait que mes cheveux fussent accommodés de ses propres mains. Je les avais fort beaux. C'était un amusement qu'elle s'était donné plusieurs fois; mais elle y apporta plus de soins que je ne lui en avais jamais vu prendre. Je fus obligé, pour la satisfaire, de m'asseoir devant sa toilette, et d'essuyer toutes les petites recherches qu'elle imagina pour ma parure. Dans le cours de son travail, elle me faisait tourner souvent le visage vers elle, et s'appuyant des deux mains sur mes épaules, elle me regardait avec une curiosité avide. Ensuite, exprimant sa satisfaction par un ou deux baisers, elle me faisait reprendre ma situation pour continuer son ouvrage. Ce badinage nous occupa jusqu'à l'heure du dîner[1]. Le goût qu'elle y avait pris m'avait paru si naturel, et sa gaieté sentait si peu l'artifice, que ne pouvant concilier des apparences si constantes avec le projet d'une noire trahison, je fus tenté plusieurs fois de lui ouvrir mon cœur, et de me décharger d'un fardeau qui commençait à me peser. Mais je me flattais, à chaque instant, que l'ouverture viendrait d'elle, et je m'en faisais d'avance un délicieux triomphe.

Nous rentrâmes dans son cabinet. Elle se mit à rajuster mes cheveux, et ma complaisance me faisait céder à toutes ses volontés, lorsqu'on vint l'avertir que le Prince de… demandait à la voir. Ce nom m'échauffa jusqu'au transport. Quoi donc ? m'écriai-je en la repoussant. Qui ? Quel Prince ? Elle ne répondit point à mes questions. Faites-le monter, dit-elle froidement au valet; et se tournant vers moi : Cher amant, toi que j'adore, reprit-elle d'un ton enchanteur, je te demande un moment de complaisance, un moment, un seul moment. Je t'en aimerai mille fois plus. Je t'en saurai gré toute ma vie.

L'indignation et la surprise me lièrent la langue. Elle répétait ses instances, et je cherchais des expressions pour les rejeter avec mépris. Mais, entendant ouvrir la porte de l'antichambre, elle empoigna d'une main mes cheveux, qui étaient flottants sur mes épaules, elle prit de l'autre son miroir de toilette; elle employa toute sa force pour me traîner dans cet état jusqu'à la porte du cabinet, et l'ouvrant du genou, elle offrit à l'étranger, que le bruit semblait avoir arrêté au milieu de la chambre, un spectacle qui ne dut pas lui causer peu d'étonnement. Je vis un homme fort bien mis, mais d'assez mauvaise

1. *Dîner* : repas qui correspond à notre déjeuner.

mine. Dans l'embarras où le jetait cette scène, il ne laissa pas de faire une profonde révérence. Manon ne lui donna pas le temps d'ouvrir la bouche. Elle lui présenta son miroir: Voyez, Monsieur, lui dit-elle, regardez-vous bien, et rendez-moi justice. Vous me demandez de l'amour. Voici l'homme que j'aime, et que j'ai juré d'aimer toute ma vie. Faites la comparaison vous-même Si vous croyez lui pouvoir disputer mon cœur, apprenez-moi donc sur quel fondement, car je vous déclare qu'aux yeux de votre servante très humble, tous les Princes d'Italie ne valent pas un des cheveux que je tiens.

Pendant cette folle harangue[1], qu'elle avait apparemment méditée, je faisais des efforts inutiles pour me dégager, et prenant pitié d'un homme de considération, je me sentais porté à réparer ce petit outrage par mes politesses. Mais, s'étant remis assez facilement, sa réponse, que je trouvai un peu grossière, me fit perdre cette disposition. Mademoiselle, Mademoiselle, lui dit-il avec un sourire forcé, j'ouvre en effet les yeux, et je vous trouve bien moins novice que je ne me l'étais figuré. Il se retira aussitôt sans jeter les yeux sur elle, en ajoutant, d'une voix plus basse, que les femmes de France ne valaient pas mieux que celles d'Italie. Rien ne m'invitait, dans cette occasion, à lui faire prendre une meilleure idée du beau sexe.

Manon quitta mes cheveux, se jeta dans un fauteuil, et fit retentir la chambre de longs éclats de rire. Je ne dissimulerai pas que je fus touché, jusqu'au fond du cœur, d'un sacrifice que je ne pouvais attribuer qu'à l'amour. Cependant la plaisanterie me parut excessive. Je lui en fis des reproches. Elle me raconta que mon rival, après l'avoir obsédée pendant plusieurs jours au bois de Boulogne, et lui avoir fait deviner ses sentiments par des grimaces, avait pris le parti de lui en faire une déclaration ouverte, accompagnée de son nom et de tous ses titres, dans une lettre qu'il lui avait fait remettre par le cocher qui la conduisait avec ses compagnes; qu'il lui promettait, au-delà des monts, une brillante fortune et des adorations éternelles; qu'elle était revenue à Chaillot dans la résolution de me communiquer cette aventure, mais qu'ayant conçu que nous en pouvions tirer de l'amusement, elle n'avait pu résister à son

1. *Harangue*: discours solennel prononcé en public.

imagination, qu'elle avait offert au Prince italien, par une réponse flatteuse, la liberté de la voir chez elle, et qu'elle s'était fait un second plaisir de me faire entrer dans son plan, sans m'en avoir fait naître le moindre soupçon. Je ne lui dis pas un mot des lumières qui m'étaient venues par une autre voie, et l'ivresse de l'amour triomphant me fit tout approuver[1].

J'ai remarqué, dans toute ma vie, que le Ciel a toujours choisi, pour me frapper de ses plus rudes châtiments, le temps où ma fortune me semblait le mieux établie. Je me croyais si heureux, avec l'amitié de M. de T… et la tendresse de Manon, qu'on n'aurait pu me faire comprendre que j'eusse à craindre quelque nouveau malheur. Cependant, il s'en préparait un si funeste, qu'il m'a réduit à l'état où vous m'avez vu à Pacy, et par degrés à des extrémités si déplorables que vous aurez peine à croire mon récit fidèle.

Un jour que nous avions M. de T… à souper, nous entendîmes le bruit d'un carrosse qui s'arrêtait à la porte de l'hôtellerie. La curiosité nous fit désirer de savoir qui pouvait arriver à cette heure. On nous dit que c'était le jeune G… M…, c'est-à-dire le fils de notre plus cruel ennemi, de ce vieux débauché qui m'avait mis à Saint-Lazare et Manon à l'Hôpital. Son nom me fit monter la rougeur au visage. C'est le Ciel qui me l'amène, dis-je à M. de T…, pour le punir de la lâcheté de son père. Il ne m'échappera pas que nous n'ayons mesuré nos épées. M. de T…, qui le connaissait et qui était même de ses meilleurs amis, s'efforça de me faire prendre d'autres sentiments pour lui. Il m'assura que c'était un jeune homme très aimable, et si peu capable d'avoir eu part à l'action de son père que je ne le verrais pas moi-même un moment sans lui accorder mon estime et sans désirer la sienne. Après avoir ajouté mille choses à son avantage, il me pria de consentir qu'il allât lui proposer de venir prendre place avec nous, et de s'accommoder du reste de notre souper. Il prévint l'objection du péril où c'était exposer Manon que de découvrir sa demeure au fils de notre ennemi, en protestant, sur son honneur et sur sa foi, que, lorsqu'il nous connaîtrait, nous n'aurions point de plus zélé défenseur. Je ne fis difficulté de rien, après de telles

1. Ce paragraphe termine l'épisode du Prince italien rajouté par Prévost en 1753.

assurances. M. de T... ne nous l'amena point sans avoir pris un moment pour l'informer qui nous étions. Il entra d'un air qui nous prévint effectivement en sa faveur. Il m'embrassa. Nous nous assîmes. Il admira Manon, moi, tout ce qui nous appartenait, et il mangea d'un appétit qui fit honneur à notre souper. Lorsqu'on eut desservi, la conversation devint plus sérieuse. Il baissa les yeux pour nous parler de l'excès où son père s'était porté contre nous. Il nous fit les excuses les plus soumises. Je les abrège, nous dit-il, pour ne pas renouveler un souvenir qui me cause trop de honte. Si elles étaient sincères dès le commencement, elles le devinrent bien plus dans la suite, car il n'eut pas passé une demi-heure dans cet entretien, que je m'aperçus de l'impression que les charmes de Manon faisaient sur lui. Ses regards et ses manières s'attendrirent par degrés. Il ne laissa rien échapper néanmoins dans ses discours, mais, sans être aidé de la jalousie, j'avais trop d'expérience en amour pour ne pas discerner ce qui venait de cette source. Il nous tint compagnie pendant une partie de la nuit, et il ne nous quitta qu'après s'être félicité de notre connaissance, et nous avoir demandé la permission de venir nous renouveler quelquefois l'offre de ses services. Il partit le matin avec M. de T..., qui se mit avec lui dans son carrosse.

Je ne me sentais, comme j'ai dit, aucun penchant à la jalousie. J'avais plus de crédulité que jamais pour les serments de Manon. Cette charmante créature était si absolument maîtresse de mon âme que je n'avais pas un seul petit sentiment qui ne fût de l'estime et de l'amour. Loin de lui faire un crime d'avoir plu au jeune G... M..., j'étais ravi de l'effet de ses charmes, et je m'applaudissais d'être aimé d'une fille que tout le monde trouvait aimable. Je ne jugeai pas même à propos de lui communiquer mes soupçons. Nous fûmes occupés, pendant quelques jours, du soin de faire ajuster ses habits, et à délibérer si nous pouvions aller à la Comédie sans appréhender d'être reconnus. M. de T... revint nous voir avant la fin de la semaine. Nous le consultâmes là-dessus. Il vit bien qu'il fallait dire oui, pour faire plaisir à Manon. Nous résolûmes d'y aller le même soir avec lui.

Cependant cette résolution ne put s'exécuter, car m'ayant tiré aussitôt en particulier : Je suis, me dit-il, dans le dernier embarras depuis que je ne vous ai vu, et la visite que je vous fais aujourd'hui en est une suite. G… M… aime votre maîtresse. Il m'en a fait confidence. Je suis son intime ami, et disposé en tout à le servir ; mais je ne suis pas moins le vôtre. J'ai considéré que ses intentions sont injustes et je les ai condamnées. J'aurais gardé son secret s'il n'avait dessein d'employer, pour plaire, que les voies communes, mais il est bien informé de l'humeur de Manon. Il a su, je ne sais d'où, qu'elle aime l'abondance et les plaisirs, et comme il jouit déjà d'un bien considérable, il m'a déclaré qu'il veut la tenter d'abord par un très gros présent et par l'offre de dix mille livres de pension. Toutes choses égales, j'aurais peut-être eu beaucoup plus de violence à me faire pour le trahir, mais la justice s'est jointe en votre faveur à l'amitié ; d'autant plus qu'ayant été la cause imprudente de sa passion, en l'introduisant ici, je suis obligé de prévenir les effets du mal que j'ai causé.

Je remerciai M. de T… d'un service de cette importance, et je lui avouai, avec un parfait retour de confiance, que le caractère de Manon était tel que G… M… se le figurait, c'est-à-dire qu'elle ne pouvait supporter le nom de la pauvreté. Cependant, lui dis-je, lorsqu'il n'est question que du plus ou du moins, je ne la crois pas capable de m'abandonner pour un autre. Je suis en état de ne la laisser manquer de rien, et je compte que ma fortune va croître de jour en jour. Je ne crains qu'une chose, ajoutai-je, c'est que G… M… ne se serve de la connaissance qu'il a de notre demeure pour nous rendre quelque mauvais office. M. de T… m'assura que je devais être sans appréhension de ce côté-là ; que G… M… était capable d'une folie amoureuse, mais qu'il ne l'était point d'une bassesse ; que s'il avait la lâcheté d'en commettre une, il serait le premier, lui qui parlait, à l'en punir et à réparer par là le malheur qu'il avait eu d'y donner occasion. Je vous suis obligé de ce sentiment, repris-je, mais le mal serait fait et le remède fort incertain. Ainsi le parti le plus sage est de le prévenir, en quittant Chaillot pour prendre une autre demeure. Oui, reprit M. de T… Mais vous aurez peine à le faire aussi promptement qu'il faudrait, car G… M… doit être ici à midi ; il me le dit hier, et c'est ce qui m'a porté à venir si matin, pour vous informer de ses vues. Il peut arriver à tout moment.

Un avis si pressant me fit regarder cette affaire d'une œil plus sérieux. Comme il me semblait impossible d'éviter la visite de G…

M..., et qu'il me le serait aussi, sans doute, d'empêcher qu'il ne s'ouvrît à Manon, je pris le parti de la prévenir moi-même sur le dessein de ce nouveau rival. Je m'imaginai que, me sachant instruit des propositions qu'il lui ferait, et les recevant à mes yeux, elle aurait assez de force pour les rejeter. Je découvris ma pensée à M. de T..., qui me répondit que cela était extrêmement délicat. Je l'avoue, lui dis-je, mais toutes les raisons qu'on peut avoir d'être sûr d'une maîtresse, je les ai de compter sur l'affection de la mienne. Il n'y aurait que la grandeur des offres qui pût l'éblouir, et je vous ai dit qu'elle ne connaît point l'intérêt. Elle aime ses aises, mais elle m'aime aussi, et, dans la situation où sont mes affaires, je ne saurais croire qu'elle me préfère le fils d'un homme qui l'a mise à l'Hôpital. En un mot, je persistai dans mon dessein, et m'étant retiré à l'écart avec Manon, je lui déclarai naturellement tout ce que je venais d'apprendre.

Elle me remercia de la bonne opinion que j'avais d'elle, et elle me promit de recevoir les offres de G... M... d'une manière qui lui ôterait l'envie de les renouveler. Non, lui dis-je, il ne faut pas l'irriter par une brusquerie. Il peut nous nuire. Mais tu sais assez, toi, friponne, ajoutai-je en riant, comment te défaire d'un amant désagréable ou incommode. Elle reprit, après avoir un peu rêvé : Il me vient un dessein admirable, s'écria-t-elle, et je suis toute glorieuse de l'invention. G... M... est le fils de notre plus cruel ennemi ; il faut nous venger du père, non pas sur le fils, mais sur sa bourse. Je veux l'écouter, accepter ses présents, et me moquer de lui. Le projet est joli, lui dis-je, mais tu ne songes pas, mon pauvre enfant, que c'est le chemin qui nous a conduits droit à l'Hôpital. J'eus beau lui représenter le péril de cette entreprise, elle me dit qu'il ne s'agissait que de bien prendre nos mesures, et elle répondit à toutes mes objections. Donnez-moi un amant qui n'entre point aveuglément dans tous les caprices d'une maîtresse adorée, et je conviendrai que j'eus tort de céder si facilement. La résolution fut prise de faire une dupe de G... M..., et par un tour bizarre de mon sort, il arriva que je devins la sienne.

Nous vîmes paraître son carrosse vers les onze heures. Il nous fit des compliments fort recherchés sur la liberté qu'il prenait de venir dîner avec nous. Il ne fut pas surpris de trouver M. de T…, qui lui avait promis la veille de s'y rendre aussi, et qui avait feint quelques affaires pour se dispenser de venir dans la même voiture. Quoiqu'il n'y eût pas un seul de nous qui ne portât la trahison dans le cœur, nous nous mîmes à table avec un air de confiance et d'amitié. G… M… trouva aisément l'occasion de déclarer ses sentiments à Manon. Je ne dus pas lui paraître gênant, car je m'absentai exprès pendant quelques minutes. Je m'aperçus à mon retour, qu'on ne l'avait pas désespéré par un excès de rigueur. Il était de la meilleure humeur du monde. J'affectai de le paraître aussi. Il riait intérieurement de ma simplicité, et moi de la sienne. Pendant tout l'après-midi, nous fûmes l'un pour l'autre une scène fort agréable. Je lui ménageai encore, avant son départ, un moment d'entretien particulier avec Manon, de sorte qu'il eut lieu de s'applaudir de ma complaisance autant que de la bonne chère.

Aussitôt qu'il fut monté en carrosse avec M. de T…, Manon accourut à moi, les bras ouverts, et m'embrassa en éclatant de rire. Elle me répéta ses discours et ses propositions, sans y changer un mot. Ils se réduisaient à ceci : il l'adorait. Il voulait partager avec elle quarante mille livres de rente dont il jouissait déjà, sans compter ce qu'il attendait après la mort de son père. Elle allait être maîtresse de son cœur et de sa fortune, et, pour gage de ses bienfaits, il était prêt à lui donner un carrosse, un hôtel[1] meublé, une femme de chambre, trois laquais et un cuisinier. Voilà un fils, dis-je à Manon, bien autrement généreux que son père. Parlons de bonne foi, ajoutai-je ; cette offre ne vous tente-t-elle point ? Moi ? répondit-elle, en ajustant à sa pensée deux vers de Racine :

« Moi ! vous me soupçonnez de cette perfidie ?
Moi ! je pourrais souffrir un visage odieux,
Qui rappelle toujours l'Hôpital à mes yeux ? »

Non, repris-je, en continuant la parodie :

---

1. *Hôtel* : maison de ville particulière.

« J'aurais peine à penser que l'Hôpital, Madame,
Fût un trait dont l'Amour l'eût gravé dans votre âme[1]. »

Mais c'en est un bien séduisant qu'un hôtel meublé avec un carrosse et trois laquais ; et l'amour en a peu d'aussi forts. Elle me protesta que son cœur était à moi pour toujours, et qu'il ne recevrait jamais d'autres traits que les miens. Les promesses qu'il m'a faites, me dit-elle, sont un aiguillon de vengeance, plutôt qu'un trait d'amour. Je lui demandai si elle était dans le dessein d'accepter l'hôtel et le carrosse. Elle me répondit qu'elle n'en voulait qu'à son argent. La difficulté était d'obtenir l'un sans l'autre. Nous résolûmes d'attendre l'entière explication du projet de G... M..., dans une lettre qu'il avait promis de lui écrire. Elle la reçut en effet le lendemain, par un laquais sans livrée, qui se procura fort adroitement l'occasion de lui parler sans témoins. Elle lui dit d'attendre sa réponse, et elle vint m'apporter aussitôt sa lettre. Nous l'ouvrîmes ensemble. Outre les lieux communs de tendresse, elle contenait le détail des promesses de mon rival. Il ne bornait point à sa dépense. Il s'engageait à lui compter dix mille francs, en prenant possession de l'hôtel, et à réparer tellement les diminutions de cette somme, qu'elle l'eût toujours devant elle en argent comptant. Le jour de l'inauguration n'était pas reculé trop loin : il ne lui en demandait que deux pour les préparatifs, et il lui marquait le nom de la rue et de l'hôtel, où il lui promettait de l'attendre l'après-midi du second jour, si elle pouvait se dérober de mes mains. C'était l'unique point sur lequel il la conjurait de le tirer d'inquiétude ; il paraissait sûr de tout le reste, mais il ajoutait que, si elle prévoyait de la difficulté à m'échapper, il trouverait le moyen de rendre sa fuite aisée.

1. Voici les vers d'*Iphigénie* de Racine, que Manon et Des Grieux s'amusent à pasticher : « Ériphile. – Moi ? vous me soupçonnez de cette perfidie ?/Moi, j'aimerais, Madame, un vainqueur furieux/Qui toujours tout sanglant se présente à mes yeux... [...]. Iphigénie. – [...] Ces morts, cette Lesbos, ces cendres, cette flamme,/Sont les traits dont l'amour l'a gravé dans votre âme » (II, 5). On appréciera l'ironie d'une telle parodie, dans une telle situation, en se rappelant qu'Iphigénie doit être sacrifiée par Agamemnon, son père, pour apaiser la colère des dieux qui, par des vents défavorables, empêchent les Grecs de s'embarquer vers Troie. Mais dans la pièce de Racine, c'est Ériphile, une captive d'Achille et une rivale d'Iphigénie, qui est sacrifiée à sa place.

G… M… était plus fin que son père ; il voulait tenir sa proie avant que de compter ses espèces. Nous délibérâmes sur la conduite que Manon avait à tenir. Je fis encore des efforts pour lui ôter cette entreprise de la tête et je lui en représentai tous les dangers. Rien ne fut capable d'ébranler sa résolution.

Elle fit une courte réponse à G… M…, pour l'assurer qu'elle ne trouverait pas de difficulté à se rendre à Paris le jour marqué, et qu'il pouvait l'attendre avec certitude. Nous réglâmes ensuite que je partirais sur-le-champ pour aller louer un nouveau logement dans quelque village, de l'autre côté de Paris, et que je transporterais avec moi notre petit équipage ; que le lendemain après-midi, qui était le temps de son assignation, elle se rendrait de bonne heure à Paris ; qu'après avoir reçu les présents de G… M…, elle le prierait instamment de la conduire à la Comédie ; qu'elle prendrait avec elle tout ce qu'elle pourrait porter de la somme, et qu'elle chargerait du reste mon valet, qu'elle voulait mener avec elle. C'était toujours le même qui l'avait délivrée de l'Hôpital, et qui nous était infiniment attaché. Je devais me trouver, avec un fiacre, à l'entrée de la rue Saint-André-des-Arcs, et l'y laisser vers les sept heures, pour m'avancer dans l'obscurité à la porte de la Comédie. Manon me promettait d'inventer des prétextes pour sortir un instant de sa loge, et de l'employer à descendre pour me rejoindre. L'exécution du reste était facile. Nous aurions regagné mon fiacre en un moment, et nous serions sortis de Paris par le faubourg Saint-Antoine, qui était le chemin de notre nouvelle demeure.

Ce dessein, tout extravagant qu'il était, nous parut assez bien arrangé. Mais il y avait, dans le fond, une folle imprudence à s'imaginer que quand il eût réussi le plus heureusement du monde, nous eussions jamais pu nous mettre à couvert des suites. Cependant, nous nous exposâmes avec la plus téméraire confiance. Manon partit avec Marcel : c'est ainsi que se nommait notre valet. Je la vis partir avec douleur. Je lui dis en l'embrassant : Manon, ne me trompez point, me serez-vous fidèle ? Elle se plaignit tendrement de ma défiance, et elle me renouvela tous ses serments.

Son compte était d'arriver à Paris sur les trois heures. Je partis après elle. J'allais me morfondre le reste de l'après-midi, dans le café de Féré[1], au pont Saint-Michel ; j'y demeurai jusqu'à la nuit. J'en sortis alors pour prendre un fiacre, que je postai, suivant notre projet, à l'entrée de la rue Saint-André-des-Arcs ; ensuite je gagnai à pied la porte de la Comédie. Je fus surpris de n'y pas trouver Marcel, qui devait être à m'attendre. Je pris patience pendant une heure, confondu dans une foule de laquais, et l'œil ouvert sur tous les passants. Enfin, sept heures étant sonnées, sans que j'eusse rien aperçu qui eût rapport à nos desseins, je pris un billet de parterre pour aller voir si je découvrirais Manon et G… M… dans les loges. Ils n'y étaient ni l'un ni l'autre. Je retournai à la porte, où je passai encore un quart d'heure, transporté d'impatience et d'inquiétude. N'ayant rien vu paraître, je rejoignis mon fiacre, sans pouvoir m'arrêter à la moindre résolution. Le cocher, m'ayant aperçu, vint quelques pas au-devant de moi pour me dire, d'un air mystérieux, qu'une jolie demoiselle m'attendait depuis une heure dans le carrosse ; qu'elle m'avait demandé, à des signes qu'il avait bien reconnus, et qu'ayant appris que je devais revenir, elle avait dit qu'elle ne s'impatienterait point à m'attendre. Je me figurai aussitôt que c'était Manon. J'approchai ; mais je vis un joli petit visage, qui n'était pas le sien. C'était une étrangère, qui me demanda d'abord si elle n'avait pas l'honneur de parler à M. le Chevalier Des Grieux. Je lui dis que c'était mon nom. J'ai une lettre à vous rendre, reprit-elle, qui vous instruira du sujet qui m'amène, et par quel rapport j'ai l'avantage de connaître votre nom. Je la priai de me donner le temps de la lire dans un cabaret voisin. Elle voulut me suivre, et elle me conseilla de demander une chambre à part. De qui vient cette lettre ? lui dis-je en montant : elle me remit à la lecture.

Je reconnus la main de Manon. Voici à peu près ce qu'elle me marquait : G… M… l'avait reçue avec une politesse et une magnificence au-delà de toutes ses idées. Il l'avait comblée de présents ; il lui faisait envisager un sort de reine. Elle m'assurait néanmoins qu'elle ne m'oubliait pas dans cette nouvelle splendeur ; mais que, n'ayant pu faire consentir G… M… à la mener ce soir à la Comédie, elle remettait à un autre jour le plaisir de me voir ; et que, pour me

1. *Café de Féré* : café situé dans la rue Saint-André-des-Arcs (aujourd'hui rue Saint-André-des-Arts) aussi célèbre à l'époque que le Procope (qui, lui, existe toujours).

consoler un peu de la peine qu'elle prévoyait que cette nouvelle pouvait me causer, elle avait trouvé le moyen de me procurer une des plus jolies filles de Paris, qui serait la porteuse de son billet. *Signé*, votre fidèle amante, MANON LESCAUT.

Il y avait quelque chose de si cruel et de si insultant pour moi dans cette lettre, que demeurant suspendu quelque temps entre la colère et la douleur, j'entrepris de faire un effort pour oublier éternellement mon ingrate et parjure maîtresse. Je jetai les yeux sur la fille qui était devant moi : elle était extrêmement jolie, et j'aurais souhaité qu'elle l'eût été assez pour me rendre parjure et infidèle à mon tour. Mais je n'y trouvai point ces yeux fins et languissants, ce port divin, ce teint de la composition de l'Amour, enfin ce fonds inépuisable de charmes que la nature avait prodigués à la perfide Manon. Non, non, lui dis-je en cessant de la regarder, l'ingrate qui vous envoie savait fort bien qu'elle vous faisait faire une démarche inutile. Retournez à elle, et dites-lui de ma part qu'elle jouisse de son crime, et qu'elle en jouisse, s'il se peut, sans remords. Je l'abandonne sans retour, et je renonce en même temps à toutes les femmes, qui ne sauraient être aussi aimables qu'elle, et qui sont, sans doute, aussi lâches et d'aussi mauvaise foi. Je fus alors sur le point de descendre et de me retirer, sans prétendre davantage à Manon, et la jalousie mortelle qui me déchirait le cœur se déguisant en une morne et sombre tranquillité, je me crus d'autant plus proche de ma guérison que je ne sentais nul de ces mouvements violents dont j'avais été agité dans les mêmes occasions. Hélas ! j'étais la dupe de l'amour autant que je croyais l'être de G… M… et de Manon.

Cette fille qui m'avait apporté la lettre, me voyant prêt à descendre l'escalier, me demanda ce que je voulais donc qu'elle rapportât à M. de G… M… et à la dame qui était avec lui. Je rentrai dans la chambre à cette question, et par un changement incroyable à ceux qui n'ont jamais senti de passions violentes, je me trouvai, tout d'un coup, de la tranquillité où je croyais être, dans un transport terrible de fureur. Va, lui dis je, rapporte au traître G… M… et à sa perfide maîtresse le désespoir où ta maudite lettre m'a jeté, mais apprends-leur qu'ils n'en riront pas longtemps, et que je les poignarderai tous deux de ma propre main. Je me jetai sur une chaise. Mon chapeau tomba d'un côté, et ma canne de l'autre. Deux ruisseaux de larmes amères commencèrent à couler de mes yeux. L'accès de rage que je venais de sentir se changea dans une profonde douleur ; je ne fis plus que pleurer, en poussant des gémissements et des soupirs. Approche, mon enfant, approche, m'écriai-je en parlant à la jeune fille ; approche, puisque c'est toi qu'on envoie pour me consoler. Dis-moi si tu sais des consolations contre la rage et le désespoir, contre l'envie de se donner la mort à soi-même, après avoir tué deux perfides qui ne méritent pas de vivre. Oui, approche, continuai-je, en voyant qu'elle faisait vers moi quelques pas timides et incertains. Viens essuyer mes larmes, viens rendre la paix à mon cœur, viens me dire que tu m'aimes, afin que je m'accoutume à l'être d'une autre que de mon infidèle. Tu es jolie, je pourrai peut-être t'aimer à mon tour. Cette pauvre enfant, qui n'avait pas seize ou dix-sept ans, et qui paraissait avoir plus de pudeur que ses pareilles, était extraordinairement surprise d'une si étrange scène. Elle s'approcha néanmoins pour me faire quelques caresses, mais je l'écartai aussitôt, en la repoussant de mes mains. Que veux-tu de moi ? lui dis-je. Ah ! tu es une femme, tu es d'un sexe que je déteste et que je ne puis plus souffrir. La douceur de ton visage me menace encore de quelque trahison. Va-t'en et laisse-moi seul ici. Elle me fit une révérence, sans oser rien dire, et elle se tourna pour sortir. Je lui criai de s'arrêter. Mais apprends-moi du moins, repris-je, pourquoi, comment, à quel dessein tu as été envoyée ici. Comment as-tu découvert mon nom et le lieu où tu pouvais me trouver ?

Elle me dit qu'elle connaissait de longue main M. de G... M... ; qu'il l'avait envoyé chercher à cinq heures, et qu'ayant suivi le laquais qui l'avait avertie, elle était allée dans une grande maison, où elle l'avait trouvé qui jouait au piquet[1] avec une jolie dame, et qu'ils l'avaient chargée tous deux de me rendre la lettre qu'elle m'avait apportée, après lui avoir appris qu'elle me trouverait dans un carrosse au bout de la rue Saint-André. Je lui demandai s'ils ne lui avaient rien dit de plus. Elle me répondit, en rougissant, qu'ils lui avaient fait espérer que je la prendrais pour me tenir compagnie. On t'a trompée, lui dis-je ; ma pauvre fille, on t'a trompée. Tu es une

1. *Piquet* : jeu de cartes.

femme, il te faut un homme ; mais il t'en faut un qui soit riche et heureux, et ce n'est pas ici que tu le peux trouver. Retourne, retourne à M. de G… M… Il a tout ce qu'il faut pour être aimé des belles ; il a des hôtels meublés et des équipages à donner. Pour moi, qui n'ai que de l'amour et de la constance à offrir, les femmes méprisent ma misère et font leur jouet de ma simplicité.

J'ajoutai mille choses, ou tristes ou violentes, suivant que les passions qui m'agitaient tour à tour cédaient ou emportaient le dessus. Cependant, à force de me tourmenter, mes transports diminuèrent assez pour faire place à quelques réflexions. Je comparai cette dernière infortune à celles que j'avais déjà essuyées dans le même genre, et je ne trouvai pas qu'il y eût plus à désespérer que dans les premières. Je connaissais Manon ; pourquoi m'affliger tant d'un malheur que j'avais dû prévoir ? Pourquoi ne pas m'employer plutôt à chercher du remède ? Il était encore temps. Je devais du moins n'y pas épargner mes soins, si je ne voulais avoir à me reprocher d'avoir contribué, par ma négligence, à mes propres peines. Je me mis là-dessus à considérer tous les moyens qui pouvaient m'ouvrir un chemin à l'espérance.

Entreprendre de l'arracher avec violence des mains de G… M…, c'était un parti désespéré, qui n'était propre qu'à me perdre, et qui n'avait pas la moindre apparence de succès. Mais il me semblait que si j'eusse pu me procurer le moindre entretien avec elle, j'aurais gagné infailliblement quelque chose sur son cœur. J'en connaissais si bien tous les endroits sensibles ! J'étais si sûr d'être aimé d'elle ! Cette bizarrerie même de m'avoir envoyé une jolie fille pour me consoler, j'aurais parié qu'elle venait de son invention, et que c'était un effet de sa compassion pour mes peines. Je résolus d'employer toute mon industrie pour la voir. Parmi quantité de voies que j'examinai l'une après l'autre, je m'arrêtai à celle-ci. M. de T… avait commencé à me rendre service avec trop d'affection pour me laisser le moindre doute de sa sincérité et de son zèle. Je me proposai d'aller chez lui sur-le-champ, et de l'engager à faire appeler G… M… sous le prétexte d'une affaire importante. Il ne me fallait qu'une demi-heure pour parler à Manon. Mon dessein était de me faire introduire dans sa chambre même, et je crus que cela me serait aisé dans l'absence de G… M… Cette résolution m'ayant rendu plus tranquille, je payai libéralement la jeune fille, qui était encore avec moi, et pour lui ôter l'envie de retourner chez ceux qui me l'avaient envoyée, je pris son adresse, en lui faisant espérer que j'irais passer la nuit avec elle. Je montai dans mon fiacre, et je me fis conduire à grand train chez M. de T... Je fus assez heureux pour l'y trouver. J'avais eu, là-dessus, de l'inquiétude en chemin. Un mot le mit au fait de mes peines et du service que je venais lui demander. Il fut si étonné d'apprendre que G... M... avait pu séduire Manon, qu'ignorant que j'avais eu part moi-même à mon malheur, il m'offrit généreusement de rassembler tous ses amis, pour employer leurs bras et leurs épées à la délivrance de ma maîtresse. Je lui fis comprendre que cet éclat pouvait être pernicieux à Manon et à moi. Réservons notre sang, lui dis-je, pour l'extrémité. Je médite une voie plus douce et dont je n'espère pas moins de succès. Il s'engagea, sans exception, à faire tout ce que je demanderais de lui ; et lui ayant répété qu'il ne s'agissait que de faire avertir G... M... qu'il avait à lui parler, et de le tenir dehors une heure ou deux, il partit aussitôt avec moi pour me satisfaire.

Nous cherchâmes de quel expédient il pourrait se servir pour l'arrêter si longtemps. Je lui conseillai de lui écrire d'abord un billet simple, daté d'un cabaret, par lequel il le prierait de s'y rendre aussitôt, pour une affaire si importante qu'elle ne pouvait souffrir de délai. J'observerai, ajoutai-je, le moment de sa sortie, et je m'introduirai sans peine dans la maison, n'y étant connu que de Manon et de Marcel, qui est mon valet. Pour vous, qui serez pendant ce temps-là avec G... M..., vous pourrez lui dire que cette affaire importante, pour laquelle vous souhaitez de lui parler, est un besoin d'argent, que vous venez de perdre le vôtre au jeu, et que vous avez joué beaucoup plus sur votre parole, avec le même malheur. Il lui faudra du temps pour vous mener à son coffre-fort, et j'en aurai suffisamment pour exécuter mon dessein.

M. de T... suivit cet arrangement de point en point. Je le laissai dans un cabaret, où il écrivit promptement sa lettre. J'allai me placer à quelques pas de la maison de Manon. Je vis arriver le porteur du message, et G... M... sortir à pied, un moment après, suivi d'un laquais. Lui ayant laissé le temps de s'éloigner de la rue, je m'avançai à la porte de mon infidèle, et malgré toute ma colère, je frappai avec le respect qu'on a pour un temple. Heureusement, ce fut Marcel qui vint m'ouvrir. Je lui fis signe de se taire. Quoique je n'eusse rien à craindre des autres domestiques, je lui demandais tout bas s'il pouvait me conduire dans la chambre où était Manon, sans que je fusse aperçu. Il me dit que cela était aisé en montant doucement par le grand escalier. Allons donc promptement, lui dis-je, et tâche d'empêcher, pendant que j'y serai qu'il n'y monte personne. Je pénétrai sans obstacle jusqu'à l'appartement.

Manon était occupée à lire. Ce fut là que j'eus lieu d'admirer le caractère de cette étrange fille. Loin d'être effrayée et de paraître timide en m'apercevant, elle ne donna que ces marques légères de surprise dont on n'est pas le maître à la vue d'une personne qu'on croit éloignée. Ah ! c'est vous, mon amour, me dit-elle en venant m'embrasser avec sa tendresse ordinaire. Bon Dieu ! que vous êtes hardi ! Qui vous aurait attendu aujourd'hui dans ce lieu ? Je me dégageai de ses bras, et loin de répondre à ses caresses, je la repoussai avec dédain, et je fis deux ou trois pas en arrière pour m'éloigner d'elle. Ce mouvement ne laissa pas de la déconcerter. Elle demeura dans la situation où elle était et elle jeta les yeux sur moi en changeant de couleur. J'étais, dans le fond, si charmé de la revoir, qu'avec tant de justes sujets de colère, j'avais à peine la force d'ouvrir la bouche pour la quereller. Cependant mon cœur saignait du cruel outrage qu'elle m'avait fait. Je le rappelais vivement à ma mémoire, pour exciter mon dépit, et je tâchais de faire briller dans mes yeux un autre feu que celui de l'amour. Comme je demeurai quelque temps en silence, et qu'elle remarqua mon agitation, je la vis trembler, apparemment par un effet de sa crainte.

Je ne pus soutenir ce spectacle. Ah ! Manon, lui dis-je d'un ton tendre, infidèle et parjure Manon ! par où commencerai-je à me plaindre ? Je vous vois pâle et tremblante, et je suis encore si sensible à vos moindres peines, que je crains de vous affliger trop par mes reproches. Mais, Manon, je vous le dis, j'ai le cœur percé de la douleur de votre trahison. Ce sont là des coups qu'on ne porte point à un amant, quand on n'a pas résolu sa mort. Voici la troisième fois, Manon, je les ai bien comptées ; il est impossible que cela s'oublie. C'est à vous de considérer, à l'heure même, quel parti vous voulez prendre, car mon triste cœur n'est plus à l'épreuve d'un si cruel traitement. Je sens qu'il succombe et qu'il est prêt à se fendre de douleur. Je n'en puis plus, ajoutai-je en m'asseyant sur une chaise ; j'ai à peine la force de parler et de me soutenir.

Elle ne me répondit point, mais, lorsque je fus assis, elle se laissa tomber à genoux et elle appuya sa tête sur les miens, en cachant son visage de mes mains. Je sentis en un instant qu'elle les mouillait de ses larmes. Dieux ! de quels mouvements n'étais-je point agité ! Ah ! Manon, Manon, repris-je avec un soupir, il est bien tard de me donner des larmes lorsque vous avez causé ma mort. Vous affectez une tristesse que vous ne sauriez sentir. Le plus grand de vos maux est sans doute ma présence, qui a toujours été importune à vos plaisirs. Ouvrez les yeux, voyez qui je suis ; on ne verse pas des pleurs si tendres pour un malheureux qu'on a trahi, et qu'on abandonne cruellement. Elle baisait mes mains sans changer de posture. Inconstante Manon, repris-je encore, fille ingrate et sans foi, où sont vos promesses et vos serments ? Amante mille fois volage et cruelle, qu'as-tu fait de cet amour que tu me jurais encore aujourd'hui ? Juste Ciel, ajoutai-je, est-ce ainsi qu'une infidèle se rit de vous, après vous avoir attesté si saintement ? C'est donc le parjure qui est récompensé ! Le désespoir et l'abandon sont pour la constance et la fidélité.

Ces paroles furent accompagnées d'une réflexion si amère, que j'en laissai échapper malgré moi quelques larmes. Manon s'en aperçut au changement de ma voix. Elle rompit enfin le silence. Il faut bien que je sois coupable, me dit-elle tristement, puisque j'ai pu vous causer tant de douleur et d'émotion ; mais que le Ciel me punisse si j'ai cru l'être, ou si j'ai eu la pensée de le devenir ! Ce discours me parut si dépourvu de sens et de bonne foi, que je ne pus me défendre d'un vif mouvement de colère. Horrible dissimulation ! m'écriai-je. Je vois mieux que jamais que tu n'es qu'une coquine et une perfide. C'est à présent que je connais ton misérable caractère. Adieu, lâche créature, continuai-je en me levant ; j'aime mieux mourir mille fois que d'avoir désormais le moindre commerce avec toi. Que le Ciel me punisse moi-même si je t'honore jamais du moindre regard ! Demeure avec ton nouvel amant, aime-le, déteste-moi, renonce à l'honneur, au bon sens ; je m'en ris, tout m'est égal.

Elle fut si épouvantée de ce transport, que, demeurant à genoux près de la chaise d'où je m'étais levé, elle me regardait en tremblant et sans oser respirer. Je fis encore quelques pas vers la porte, en tournant la tête, et tenant les yeux fixés sur elle. Mais il aurait fallu que j'eusse perdu tous sentiments d'humanité pour m'endurcir contre tant de charmes. J'étais si éloigné d'avoir cette force barbare que, passant tout d'un coup à l'extrémité opposée, je retournai vers elle, ou plutôt, je m'y précipitai sans réflexion. Je la pris entre mes bras, je lui donnai mille tendres baisers. Je lui demandai pardon de mon emportement. Je confessai que j'étais un brutal, et que je ne méritais pas le bonheur d'être aimé d'une fille comme elle. Je la fis asseoir, et, m'étant mis à genoux à mon tour, je la conjurai de m'écouter en cet état. Là, tout ce qu'un amant soumis et passionné peut imaginer de plus respectueux et de plus tendre, je le renfermai en peu de mots dans mes excuses. Je lui demandai en grâce de prononcer qu'elle me pardonnait. Elle laissa tomber ses bras sur mon cou, en disant que c'était elle-même qui avait besoin de ma bonté pour me faire oublier les chagrins qu'elle me causait, et qu'elle commençait à craindre avec raison que je ne goûtasse point ce qu'elle avait à me dire pour se justifier. Moi ! interrompis-je aussitôt, ah ! je ne vous demande point de justification. J'approuve tout ce que vous avez fait. Ce n'est point à moi d'exiger des raisons de votre conduite ; trop content, trop heureux, si ma chère Manon ne m'ôte point la tendresse de son cœur ! Mais, continuai-je, en réfléchissant sur l'état de mon sort, toute-puissante Manon ! vous qui faites à votre gré mes joies et mes douleurs, après vous avoir satisfait par mes humiliations et par les marques de mon repentir, ne me sera-t-il point permis de vous parler de ma tristesse et de mes peines ? Apprendrai-je de vous ce qu'il faut que je devienne aujourd'hui, et si c'est sans retour que vous allez signer ma mort, en passant la nuit avec mon rival ?

Elle fut quelque temps à méditer sa réponse : Mon Chevalier, me dit-elle, en reprenant un air tranquille, si vous vous étiez d'abord expliqué si nettement, vous vous seriez épargné bien du trouble et à moi une scène bien affligeante. Puisque votre peine ne vient que de votre jalousie, je l'aurais guérie en m'offrant à vous suivre sur-le-champ au bout du monde. Mais je me suis figuré que c'était la lettre que je vous ai écrite sous les yeux de M. de G… M… et la fille que nous vous avons envoyée qui causaient votre chagrin. J'ai cru que vous auriez pu regarder ma lettre comme une raillerie et cette fille, en vous imaginant qu'elle était allée vous trouver de ma part, comme une déclaration que je renonçais à vous pour m'attacher à G... M... C'est cette pensée qui m'a jetée tout d'un coup dans la consternation, car, quelque innocente que je fusse, je trouvais, en y pensant, que les apparences ne m'étaient pas favorables. Cependant, continua-t-elle, je veux que vous soyez mon juge, après que je vous aurai expliqué la vérité du fait.

Elle m'apprit alors tout ce qui lui était arrivé depuis qu'elle avait trouvé G... M..., qui l'attendait dans le lieu où nous étions. Il l'avait reçue effectivement comme la première Princesse du monde. Il lui avait montré tous les appartements, qui étaient d'un goût et d'une propreté admirables. Il lui avait compté dix mille livres dans son cabinet, et il y avait ajouté quelques bijoux, parmi lesquels étaient le collier et les bracelets de perles qu'elle avait déjà eus de son père. Il l'avait menée de là dans un salon qu'elle n'avait pas encore vu, où elle avait trouvé une collation exquise. Il l'avait fait servir par les nouveaux domestiques qu'il avait pris pour elle, en leur ordonnant de la regarder désormais comme leur maîtresse. Enfin, il lui avait fait voir le carrosse, les chevaux et tout le reste de ses présents ; après quoi, il lui avait proposé une partie de jeu, pour attendre le souper. Je vous avoue, continua-t-elle, que j'ai été frappée de cette magnificence. J'ai fait réflexion que ce serait dommage de nous priver tout d'un coup de tant de biens, en me contentant d'emporter les dix mille francs et les bijoux, que c'était une fortune toute faite pour vous et pour moi, et que nous pourrions vivre agréablement aux dépens de G... M... Au lieu de lui proposer la Comédie, je me suis mis dans la tête de le sonder sur votre sujet, pour pressentir quelles facilités nous aurions à nous voir, en supposant l'exécution de mon système. Je l'ai trouvé d'un caractère fort traitable. Il m'a demandé ce que je pensais de vous, et si je n'avais pas eu quelque regret à vous quitter. Je lui ai dit que vous étiez si aimable et que vous en aviez toujours usé si honnêtement avec moi, qu'il n'était pas naturel que je pusse vous haïr. Il a confessé que vous aviez du mérite, et qu'il s'était senti porté à désirer votre amitié. Il a voulu savoir de quelle manière je croyais que vous prendriez mon départ, surtout lorsque vous viendriez à savoir que j'étais entre ses mains. Je lui ai répondu que la date de notre amour était déjà si ancienne qu'il avait eu le temps de se refroidir un peu, que vous n'étiez pas d'ailleurs fort à votre aise, et que vous ne regarderiez peut-être pas ma perte comme un grand malheur, parce qu'elle vous déchargerait d'un fardeau qui vous pesait sur les bras. J'ai ajouté qu'étant tout à fait convaincue que vous agiriez pacifiquement, je n'avais pas fait difficulté de vous dire que je venais à Paris pour quelques affaires, que vous y aviez consenti et qu'y étant venu vous-même, vous n'aviez pas paru extrêmement inquiet, lorsque je vous avais quitté. Si je croyais, m'a-t-il dit, qu'il fût d'humeur à bien vivre avec moi, je serais le premier à lui offrir mes services et mes civilités. Je l'ai assuré que, du caractère dont je vous connaissais, je ne doutais point que vous n'y répondissiez honnêtement, surtout, lui ai-je dit, s'il pouvait vous servir dans vos affaires, qui étaient fort dérangées depuis que vous étiez mal avec votre famille. Il m'a interrompue, pour me protester qu'il vous rendrait tous les services qui dépendraient de lui, et que, si vous vouliez même vous embarquer dans un autre amour, il vous procurerait une jolie maîtresse, qu'il avait quittée pour s'attacher à moi. J'ai applaudi à son idée, ajouta-t-elle, pour prévenir plus parfaitement tous ses soupçons, et me confirmant de plus en plus dans mon projet, je ne souhaitais que de pouvoir trouver le moyen de vous en informer, de peur que vous ne fussiez trop alarmé lorsque vous me verriez manquer à notre assignation. C'est dans cette vue que je lui ai proposé de vous envoyer cette nouvelle maîtresse dès le soir même, afin d'avoir une occasion de vous écrire ; j'étais obligée d'avoir recours à cette adresse, parce que je ne pouvais espérer qu'il me laissât libre un moment. Il a ri de ma proposition. Il a appelé son laquais, et lui ayant demandé s'il pourrait retrouver sur-le-champ son ancienne maîtresse, il l'a envoyé de côté et d'autre pour la chercher. Il s'imaginait que c'était à Chaillot qu'il fallait qu'elle allât vous trouver, mais je lui ai appris qu'en vous quittant je vous avais promis de vous rejoindre à la Comédie, ou que, si quelque raison m'empêchait d'y aller, vous vous étiez engagé à m'attendre dans un carrosse au bout de la rue Saint-André ; qu'il valait mieux, par conséquent, vous envoyer là votre nouvelle amante, ne fût-ce que pour vous empêcher de vous y morfondre pendant toute la nuit. Je lui ai dit encore qu'il était à propos de vous écrire un mot pour vous avertir de cet échange, que vous auriez peine à comprendre sans cela. Il y a consenti, mais j'ai été obligée d'écrire en sa présence, et je me suis bien gardée de m'expliquer trop ouvertement dans ma lettre. Voilà, ajouta Manon, de quelle manière les choses se sont passées. Je ne vous déguise rien, ni de ma conduite, ni de mes desseins. La jeune fille est venue, je l'ai trouvée jolie, et comme je ne doutais point que mon absence ne vous causât de la peine, c'était sincèrement que je souhaitais qu'elle pût servir à vous désennuyer quelques moments, car la fidélité que je souhaite de vous est celle du cœur. J'aurais été ravie de pouvoir vous envoyer Marcel, mais je n'ai pu me procurer un moment pour l'instruire de ce que j'avais à vous faire savoir. Elle conclut enfin son récit, en m'apprenant l'embarras où G... M... s'était trouvé en recevant le billet de M. de T... Il a balancé, me dit-elle, s'il devait me quitter, et il m'a assuré que son retour ne tarderait point. C'est ce qui fait que je ne vous vois point ici sans inquiétude, et que j'ai marqué de la surprise à votre arrivée.

J'écoutai ce discours avec beaucoup de patience. J'y trouvais assurément quantité de traits cruels et mortifiants pour moi, car le dessein de son infidélité était si clair qu'elle n'avait pas même eu le soin de me le déguiser. Elle ne pouvait espérer que G... M... la laissât, toute la nuit, comme une vestale[1]. C'était donc avec lui qu'elle comptait de la passer. Quel aveu pour un amant ! Cependant, je considérai que j'étais cause en partie de sa faute, par la connaissance que je lui avais donnée d'abord des sentiments que G... M... avait pour elle, et par la complaisance que j'avais eue d'entrer aveuglément dans le plan téméraire de son aventure. D'ailleurs, par un tour naturel de génie[2] qui m'est particulier, je fus touché de l'ingénuité de son récit, et de cette manière bonne et ouverte avec laquelle elle me racontait jusqu'aux circonstances dont j'étais le plus offensé. Elle pèche sans malice, disais-je en moi-même ; elle est légère et imprudente, mais elle est droite et sincère. Ajoutez que

1. *Vestale* : dans l'Antiquité romaine, prêtresse chargée d'entretenir le feu sacré et vouée à la chasteté. Au XVIIIe siècle, le terme prend un sens ironique et désigne par antiphrase les courtisanes. \ **2.** *Génie* : caractère, disposition naturelle. À l'époque, le terme n'a pas encore le sens laudatif qu'il a aujourd'hui.

l'amour suffisait seul pour me fermer les yeux sur toutes ses fautes. J'étais trop satisfait de l'espérance de l'enlever le soir même à mon rival. Je lui dis néanmoins : Et la nuit, avec qui l'auriez-vous passée ? Cette question, que je lui fis tristement, l'embarrassa. Elle ne me répondit que par des mais et des si interrompus. J'eus pitié de sa peine, et rompant ce discours, je lui déclarai naturellement que j'attendais d'elle qu'elle me suivît à l'heure même. Je le veux bien, me dit-elle ; mais vous n'approuvez donc pas mon projet ? Ah ! n'est-ce pas assez, repartis-je, que j'approuve tout ce que vous avez fait jusqu'à présent ? Quoi ! nous n'emporterons pas même les dix mille francs ? répliqua-t-elle. Il me les a donnés. Ils sont à moi. Je lui conseillai d'abandonner tout, et de ne penser qu'à nous éloigner promptement, car, quoiqu'il y eût à peine une demi-heure que j'étais avec elle, je craignais le retour de G… M… Cependant, elle me fit de si pressants instances pour me faire consentir à ne pas sortir les mains vides, que je crus lui devoir accorder quelque chose après avoir tant obtenu d'elle.

Dans le temps que nous nous préparions au départ, j'entendis frapper à la porte de la rue. Je ne doutai nullement que ce ne fût G… M…, et dans le trouble où cette pensée me jeta, je dis à Manon que c'était un homme mort s'il paraissait. Effectivement, je n'étais pas assez revenu de mes transports pour me modérer à sa vue. Marcel finit ma peine en m'apportant un billet qu'il avait reçu pour moi à la porte. Il était de M. de T… Il me marquait que, G… M… étant allé lui chercher de l'argent à sa maison, il profitait de son absence pour me communiquer une pensée fort plaisante : qu'il lui semblait que je ne pouvais me venger plus agréablement de mon rival qu'en mangeant son souper et en couchant, cette nuit même, dans le lit qu'il espérait d'occuper avec ma maîtresse ; que cela lui paraissait assez facile, si je pouvais m'assurer de trois ou quatre hommes qui eussent assez de résolution pour l'arrêter dans la rue, et de fidélité pour le garder à vue jusqu'au lendemain ; que, pour lui, il promettait de l'amuser encore une heure pour le moins, par des raisons qu'il tenait prêtes pour son retour. Je montrai ce billet à Manon, et je lui appris de quelle ruse je m'étais servi pour m'introduire librement chez elle. Mon invention et celle de M. de T… lui parurent admirables. Nous en rîmes à notre aise pendant quelques moments. Mais, lorsque je lui parlai de la dernière comme d'un badinage, je fus surpris qu'elle insistât sérieusement à me la proposer comme une chose dont l'idée la ravissait. En vain lui demandai-je où elle voulait que je trouvasse, tout d'un coup, des gens propres à arrêter G… M… et à le garder fidèlement. Elle me dit qu'il fallait du moins tenter, puisque M. de T… nous garantissait encore une heure, et pour réponse à mes autres objections, elle me dit que je faisais le tyran et que je n'avais pas de complaisance pour elle. Elle ne trouvait rien de si joli que ce projet. Vous aurez son couvert à souper, me répétait-elle, vous coucherez dans ses draps, et, demain, de grand matin, vous enlèverez sa maîtresse et son argent. Vous serez bien vengé du père et du fils.

Je cédai à ses instances, malgré les mouvements secrets de mon cœur qui semblaient me présager une catastrophe malheureuse. Je sortis, dans le dessein de prier deux ou trois gardes du corps, avec lesquels Lescaut m'avait mis en liaison, de se charger du soin d'arrêter G… M… Je n'en trouvai qu'un au logis, mais c'était un homme entreprenant, qui n'eut pas plus tôt su de quoi il était question qu'il m'assura du succès. Il me demanda seulement dix pistoles, pour récompenser trois soldats aux gardes, qu'il prit la résolution d'employer, en se mettant à leur tête. Je le priai de ne pas perdre de temps. Il les assembla en moins d'un quart d'heure. Je l'attendais à sa maison, et lorsqu'il fut de retour avec ses associés, je le conduisis moi-même au coin d'une rue par laquelle G… M… devait nécessairement rentrer dans celle de Manon. Je lui recommandai de ne le pas maltraiter, mais de le garder si étroitement jusqu'à sept heures du matin, que je pusse être assuré qu'il ne lui échapperait pas. Il me dit que son dessein était de le conduire à sa chambre et de l'obliger à se déshabiller, ou même à se coucher dans son lit, tandis que lui et ses trois braves [1] passeraient la nuit à boire et à jouer. Je demeurai avec eux jusqu'au moment où je vis paraître G… M…, et je me retirai alors quelques pas au-dessous, dans un endroit obscur, pour être témoin d'une scène si extraordinaire. Le garde du corps l'aborda, le pistolet au poing, et lui expliqua

1. *Ses trois braves* : vient de l'italien *bravo* : gardes du corps ou tueurs à gages.

civilement qu'il n'en voulait ni à sa vie ni à son argent, mais que, s'il faisait la moindre difficulté de le suivre, ou s'il jetait le moindre cri, il allait lui brûler la cervelle. G… M…, le voyant soutenu par trois soldats, et craignant sans doute la bourre du pistolet [1], ne fit pas de résistance. Je le vis emmener comme un mouton.

Je retournai aussitôt chez Manon, et pour ôter tout soupçon aux domestiques, je lui dis, en entrant, qu'il ne fallait pas attendre M. de G… M… pour souper, qu'il lui était survenu des affaires qui le retenaient malgré lui, et qu'il m'avait prié de venir lui en faire ses excuses et souper avec elle, ce que je regardais comme une grande faveur auprès d'une si belle dame. Elle seconda fort adroitement mon dessein. Nous nous mîmes à table. Nous y prîmes un air grave, pendant que les laquais demeurèrent à nous servir. Enfin, les ayant congédiés, nous passâmes une des plus charmantes soirées de notre vie. J'ordonnai en secret à Marcel de chercher un fiacre et de l'avertir de se trouver le lendemain à la porte avant six heures du matin. Je feignis de quitter Manon vers minuit ; mais étant rentré doucement, par le secours de Marcel, je me préparai à occuper le lit de G… M…, comme j'avais rempli sa place à table. Pendant ce temps-là, notre mauvais génie travaillait à nous perdre. Nous étions dans le délire du plaisir, et le glaive était suspendu sur nos têtes. Le fil qui le soutenait allait se rompre [2]. Mais, pour faire mieux entendre toutes les circonstances de notre ruine, il faut en éclaircir la cause.

G… M… était suivi d'un laquais, lorsqu'il avait été arrêté par le garde du corps. Ce garçon, effrayé de l'aventure de son maître, retourna en fuyant sur ses pas, et la première démarche qu'il fit, pour le secourir, fut d'aller avertir le vieux G… M… de ce qui venait d'arriver. Une si fâcheuse nouvelle ne pouvait manquer de l'alarmer beaucoup : il n'avait que ce fils, et sa vivacité était extrême pour son âge. Il voulut savoir d'abord du laquais tout ce que son fils avait fait l'après-midi, s'il s'était querellé avec quelqu'un, s'il avait

1. *La bourre du pistolet* : le pistolet est chargé à blanc (à bourre) mais G… M… croit que le pistolet est chargé à balles. \ **2.** *Le glaive était suspendu sur nos têtes* : allusion au personnage antique de Damoclès, courtisan de Denys l'Ancien. Celui-ci fit suspendre au-dessus de la tête de Damoclès une épée retenue par un crin de cheval, afin de lui faire comprendre que le bonheur est fragile et toujours menacé (voir l'expression *épée de Damoclès*).

pris part au démêlé d'un autre, s'il s'était trouvé dans quelque maison suspecte. Celui-ci, qui croyait son maître dans le dernier danger et qui s'imaginait ne devoir plus rien ménager pour lui procurer du secours, découvrit tout ce qu'il savait de son amour pour Manon et la dépense qu'il avait faite pour elle, la manière dont il avait passé l'après-midi dans sa maison jusqu'aux environs de neuf heures, sa sortie et le malheur de son retour. C'en fut assez pour faire soupçonner au vieillard que l'affaire de son fils était une querelle d'amour. Quoiqu'il fût au moins dix heures et demie du soir, il ne balança point à se rendre aussitôt chez M. le Lieutenant de Police. Il le pria de faire donner des ordres particuliers à toutes les escouades du guet, et lui en ayant demandé une pour se faire accompagner, il courut lui-même vers la rue où son fils avait été arrêté. Il visita tous les endroits de la ville où il espérait de le pouvoir trouver, et n'ayant pu découvrir ses traces, il se fit conduire enfin à la maison de sa maîtresse, où il se figura qu'il pouvait être retourné.

J'allais me mettre au lit, lorsqu'il arriva. La porte de la chambre étant fermée, je n'entendis point frapper à celle de la rue ; mais il entra suivi de deux archers, et s'étant informé inutilement de ce qu'était devenu son fils, il lui prit envie de voir sa maîtresse, pour tirer d'elle quelque lumière. Il monte à l'appartement, toujours accompagné de ses archers. Nous étions prêts à nous mettre au lit. Il ouvre la porte, et il nous glace le sang par sa vue. Ô Dieu ! c'est le vieux G... M..., dis-je à Manon. Je saute sur mon épée ; elle était malheureusement embarrassée dans mon ceinturon. Les archers, qui virent mon mouvement, s'approchèrent aussitôt pour me la saisir. Un homme en chemise est sans résistance. Ils m'ôtèrent tous les moyens de me défendre.

G... M..., quoique troublé par ce spectacle, ne tarda point à me reconnaître. Il remit encore plus aisément Manon. Est-ce une illusion ? nous dit-il gravement ; ne vois-je point le Chevalier Des Grieux et Manon Lescaut ? J'étais si enragé de honte et de douleur, que je ne lui fis pas de réponse. Il parut rouler, pendant quelque temps, diverses pensées dans sa tête, et comme si elles eussent allumé tout d'un coup sa colère, il s'écria en s'adressant à moi : Ah ! malheureux, je suis sûr que tu as tué mon fils ! Cette injure me piqua vivement. Vieux scélérat, lui répondis-je avec fierté, si j'avais eu à tuer quelqu'un de ta famille, c'est par toi que j'aurais commencé. Tenez-le bien, dit-il aux archers. Il faut qu'il me dise des nouvelles de mon fils ; je le ferai pendre demain, s'il ne m'apprend tout à l'heure ce qu'il en a fait. Tu me feras pendre ? repris-je. Infâme ! ce sont tes pareils qu'il faut chercher au gibet. Apprends que je suis d'un sang plus noble et plus pur que le tien. Oui, ajoutai-je, je sais ce qui est arrivé à ton fils, et si tu m'irrites davantage, je le ferai étrangler avant qu'il soit demain, et je te promets le même sort après lui.

Je commis une imprudence en lui confessant que je savais où était son fils ; mais l'excès de ma colère me fit faire cette indiscrétion. Il appela aussitôt cinq ou six autres archers, qui l'attendaient à la porte, et il leur ordonna de s'assurer de tous les domestiques de la maison. Ah ! Monsieur le Chevalier, reprit-il d'un ton railleur, vous savez où est mon fils et vous le ferez étrangler, dites-vous ? Comptez que nous y mettrons bon ordre. Je sentis aussitôt la faute que j'avais commise. Il s'approcha de Manon, qui était assise sur le lit en pleurant ; il lui dit quelques galanteries ironiques sur l'empire qu'elle avait sur le père et sur le fils, et sur le bon usage qu'elle en faisait. Ce vieux monstre d'incontinence voulut prendre quelques familiarités avec elle. Garde-toi de la toucher ! m'écriai-je, il n'y aurait rien de sacré qui te pût sauver de mes mains. Il sortit en laissant trois archers dans la chambre, auxquels il ordonna de nous faire prendre promptement nos habits.

Je ne sais quels étaient alors ses desseins sur nous. Peut-être eussions-nous obtenu la liberté en lui apprenant où était son fils. Je méditais, en m'habillant, si ce n'était pas le meilleur parti. Mais, s'il était dans cette disposition en quittant notre chambre, elle était bien changée lorsqu'il y revint. Il était allé interroger les domestiques de Manon, que les archers avaient arrêtés. Il ne put rien apprendre de ceux qu'elle avait reçus de son fils, mais, lorsqu'il sut que Marcel nous avait servis auparavant, il résolut de le faire parler en l'intimidant par des menaces.

C'était un garçon fidèle, mais simple et grossier. Le souvenir de ce qu'il avait fait à l'Hôpital, pour délivrer Manon, joint à la terreur que G… M… lui inspirait, fit tant d'impression sur son esprit faible qu'il s'imagina qu'on allait le conduire à la potence ou sur la roue. Il promit de découvrir tout ce qui était venu à sa connaissance, si l'on voulait lui sauver la vie. G... M... se persuada là-dessus qu'il y avait quelque chose, dans nos affaires, de plus sérieux et de plus criminel qu'il n'avait eu lieu jusque-là de se le figurer. Il offrit à Marcel, non seulement la vie, mais des récompenses pour sa confession. Ce malheureux lui apprit une partie de notre dessein, sur lequel nous n'avions pas fait difficulté de nous entretenir devant lui, parce qu'il devait y entrer pour quelque chose. Il est vrai qu'il ignorait entièrement les changements que nous y avions faits à Paris ; mais il avait été informé, en partant de Chaillot, du plan de l'entreprise et du rôle qu'il y devait jouer. Il lui déclara donc que notre vue était de duper son fils, et que Manon devait recevoir, ou avait déjà reçu, dix mille francs, qui, selon notre projet, ne retourneraient jamais aux héritiers de la maison de G... M...

Après cette découverte, le vieillard emporté remonta brusquement dans notre chambre. Il passa, sans parler, dans le cabinet, où il n'eut pas de peine à trouver la somme et les bijoux. Il revint à nous avec un visage enflammé, et, nous montrant ce qu'il lui plut de nommer notre larcin, il nous accabla de reproches outrageants. Il fit voir de près, à Manon, le collier de perles et les bracelets. Les reconnaissez-vous ? lui dit-il avec un sourire moqueur. Ce n'était pas la première fois que vous les eussiez vus. Les mêmes, sur ma foi. Ils étaient de votre goût, ma belle, je me le persuade aisément. Les pauvres enfants ! ajouta-t-il. Ils sont bien aimables, en effet, l'un et l'autre ; mais ils sont un peu fripons. Mon cœur crevait de rage à ce discours insultant. J'aurais donné, pour être libre un moment... Juste Ciel ! que n'aurais-je pas donné ! Enfin, je me fis violence pour lui dire, avec une modération qui n'était qu'un raffinement de fureur : Finissons, Monsieur, ces insolentes railleries. De quoi est-il question ? Voyons, que prétendez-vous faire de nous ? Il est question, Monsieur le Chevalier, me répondit-il, d'aller de ce pas au Châtelet. Il fera jour demain ; nous verrons plus clair dans nos affaires, et j'espère que vous me ferez la grâce, à la fin, de m'apprendre où est mon fils.

Je compris, sans beaucoup de réflexions, que c'était une chose d'une terrible conséquence pour nous d'être une fois renfermés au Châtelet. J'en prévis, en tremblant, tous les dangers. Malgré toute ma fierté, je reconnus qu'il fallait plier sous le poids de ma fortune et flatter mon plus cruel ennemi, pour en obtenir quelque chose par la soumission. Je le priai, d'un ton honnête, de m'écouter un moment. Je me rends justice, Monsieur, lui dis-je. Je confesse que la jeunesse m'a fait commettre de grandes fautes, et que vous en êtes assez blessé pour vous plaindre. Mais, si vous connaissez la force de l'amour, si vous pouvez juger de ce que souffre un malheureux jeune homme à qui l'on enlève tout ce qu'il aime, vous me trouverez peut-être pardonnable d'avoir cherché le plaisir d'une petite vengeance, ou du moins, vous me croirez assez puni par l'affront que je viens de recevoir. Il n'est besoin ni de prison ni de supplice pour me forcer de vous découvrir où est Monsieur votre fils. Il est en sûreté. Mon dessein n'a pas été de lui nuire ni de vous offenser. Je suis prêt à vous nommer le lieu où il passe tranquillement la nuit, si vous me faites la grâce de nous accorder la liberté. Ce vieux tigre, loin d'être touché de ma prière, me tourna le dos en riant. Il lâcha seulement quelques mots, pour me faire comprendre qu'il savait notre dessein jusqu'à l'origine. Pour ce qui regardait son fils, il ajouta brutalement qu'il se retrouverait assez, puisque je ne l'avais pas assassiné. Conduisez-les au Petit-Châtelet [1], dit-il aux archers, et prenez garde que le Chevalier ne vous échappe. C'est un rusé, qui s'est déjà sauvé de Saint-Lazare.

Il sortit, et me laissa dans l'état que vous pouvez vous imaginer. Ô Ciel ! m'écriai-je, je recevrai avec soumission tous les coups qui viennent de ta main, mais qu'un malheureux coquin ait le pouvoir de me traiter avec cette tyrannie, c'est ce qui me réduit au dernier désespoir. Les archers nous prièrent de ne pas les faire attendre plus longtemps. Ils avaient un carrosse à la porte. Je tendis la main à Manon pour descendre. Venez, ma chère reine, lui dis-je, venez vous soumettre à toute la rigueur de notre sort. Il plaira peut-être au Ciel de nous rendre quelque jour plus heureux.

Nous partîmes dans le même carrosse. Elle se mit dans mes bras. Je ne lui avais pas entendu prononcer un mot depuis le premier

1. *Petit-Châtelet* : tribunal ou chambre de police où l'on conduisait les suspects les moins inquiétants pour les interroger.

moment de l'arrivée de G... M... ; mais, se trouvant seule alors avec moi, elle me dit mille tendresses en se reprochant d'être la cause de mon malheur. Je l'assurai que je ne me plaindrais jamais de mon sort, tant qu'elle ne cesserait pas de m'aimer. Ce n'est pas moi qui suis à plaindre, continuai-je. Quelques mois de prison ne m'effraient nullement, et je préférerai toujours le Châtelet à Saint-Lazare. Mais c'est pour toi, ma chère âme, que mon cœur s'intéresse. Quel sort pour une créature si charmante ! Ciel, comment traitez-vous avec tant de rigueur le plus parfait de vos ouvrages ? Pourquoi ne sommes-nous pas nés, l'un et l'autre, avec des qualités conformes à notre misère ? Nous avons reçu de l'esprit, du goût, des sentiments. Hélas ! quel triste usage en faisons-nous, tandis que tant d'âmes basses et dignes de notre sort jouissent de toutes les faveurs de la fortune ! Ces réflexions me pénétraient de douleur ; mais ce n'était rien en comparaison de celles qui regardaient l'avenir, car je séchais de crainte pour Manon. Elle avait déjà été à l'Hôpital, et, quand elle en fût sortie par la bonne porte, je savais que les rechutes en ce genre étaient d'une conséquence extrêmement dangereuse. J'aurais voulu lui exprimer mes frayeurs ; j'appréhendais de lui en causer trop. Je tremblais pour elle, sans oser l'avertir du danger, et je l'embrassais en soupirant, pour l'assurer, du moins, de mon amour, qui était presque le seul sentiment que j'osasse exprimer. Manon, lui dis-je, parlez sincèrement ; m'aimerez-vous toujours ? Elle me répondit qu'elle était bien malheureuse que j'en pusse douter. Hé bien, repris-je, je n'en doute point, et je veux braver tous nos ennemis avec cette assurance. J'emploierai ma famille pour sortir du Châtelet ; et tout mon sang ne sera utile à rien si je ne vous en tire pas aussitôt que je serai libre.

Nous arrivâmes à la prison. On nous mit chacun dans un lieu séparé. Ce coup me fut moins rude, parce que je l'avais prévu. Je recommandai Manon au concierge, en lui apprenant que j'étais un homme de quelque distinction, et lui promettant une récompense considérable. J'embrassai ma chère maîtresse, avant que de la quitter. Je la conjurai de ne pas s'affliger excessivement et de ne rien craindre tant que je serais au monde. Je n'étais pas sans argent ; je lui en donnai une partie et je payai au concierge, sur ce qui me restait, un mois de grosse pension d'avance pour elle et pour moi.

Mon argent eut un fort bon effet. On me mit dans une chambre proprement meublée, et l'on m'assura que Manon en avait une pareille. Je m'occupai aussitôt des moyens de hâter ma liberté. Il était clair qu'il n'y avait rien d'absolument criminel dans mon affaire, et supposant même que le dessein de notre vol fût prouvé par la déposition de Marcel, je savais fort bien qu'on ne punit point les simples volontés. Je résolus d'écrire promptement à mon père, pour le prier de venir en personne à Paris. J'avais bien moins de honte, comme je l'ai dit, d'être au Châtelet qu'à Saint-Lazare ; d'ailleurs, quoique je conservasse tout le respect dû à l'autorité paternelle, l'âge et l'expérience avaient diminué beaucoup ma timidité. J'écrivis donc, et l'on ne fit pas difficulté, au Châtelet, de laisser sortir ma lettre ; mais c'était une peine que j'aurais pu m'épargner, si j'avais su que mon père devait arriver le lendemain à Paris.

Il avait reçu celle que je lui avais écrite huit jours auparavant. Il en avait ressenti une joie extrême ; mais, de quelque espérance que je l'eusse flatté au sujet de ma conversion, il n'avait pas cru devoir s'arrêter tout à fait à mes promesses. Il avait pris le parti de venir s'assurer de mon changement par ses yeux, et de régler sa conduite sur la sincérité de mon repentir. Il arriva le lendemain de mon emprisonnement. Sa première visite fut celle qu'il rendit à Tiberge, à qui je l'avais prié d'adresser sa réponse. Il ne put savoir de lui ni ma demeure ni ma condition présente ; il en apprit seulement mes principales aventures, depuis que je m'étais échappé de Saint-Sulpice. Tiberge lui parla fort avantageusement des dispositions que je lui avais marquées pour le bien, dans notre dernière entrevue. Il ajouta qu'il me croyait entièrement dégagé de Manon, mais qu'il était surpris, néanmoins, que je ne lui eusse pas donné de mes nouvelles depuis huit jours. Mon père n'était pas dupe ; il comprit qu'il y avait quelque chose qui échappait à la pénétration de Tiberge, dans le silence dont il se plaignait, et il employa tant de soins pour découvrir mes traces que, deux jours après son arrivée, il apprit que j'étais au Châtelet.

Avant que de recevoir sa visite, à laquelle j'étais fort éloigné de m'attendre si tôt, je reçus celle de M. le Lieutenant général de Police, ou pour expliquer les choses par leur nom, je subis l'interrogatoire.

Il me fit quelques reproches, mais ils n'étaient ni durs ni désobligeants. Il me dit, avec douceur, qu'il plaignait ma mauvaise conduite ; que j'avais manqué de sagesse en me faisant un ennemi tel que M. de G... M... ; qu'à la vérité il était aisé de remarquer qu'il y avait, dans mon affaire, plus d'imprudence et de légèreté que de malice ; mais que c'était néanmoins la seconde fois que je me trouvais sujet à son tribunal, et qu'il avait espéré que je fusse devenu plus sage, après avoir pris deux ou trois mois de leçons à Saint-Lazare. Charmé d'avoir affaire à un juge raisonnable, je m'expliquai avec lui d'une manière si respectueuse et si modérée, qu'il parut extrêmement satisfait de mes réponses. Il me dit que je ne devais pas me livrer trop au chagrin, et qu'il se sentait disposé à me rendre service, en faveur de ma naissance et de ma jeunesse. Je me hasardai à lui recommander Manon, et à lui faire l'éloge de sa douceur et de son bon naturel. Il me répondit, en riant, qu'il ne l'avait point encore vue, mais qu'on la représentait comme une dangereuse personne. Ce mot excita tellement ma tendresse que je lui dis mille choses passionnées pour la défense de ma pauvre maîtresse, et je ne pus m'empêcher de répandre quelques larmes. Il ordonna qu'on me reconduisît à ma chambre. Amour, amour ! s'écria ce grave magistrat en me voyant sortir, ne te réconcilieras-tu jamais avec la sagesse ?

J'étais à m'entretenir tristement de mes idées, et à réfléchir sur la conversation que j'avais eue avec M. le Lieutenant général de Police, lorsque j'entendis ouvrir la porte de ma chambre : c'était mon père. Quoique je dusse être à demi préparé à cette vue, puisque je m'y attendais quelques jours plus tard, je ne laissai pas d'en être frappé si vivement que je me serais précipité au fond de la terre, si elle s'était entr'ouverte à mes pieds. J'allai l'embrasser, avec toutes les marques d'une extrême confusion. Il s'assit sans que ni lui ni moi eussions encore ouvert la bouche.

Comme je demeurais debout, les yeux baissés et la tête découverte : Asseyez-vous, Monsieur, me dit-il gravement, asseyez-vous. Grâce au scandale de votre libertinage et de vos friponneries, j'ai découvert le lieu de votre demeure. C'est l'avantage d'un mérite tel que le vôtre de ne pouvoir demeurer caché. Vous allez à la renommée par un chemin infaillible. J'espère que le terme en sera bientôt la

Grève[1], et que vous aurez, effectivement, la gloire d'y être exposé à l'admiration de tout le monde.

Je ne répondis rien. Il continua : Qu'un père est malheureux, lorsque, après avoir aimé tendrement un fils et n'avoir rien épargné pour en faire un honnête homme, il n'y trouve, à la fin, qu'un fripon qui le déshonore ! On se console d'un malheur de fortune : le temps l'efface, et le chagrin diminue ; mais quel remède contre un mal qui augmente tous les jours, tel que les désordres d'un fils vicieux qui a perdu tous sentiments d'honneur ? Tu ne dis rien, malheureux, ajouta-t-il ; voyez cette modestie contrefaite et cet air de douceur hypocrite ; ne le prendrait-on pas pour le plus honnête homme de sa race ?

Quoique je fusse obligé de reconnaître que je méritais une partie de ces outrages, il me parut néanmoins que c'était les porter à l'excès. Je crus qu'il m'était permis d'expliquer naturellement ma pensée. Je vous assure, monsieur, lui dis-je, que la modestie où vous me voyez devant vous n'est nullement affectée ; c'est la situation naturelle d'un fils bien né, qui respecte infiniment son père, et surtout un père irrité. Je ne prétends pas non plus passer pour l'homme le plus réglé de notre race. Je me connais digne de vos reproches, mais je vous conjure d'y mettre un peu plus de bonté et de ne pas me traiter comme le plus infâme de tous les hommes. Je ne mérite pas des noms si durs. C'est l'amour, vous le savez, qui a causé toutes mes fautes. Fatale passion ! Hélas ! n'en connaissez-vous pas la force, et se peut-il que votre sang, qui est la source du mien, n'ait jamais ressenti les mêmes ardeurs ? L'amour m'a rendu trop tendre, trop passionné, trop fidèle et, peut-être, trop complaisant pour les désirs d'une maîtresse toute charmante ; voilà mes crimes. En voyez-vous là quelqu'un qui vous déshonore ? Allons, mon cher père, ajoutai-je tendrement, un peu de pitié pour un fils qui a toujours été plein de respect et d'affection pour vous, qui n'a pas renoncé, comme vous pensez, à l'honneur et au devoir, et qui est mille fois plus à plaindre que vous ne sauriez vous l'imaginer. Je laissai tomber quelques larmes en finissant ces paroles.

---

1. *La Grève* : actuelle place de l'Hôtel de Ville, où avaient lieu, sous l'Ancien Régime, les exécutions capitales et les châtiments publics.

Un cœur de père est le chef-d'œuvre de la nature ; elle y règne, pour ainsi parler, avec complaisance, et elle en règle elle-même tous les ressorts. Le mien qui était avec cela homme d'esprit et de goût, fut si touché du tour que j'avais donné à mes excuses qu'il ne fut pas le maître de me cacher ce changement. Viens, mon pauvre Chevalier, me dit-il, viens m'embrasser ; tu me fais pitié. Je l'embrassai ; il me serra d'une manière qui me fit juger de ce qui se passait dans son cœur. Mais quel moyen prendrons-nous donc, reprit-il, pour te tirer d'ici ? Explique-moi toutes tes affaires sans déguisement. Comme il n'y avait rien, après tout, dans le gros de ma conduite, qui pût me déshonorer absolument, du moins en la mesurant sur celle des jeunes gens d'un certain monde, et qu'une maîtresse ne passe point pour une infamie dans le siècle où nous sommes, non plus qu'un peu d'adresse à s'attirer la fortune du jeu, je fis sincèrement à mon père le détail de la vie que j'avais menée. À chaque faute dont je lui faisais l'aveu, j'avais soin de joindre des exemples célèbres, pour en diminuer la honte. Je vis avec une maîtresse, lui disais-je, sans être lié par les cérémonies du mariage : M. le duc de... en entretient deux, aux yeux de tout Paris ; M. de... en a une depuis dix ans, qu'il aime avec une fidélité qu'il n'a jamais eue pour sa femme ; les deux tiers des honnêtes gens de France se font honneur d'en avoir. J'ai usé de quelque supercherie au jeu : M. le marquis de... et le comte de... n'ont point d'autres revenus ; M. le prince de... et M. le duc de... sont les chefs d'une bande de chevaliers du même Ordre[1]. Pour ce qui regardait mes desseins sur la bourse des deux G... M..., j'aurais pu prouver aussi facilement que je n'étais pas sans modèles ; mais il me restait trop d'honneur pour ne pas me condamner moi-même, avec tous ceux dont j'aurais pu me proposer l'exemple, de sorte que je priai mon père de pardonner cette faiblesse aux deux violentes passions qui m'avaient agité, la vengeance et l'amour. Il me demanda si je pouvais lui donner quelques ouvertures sur les plus courts moyens d'obtenir ma liberté, et d'une manière qui pût lui faire éviter l'éclat. Je lui appris les sentiments de bonté que le Lieutenant général de Police avait

1. *Chevaliers du même Ordre* : voir note 1, p. 45.

pour moi. Si vous trouvez quelques difficultés, lui dis-je, elles ne peuvent venir que de la part des G… M… ; ainsi, je crois qu'il serait à propos que vous prissiez la peine de les voir. Il me le promit. Je n'osai le prier de solliciter pour Manon. Ce ne fut point un défaut de hardiesse, mais un effet de la crainte où j'étais de le révolter par cette proposition, et de lui faire naître quelque dessein funeste à elle et à moi. Je suis encore à savoir si cette crainte n'a pas causé mes plus grandes infortunes en m'empêchant de tenter les dispositions de mon père, et de faire des efforts pour lui en inspirer de favorables à ma malheureuse maîtresse. J'aurais peut-être excité encore une fois sa pitié. Je l'aurais mis en garde contre les impressions qu'il allait recevoir trop facilement du vieux G… M… Que sais-je ? Ma mauvaise destinée l'aurait peut-être emporté sur tous mes efforts, mais je n'aurais eu qu'elle, du moins, et la cruauté de mes ennemis, à accuser de mon malheur.

En me quittant, mon père alla faire une visite à M. de G… M… Il le trouva avec son fils, à qui le garde du corps avait honnêtement rendu la liberté. Je n'ai jamais su les particularités de leur conversation, mais il ne m'a été que trop facile d'en juger par ses mortels effets. Ils allèrent ensemble, je dis les deux pères, chez M. le Lieutenant général de Police, auquel ils demandèrent deux grâces : l'une, de me faire sortir sur-le-champ du Châtelet ; l'autre, d'enfermer Manon pour le reste de ses jours, ou de l'envoyer en Amérique. On commençait, dans le même temps, à embarquer quantité de gens sans aveu pour le Mississippi[1]. M. le Lieutenant général de Police leur donna sa parole de faire partir Manon par le premier vaisseau. M. de G… M… et mon père vinrent aussitôt m'apporter ensemble la nouvelle de ma liberté. M. de G… M… me fit un compliment civil sur le passé, et m'ayant félicité sur le bonheur que j'avais d'avoir un tel père, il m'exhorta à profiter désormais de ses leçons et de ses exemples. Mon père m'ordonna de lui faire des excuses de l'injure prétendue que j'avais faite à sa famille, et de le remercier de s'être employé avec lui pour mon

1. *Mississippi* : fondée par Law en 1720, la Compagnie du Mississippi devait exploiter les richesses de la contrée du même nom. On décida alors d'aider à son peuplement en y envoyant des filles de joie.

élargissement. Nous sortîmes ensemble, sans avoir dit un mot de ma maîtresse. Je n'osai même parler d'elle aux guichetiers en leur présence. Hélas ! mes tristes recommandations eussent été bien inutiles ! L'ordre cruel était venu en même temps que celui de ma délivrance. Cette fille infortunée fut conduite, une heure après, à l'Hôpital, pour y être associée à quelques malheureuses qui étaient condamnées à subir le même sort. Mon père m'ayant obligé de le suivre à la maison où il avait pris sa demeure, il était presque six heures du soir lorsque je trouvai le moment de me dérober de ses yeux pour retourner au Châtelet. Je n'avais dessein que de faire tenir quelques rafraîchissements à Manon, et de la recommander au concierge, car je ne me promettais pas que la liberté de la voir me fût accordée. Je n'avais point encore eu le temps, non plus, de réfléchir aux moyens de la délivrer.

Je demandai à parler au concierge. Il avait été content de ma libéralité et de ma douceur, de sorte qu'ayant quelque disposition à me rendre service, il me parla du sort de Manon comme d'un malheur dont il avait beaucoup de regret parce qu'il pouvait m'affliger. Je ne compris point ce langage. Nous nous entretînmes quelques moments sans nous entendre. À la fin, s'apercevant que j'avais besoin d'une explication, il me la donna, telle que j'ai déjà eu horreur de vous la dire, et que j'ai encore de la répéter. Jamais apoplexie violente ne causa d'effet plus subit et plus terrible. Je tombai, avec une palpitation de cœur si douloureuse, qu'à l'instant que je perdis la connaissance, je me crus délivré de la vie pour toujours. Il me resta même quelque chose de cette pensée lorsque je revins à moi. Je tournai mes regards vers toutes les parties de la chambre et sur moi-même, pour m'assurer si je portais encore la malheureuse qualité d'homme vivant. Il est certain qu'en ne suivant que le mouvement naturel qui fait chercher à se délivrer de ses peines, rien ne pouvait me paraître plus doux que la mort, dans ce moment de désespoir et de consternation. La religion même ne pouvait me faire envisager rien de plus insupportable, après la vie, que les convulsions cruelles dont j'étais tourmenté. Cependant, par un miracle propre à l'amour, je retrouvai bientôt assez de force pour remercier le Ciel de m'avoir rendu la connaissance et la raison. Ma mort n'eût été utile qu'à moi. Manon avait besoin de ma vie pour la délivrer, pour la secourir, pour la venger. Je jurai de m'y employer sans ménagement.

Le concierge me donna toute l'assistance que j'eusse pu attendre du meilleur de mes amis. Je reçus ses services avec une vive reconnaissance. Hélas ! lui dis-je, vous êtes donc touché de mes peines ? Tout le monde m'abandonne. Mon père même est sans doute un de mes plus cruels persécuteurs. Personne n'a pitié de moi. Vous seul, dans le séjour de la dureté et de la barbarie, vous marquez de la compassion pour le plus misérable de tous les hommes ! Il me conseillait de ne point paraître dans la rue sans être un peu remis du trouble où j'étais. Laissez, laissez, répondis-je en sortant ; je vous reverrai plus tôt que vous ne pensez. Préparez-moi le plus noir de vos cachots ; je vais travailler à le mériter. En effet, mes premières résolutions n'allaient à rien moins qu'à me défaire des deux G... M... et du Lieutenant général de Police, et fondre ensuite à main armée sur l'Hôpital, avec tous ceux que je pourrais engager dans ma querelle. Mon père lui-même eût à peine été respecté, dans une vengeance qui me paraissait si juste, car le concierge ne m'avait pas caché que lui et G... M... étaient les auteurs de ma perte. Mais, lorsque j'eus fait quelques pas dans les rues, et que l'air eut un peu rafraîchi mon sang et mes humeurs [1], ma fureur fit place peu à peu à des sentiments plus raisonnables. La mort de nos ennemis eût été d'une faible utilité pour Manon, et elle m'eût exposé sans doute à me voir ôter tous les moyens de la secourir. D'ailleurs, aurais-je eu recours à un lâche assassinat ? Quelle autre voie pouvais-je m'ouvrir à la vengeance ? Je recueillis toutes mes forces et tous mes esprits pour travailler d'abord à la délivrance de Manon, remettant tout le reste après le succès de cette importante entreprise. Il me restait peu d'argent. C'était, néanmoins, un fondement nécessaire, par lequel il fallait commencer. Je ne voyais que trois personnes de qui j'en pusse attendre : M. de T..., mon père et Tiberge. Il y avait peu d'apparence d'obtenir quelque chose des deux derniers, et j'avais honte de fatiguer l'autre par mes importunités. Mais ce n'est point

1. *Humeurs* : terme utilisé par la médecine antique et jusqu'au XVIIIe siècle pour désigner les fluides corporels (le sang, la pituite, la bile et l'atrabile), dont on pensait qu'ils avaient une grande influence non seulement sur les pathologies physiques, mais aussi sur le caractère.

dans le désespoir qu'on garde des ménagements. J'allai sur-le-champ au Séminaire de Saint-Sulpice, sans m'embarrasser si j'y serais reconnu. Je fis appeler Tiberge. Ses premières paroles me firent comprendre qu'il ignorait encore mes dernières aventures. Cette idée me fit changer le dessein que j'avais, de l'attendrir par la compassion. Je lui parlai, en général, du plaisir que j'avais eu de revoir mon père, et je le priai ensuite de me prêter quelque argent, sous prétexte de payer, avant mon départ de Paris, quelques dettes que je souhaitais de tenir inconnues. Il me présenta aussitôt sa bourse. Je pris cinq cents francs sur six cents que j'y trouvai. Je lui offris mon billet [1]; il était trop généreux pour l'accepter.

Je tournai de là chez M. de T... Je n'eus point de réserve avec lui. Je lui fis l'exposition de mes malheurs et de mes peines : il en savait déjà jusqu'aux moindres circonstances, par le soin qu'il avait eu de suivre l'aventure du jeune G... M... ; il m'écouta néanmoins, et il me plaignit beaucoup. Lorsque je lui demandai ses conseils sur les moyens de délivrer Manon, il me répondit tristement qu'il y voyait si peu de jour [2], qu'à moins d'un secours extraordinaire du Ciel, il fallait renoncer à l'espérance, qu'il avait passé exprès à l'Hôpital, depuis qu'elle y était renfermée, qu'il n'avait pu obtenir lui-même la liberté de la voir ; que les ordres du Lieutenant général de Police étaient de la dernière rigueur, et que, pour comble d'infortune, la malheureuse bande où elle devait entrer était destinée à partir le surlendemain du jour où nous étions. J'étais si consterné de son discours qu'il eût pu parler une heure sans que j'eusse pensé à l'interrompre. Il continua de me dire qu'il ne m'était point allé voir au Châtelet, pour se donner plus de facilité à me servir lorsqu'on le croirait sans liaison avec moi ; que, depuis quelques heures que j'en étais sorti, il avait eu le chagrin d'ignorer où je m'étais retiré, et qu'il avait souhaité de me voir promptement pour me donner le seul conseil dont il semblait que je pusse espérer du changement dans le sort de Manon, mais un conseil dangereux, auquel il me priait de cacher éternellement qu'il eût part : c'était de choisir quelques braves qui eussent le courage d'attaquer les gardes

1. *Billet* : reconnaissance de dette signée. \ 2. *Il y voyait si peu de jour* : il n'envisageait aucune solution.

de Manon lorsqu'ils seraient sortis de Paris avec elle. Il n'attendit point que je lui parlasse de mon indigence. Voilà cent pistoles, me dit-il, en me présentant une bourse, qui pourront vous être de quelque usage. Vous me les remettrez, lorsque la fortune aura rétabli vos affaires. Il ajouta que, si le soin de sa réputation lui eut permis d'entreprendre lui-même la délivrance de ma maîtresse, il m'eût offert son bras et son épée.

Cette excessive générosité me toucha jusqu'aux larmes. J'employai, pour lui marquer ma reconnaissance, toute la vivacité que mon affliction me laissait de reste. Je lui demandai s'il n'y avait rien à espérer, par la voie des intercessions, auprès du Lieutenant général de Police. Il me dit qu'il y avait pensé, mais qu'il croyait cette ressource inutile, parce qu'une grâce de cette nature ne pouvait se demander sans motif, et qu'il ne voyait pas bien quel motif on pouvait employer pour se faire un intercesseur d'une personne grave et puissante ; que, si l'on pouvait se flatter de quelque chose de ce côté-là, ce ne pouvait être qu'en faisant changer de sentiment à M. de G... M... et à mon père, et en les engageant à prier eux-mêmes M. le Lieutenant général de Police de révoquer sa sentence. Il m'offrit de faire tous ses efforts pour gagner le jeune G... M..., quoiqu'il le crût un peu refroidi à son égard par quelques soupçons qu'il avait conçus de lui à l'occasion de notre affaire, et il m'exhorta à ne rien omettre, de mon côté, pour fléchir l'esprit de mon père.

Ce n'était pas une légère entreprise pour moi, je ne dis pas seulement par la difficulté que je devais naturellement trouver à le vaincre, mais par une autre raison qui me faisait même redouter ses approches : je m'étais dérobé de son logement contre ses ordres, et j'étais fort résolu de n'y pas retourner depuis que j'avais appris la triste destinée de Manon. J'appréhendais avec sujet qu'il ne me fît retenir malgré moi, et qu'il ne me reconduisît de même en province. Mon frère aîné avait usé autrefois de cette méthode. Il est vrai que j'étais devenu plus âgé, mais l'âge était une faible raison contre la force. Cependant je trouvai une voie qui me sauvait du danger, c'était de le faire appeler dans un endroit public et de m'annoncer à lui sous un autre nom. Je pris aussitôt ce parti. M. de T... s'en alla chez G... M... et moi au Luxembourg, d'où j'envoyai avertir mon père qu'un gentilhomme de ses serviteurs était à l'attendre. Je craignais qu'il n'eût quelque peine à venir, parce que la nuit approchait. Il parut néanmoins peu après, suivi de son laquais. Je le priai de prendre une allée où nous puissions être seuls. Nous fîmes cent pas, pour le moins, sans parler. Il s'imaginait bien, sans doute, que tant de préparations ne s'étaient pas faites sans un dessein d'importance. Il attendait ma harangue, et je la méditais.

Enfin, j'ouvris la bouche. Monsieur, lui dis-je en tremblant, vous êtes un bon père. Vous m'avez comblé de grâces et vous m'avez pardonné un nombre infini de fautes. Aussi le Ciel m'est-il témoin que j'ai pour vous tous les sentiments du fils le plus tendre et le plus respectueux. Mais il me semble... que votre rigueur... Hé bien ! ma rigueur ? interrompit mon père, qui trouvait sans doute que je parlais lentement pour son impatience. Ah ! monsieur, repris-je, il me semble que votre rigueur est extrême, dans le traitement que vous avez fait à la malheureuse Manon. Vous vous en êtes rapporté à M. de G... M... Sa haine vous l'a représentée sous les plus noires couleurs. Vous vous êtes formé d'elle une affreuse idée. Cependant, c'est la plus douce et la plus aimable créature qui fût jamais. Que n'a-t-il plu au Ciel de vous inspirer l'envie de la voir un moment ! Je ne suis pas plus sûr qu'elle est charmante, que je le suis qu'elle vous l'aurait paru. Vous auriez pris parti pour elle ; vous auriez détesté les noirs artifices de G... M... ; vous auriez eu compassion d'elle et de moi. Hélas ! j'en suis sûr. Votre cœur n'est pas insensible ; vous vous seriez laissé attendrir. Il m'interrompit encore, voyant que je parlais avec une ardeur qui ne m'aurait pas permis de finir sitôt. Il voulut savoir à quoi j'avais dessein d'en venir par un discours si passionné. À vous demander la vie, répondis-je, que je ne puis conserver un moment si Manon part une fois pour l'Amérique. Non, non, me dit-il d'un ton sévère ; j'aime mieux te voir sans vie que sans sagesse et sans honneur. N'allons donc pas plus loin ! m'écriai-je en l'arrêtant par le bras. Ôtez-la-moi, cette vie odieuse et insupportable, car, dans le désespoir où vous me jetez, la mort sera une faveur pour moi. C'est un présent digne de la main d'un père.

Je ne te donnerais que ce que tu mérites, répliqua-t-il. Je connais bien des pères qui n'auraient pas attendu si longtemps pour être eux-mêmes tes bourreaux, mais c'est ma bonté excessive qui t'a perdu.

Je me jetai à ses genoux. Ah ! s'il vous en reste encore, lui dis-je en les embrassant, ne vous endurcissez donc pas contre mes pleurs. Songez que je suis votre fils... Hélas ! souvenez-vous de ma mère. Vous l'aimiez si tendrement ! Auriez-vous souffert qu'on l'eût arrachée de vos bras ? Vous l'auriez défendue jusqu'à la mort. Les autres n'ont-ils pas un cœur comme vous ? Peut-on être barbare, après avoir une fois éprouvé ce que c'est que la tendresse et la douleur ?

Ne me parle pas davantage de ta mère, reprit-il d'une voix irritée, ce souvenir échauffe mon indignation. Tes désordres la feraient mourir de douleur, si elle eût assez vécu pour les voir. Finissons cet entretien, ajouta-t-il ; il m'importune, et ne me fera point changer de résolution. Je retourne au logis ; je t'ordonne de me suivre. Le ton sec et dur avec lequel il m'intima cet ordre me fit trop comprendre que son cœur était inflexible. Je m'éloignai de quelques pas, dans la crainte qu'il ne lui prît envie de m'arrêter de ses propres mains. N'augmentez pas mon désespoir, lui dis-je, en me forçant de vous désobéir. Il est impossible que je vous suive. Il ne l'est pas moins que je vive, après la dureté avec laquelle vous me traitez. Ainsi je vous dis un éternel adieu. Ma mort, que vous apprendrez bientôt, ajoutai-je tristement, vous fera peut-être reprendre pour moi des sentiments de père. Comme je me tournais pour le quitter : Tu refuses donc de me suivre ? s'écria-t-il avec une vive colère. Va, cours à ta perte. Adieu, fils ingrat et rebelle. Adieu, lui dis-je dans mon transport, adieu, père barbare et dénaturé.

Je sortis aussitôt du Luxembourg. Je marchai dans les rues comme un furieux jusqu'à la maison de M. de T... Je levais, en marchant, les yeux et les mains pour invoquer toutes les puissances célestes. Ô Ciel ! disais-je, serez-vous aussi impitoyable que les hommes ? Je n'ai plus de secours à attendre que de vous. M. de T... n'était point encore retourné chez lui, mais il revint après que je l'y eus attendu quelques moments. Sa négociation n'avait pas réussi mieux que la mienne. Il me le dit d'un visage abattu. Le jeune G... M..., quoique moins irrité que son père contre Manon et contre moi, n'avait pas voulu entreprendre de le solliciter en notre faveur. Il s'en était défendu par la crainte qu'il avait lui-même de ce vieillard vindicatif, qui s'était déjà fort emporté contre lui en lui reprochant ses desseins de commerce avec Manon. Il ne me restait donc que la voie de la violence, telle que M. de T... m'en avait tracé le plan ; j'y réduisis toutes mes espérances. Elles sont bien incertaines, lui dis-je, mais la plus solide et la plus consolante pour moi est celle de périr du moins dans l'entreprise. Je le quittai en le priant de me secourir par ses vœux, et je ne pensai plus qu'à m'associer des camarades à qui je pusse communiquer une étincelle de mon courage et de ma résolution.

Le premier qui s'offrit à mon esprit, fut le même garde du corps que j'avais employé pour arrêter G... M... J'avais dessein aussi d'aller passer la nuit dans sa chambre, n'ayant pas eu l'esprit assez libre, pendant l'après-midi, pour me procurer un logement. Je le trouvai seul. Il eut de la joie de me voir sorti du Châtelet. Il m'offrit affectueusement ses services. Je lui expliquai ceux qu'il pouvait me rendre. Il avait assez de bon sens pour en apercevoir toutes les difficultés, mais il fut assez généreux pour entreprendre de les surmonter. Nous employâmes une partie de la nuit à raisonner sur mon dessein. Il me parla des trois soldats aux gardes, dont il s'était servi dans la dernière occasion, comme de trois braves à l'épreuve. M. de T... m'avait informé exactement du nombre des archers qui devaient conduire Manon ; ils n'étaient que six. Cinq hommes hardis et résolus suffisaient pour donner l'épouvante à ces misérables, qui ne sont point capables de se défendre honorablement lorsqu'ils peuvent éviter le péril du combat par une lâcheté. Comme je ne manquais point d'argent, le garde du corps me conseilla de ne rien épargner pour assurer le succès de notre attaque. Il nous faut des chevaux, me dit-il, avec des pistolets, et chacun notre mousqueton. Je me charge de prendre demain le soin de ces préparatifs. Il faudra aussi trois habits communs pour nos soldats, qui n'oseraient paraître dans une affaire de cette nature avec l'uniforme du régiment. Je lui mis entre les mains les cent pistoles que j'avais reçues de M. de T... Elles furent employées, le lendemain, jusqu'au dernier sol. Les trois soldats passèrent en revue devant moi. Je les animai par de grandes promesses, et pour leur ôter toute défiance, je commençai par leur faire présent, à chacun, de dix pistoles. Le jour de l'exécution étant venu, j'en envoyai un de grand matin à l'Hôpital, pour s'instruire, par ses propres yeux, du moment auquel les archers partiraient avec leur proie. Quoique je n'eusse pris cette précaution que par un excès d'inquiétude et de prévoyance, il se trouva qu'elle avait été absolument nécessaire. J'avais compté sur quelques fausses informations qu'on m'avait données de leur route, et, m'étant persuadé que c'était à La Rochelle que cette déplorable troupe devait être embarquée, j'aurais perdu mes peines à l'attendre sur le chemin d'Orléans. Cependant, je fus informé, par le rapport du soldat aux gardes, qu'elle prenait le chemin de Normandie, et que c'était du Havre-de-Grâce qu'elle devait partir pour l'Amérique.

Nous nous rendîmes aussitôt à la porte Saint-Honoré, observant de marcher par des rues différentes. Nous nous réunîmes au bout du faubourg. Nos chevaux étaient frais. Nous ne tardâmes point à découvrir les six gardes et les deux misérables voitures que vous vîtes à Pacy, il y a deux ans. Ce spectacle faillit de m'ôter la force et la connaissance. Ô Fortune, m'écriai-je, Fortune cruelle ! accorde-moi ici, du moins, la mort ou la victoire. Nous tînmes conseil un moment sur la manière dont nous ferions notre attaque. Les archers n'étaient guère plus de quatre cents pas devant nous, et nous pouvions les couper en passant au travers d'un petit champ, autour duquel le grand chemin tournait. Le garde du corps fut d'avis de prendre cette voie, pour les surprendre en fondant tout d'un coup sur eux. J'approuvai sa pensée et je fus le premier à piquer mon cheval. Mais la Fortune avait rejeté impitoyablement mes vœux. Les archers, voyant cinq cavaliers accourir vers eux, ne doutèrent point que ce ne fût pour les attaquer. Ils se mirent en défense, en préparant leurs baïonnettes et leurs fusils d'un air assez résolu. Cette vue, qui ne fit que nous animer, le garde du corps et moi, ôta tout d'un coup le courage à nos trois lâches compagnons. Ils s'arrêtèrent comme de concert, et, s'étant dit entre eux quelques mots que je n'entendis point, ils tournèrent la tête de leurs chevaux, pour reprendre le chemin de Paris à bride abattue. Dieux ! me dit le garde du corps, qui paraissait aussi éperdu que moi de cette infâme désertion, qu'allons-nous faire ? Nous ne sommes que deux. J'avais perdu la voix, de fureur et d'étonnement. Je m'arrêtai, incertain si ma première vengeance ne devait pas s'employer à la poursuite et au châtiment des lâches qui m'abandonnaient. Je les regardais fuir et je jetais les yeux, de l'autre côté, sur les archers. S'il m'eût été possible de me partager, j'aurais fondu tout à la fois sur ces deux objets de ma rage ; je les dévorais tous ensemble. Le garde du corps, qui jugeait de mon incertitude par le mouvement égaré de mes yeux, me pria d'écouter son conseil. N'étant que deux, me dit-il, il y aurait de la folie à attaquer six hommes aussi bien armés que nous et qui paraissent nous attendre de pied ferme. Il faut retourner à Paris et tâcher de réussir mieux dans le choix de nos braves. Les archers ne sauraient faire de grandes journées avec deux pesantes voitures ; nous les rejoindrons demain sans peine.

Je fis un moment de réflexion sur ce parti, mais, ne voyant de tous côtés que des sujets de désespoir, je pris une résolution véritablement désespérée. Ce fut de remercier mon compagnon de ses services, et, loin d'attaquer les archers, je résolus d'aller, avec soumission, les prier de me recevoir dans leur troupe pour accompagner Manon avec eux jusqu'au Havre-de-Grâce et passer ensuite au-delà des mers avec elle. Tout le monde me persécute ou me trahit, dis-je au garde du corps. Je n'ai plus de fond à faire sur personne. Je n'attends plus rien, ni de la fortune, ni du secours des hommes. Mes malheurs sont au comble ; il ne me reste plus que de m'y soumettre. Ainsi, je ferme les yeux à toute espérance. Puisse le Ciel récompenser votre générosité ! Adieu, je vais aider mon mauvais sort à consommer ma ruine, en y courant moi-même volontairement. Il fit inutilement ses efforts pour m'engager à retourner à Paris. Je le priai de me laisser suivre mes résolutions et de me quitter sur-le-champ, de peur que les archers ne continuassent de croire que notre dessein était de les attaquer.

J'allai seul vers eux, d'un pas lent et le visage si consterné qu'ils ne durent rien trouver d'effrayant dans mes approches. Ils se tenaient néanmoins en défense. Rassurez-vous, Messieurs, leur dis-je, en les abordant ; je ne vous apporte point la guerre, je viens vous demander des grâces. Je les priai de continuer leur chemin sans défiance et je leur appris, en marchant, les faveurs que j'attendais d'eux. Ils consultèrent ensemble de quelle manière ils devaient recevoir cette ouverture. Le chef de la bande prit la parole pour les autres. Il me répondit que les ordres qu'ils avaient de veiller sur leurs captives étaient d'une extrême rigueur ; que je lui paraissais néanmoins si joli homme[1] que lui et ses compagnons se relâcheraient un peu de leur devoir ; mais que je devais comprendre qu'il fallait qu'il m'en coûtât quelque chose. Il me restait environ quinze pistoles ; je leur dis naturellement en quoi consistait le fond de ma bourse. Hé bien ! me dit l'archer, nous en userons généreusement. Il ne vous coûtera qu'un écu par heure pour entretenir celle de nos filles qui vous plaira le plus ; c'est le prix courant de Paris. Je ne leur avais pas parlé de Manon en particulier, parce que je n'avais pas dessein qu'ils connussent ma passion. Ils s'imaginèrent d'abord que ce n'était qu'une fantaisie de jeune homme qui me faisait chercher un peu de passe-temps avec ces créatures ; mais lorsqu'ils crurent s'être aperçus que j'étais amoureux, ils augmentèrent tellement le tribut, que ma bourse se trouva épuisée en partant de Mantes, où nous avions couché, le jour que nous arrivâmes à Pacy.

Vous dirai-je quel fut le déplorable sujet de mes entretiens avec Manon pendant cette route, ou quelle impression sa vue fit sur moi lorsque j'eus obtenu des gardes la liberté d'approcher de son chariot ? Ah ! les expressions ne rendent jamais qu'à demi les sentiments du cœur. Mais figurez-vous ma pauvre maîtresse enchaînée par le milieu du corps, assise sur quelques poignées de paille, la tête appuyée languissamment sur un côté de la voiture, le visage pâle et mouillé d'un ruisseau de larmes qui se faisaient un passage au travers de ses paupières, quoiqu'elle eût continuellement les yeux fermés. Elle n'avait pas même eu la curiosité de les ouvrir lorsqu'elle avait entendu le bruit de ses gardes, qui craignaient d'être attaqués. Son linge était sale et dérangé, sans mains délicates exposées à l'injure de l'air ; enfin, tout ce composé charmant, cette figure capable de ramener l'univers à l'idolâtrie, paraissait dans un désordre et un abattement inexprimables. J'employai quelque temps à la considérer, en allant à cheval à côté du chariot. J'étais si peu à moi-même que je fus sur le point, plusieurs fois, de tomber dangereusement. Mes soupirs et mes exclamations fréquentes m'attirèrent d'elle quelques regards. Elle me reconnut, et je remarquai que, dans le premier mouvement, elle tenta de se précipiter hors de la voiture

1. *Joli homme* : à l'époque, l'adjectif *joli* n'est pas réservé seulement au féminin ou au mièvre ; il désigne un ensemble de qualités physiques et morales.

pour venir à moi ; mais, étant retenue par sa chaîne, elle retomba dans sa première attitude. Je priai les archers d'arrêter un moment par compassion ; ils y consentirent par avarice. Je quittai mon cheval pour m'asseoir auprès d'elle. Elle était si languissante et si affaiblie qu'elle fut longtemps sans pouvoir se servir de sa langue ni remuer ses mains. Je les mouillais pendant ce temps-là de mes pleurs, et, ne pouvant proférer moi-même une seule parole, nous étions l'un et l'autre dans une des plus tristes situations dont il y ait jamais eu d'exemple. Nos expressions ne le furent pas moins, lorsque nous eûmes retrouvé la liberté de parler. Manon parla peu. Il semblait que la honte et la douleur eussent altéré les organes de sa voix ; le son en était faible et tremblant. Elle me remercia de ne l'avoir pas oubliée, et de la satisfaction que je lui accordais, dit-elle en soupirant, de me voir du moins encore une fois et de me dire le dernier adieu. Mais, lorsque je l'eus assurée que rien n'était capable de me séparer d'elle et que j'étais disposé à la suivre jusqu'à l'extrémité du monde pour prendre soin d'elle, pour la servir, pour l'aimer et pour attacher inséparablement ma misérable destinée à la sienne, cette pauvre fille se livra à des sentiments si tendres et si douloureux, que j'appréhendai quelque chose pour sa vie d'une si violente émotion. Tous les mouvements de son âme semblaient se réunir dans ses yeux. Elle les tenait fixés sur moi. Quelquefois elle ouvrait la bouche, sans avoir la force d'achever quelques mots qu'elle commençait. Il lui en échappait néanmoins quelques-uns. C'étaient des marques d'admiration sur mon amour, de tendres plaintes de son excès, des doutes qu'elle pût être assez heureuse pour m'avoir inspiré une passion si parfaite, des instances pour me faire renoncer au dessein de la suivre et chercher ailleurs un bonheur digne de moi, qu'elle me disait que je ne pouvais espérer avec elle.

En dépit du plus cruel de tous les sorts, je trouvais ma félicité dans ses regards et dans la certitude que j'avais de son affection. J'avais perdu, à la vérité, tout ce que le reste des hommes estime ; mais j'étais maître du cœur de Manon, le seul bien que j'estimais. Vivre en Europe, vivre en Amérique, que m'importait-il en quel endroit vivre, si j'étais sûr d'y être heureux en y vivant avec ma maîtresse ? Tout l'univers n'est-il pas la patrie de deux amants fidèles ? Ne trouvent-ils pas l'un dans l'autre, père, mère, parents, amis, richesses et félicité ? Si quelque chose me causait de l'inquiétude, c'était la crainte de voir Manon exposée aux besoins de l'indigence. Je me supposais déjà, avec elle, dans une région inculte et habitée par des sauvages. Je suis bien sûr, disais-je, qu'il ne saurait y en avoir d'aussi cruels que G… M… et mon père. Ils nous laisseront du moins vivre en paix. Si les relations qu'on en fait sont fidèles, ils suivent les lois de la nature. Ils ne connaissent ni les fureurs de l'avarice, qui possèdent G… M…, ni les idées fantastiques de l'honneur, qui m'ont fait un ennemi de mon père. Ils ne troubleront point deux amants qu'ils verront vivre avec autant de simplicité qu'eux. J'étais donc tranquille de ce côté-là. Mais je ne me formais point des idées romanesques par rapport aux besoins communs de la vie. J'avais éprouvé trop souvent qu'il y a des nécessités insupportables, surtout pour une fille délicate qui est accoutumée à une vie commode et abondante. J'étais au désespoir d'avoir épuisé inutilement ma bourse et que le peu d'argent qui me restait fût encore sur le point de m'être ravi par la friponnerie des archers. Je concevais qu'avec une petite somme j'aurais pu espérer, non seulement de me soutenir quelque temps contre la misère en Amérique, où l'argent était rare, mais d'y former même quelque entreprise pour un établissement durable. Cette considération me fit naître la pensée d'écrire à Tiberge, que j'avais toujours trouvé si prompt à m'offrir les secours de l'amitié. J'écrivis, dès la première ville où nous passâmes. Je ne lui apportai point d'autre motif que le pressant besoin dans lequel je prévoyais que je me trouverais au Havre-de-Grâce où je lui confessais que j'étais allé conduire Manon. Je lui demandais cent pistoles. Faites-les-moi tenir au Havre, lui disais-je, par le maître de la poste. Vous voyez bien que c'est la dernière fois que j'importune votre affection et que, ma malheureuse maîtresse m'étant enlevée pour toujours, je ne puis la laisser partir sans quelques soulagements qui adoucissent son sort et mes mortels regrets.

Les archers devinrent si intraitables, lorsqu'ils eurent découvert la violence de ma passion, que, redoublant continuellement le prix de leurs moindres faveurs, ils me réduisirent bientôt à la dernière indigence. L'amour, d'ailleurs, ne me permettait guère de ménager ma bourse. Je m'oubliais du matin au soir près de Manon, et ce n'était plus par heure que le temps m'était mesuré, c'était par la longueur entière des jours. Enfin, ma bourse étant tout à fait vide,

TEXTE 12

je me trouvai exposé aux caprices et à la brutalité de six misérables, qui me traitaient avec une hauteur insupportable. Vous en fûtes témoin à Pacy. Votre rencontre fut un heureux moment de relâche, qui me fut accordé par la fortune. Votre pitié, à la vue de mes peines, fut ma seule recommandation auprès de votre cœur généreux. Le secours, que vous m'accordâtes libéralement, servit à me faire gagner Le Havre, et les archers tinrent leur promesse avec plus de fidélité que je ne l'espérais.

Nous arrivâmes au Havre. J'allai d'abord à la poste. Tiberge n'avait point encore eu le temps de me répondre. Je m'informai exactement quel jour je pouvais attendre sa lettre. Elle ne pouvait arriver que deux jours après, et par une étrange disposition de mon mauvais sort, il se trouva que notre vaisseau devait partir le matin de celui auquel j'attendais l'ordinaire [1]. Je ne puis vous représenter mon désespoir. Quoi ! m'écriai-je, dans le malheur même, il faudra toujours que je sois distingué par des excès ! Manon répondit : Hélas ! une vie si malheureuse mérite-t-elle le soin que nous en prenons ? Mourons au Havre, mon cher Chevalier. Que la mort finisse tout d'un coup nos misères ! Irons-nous les traîner dans un pays inconnu, où nous devons nous attendre, sans doute, à d'horribles extrémités, puisqu'on a voulu m'en faire un supplice ? Mourons, me répéta-t-elle ; ou du moins, donne-moi la mort, et va chercher un autre sort dans les bras d'une amante plus heureuse. Non, non, lui dis-je, c'est pour moi un sort digne d'envie que d'être malheureux avec vous. Son discours me fit trembler. Je jugeai qu'elle était accablée de ses maux. Je m'efforçai de prendre un air plus tranquille, pour lui ôter ces funestes pensées de mort et de désespoir. Je résolus de tenir la même conduite à l'avenir ; et j'ai éprouvé, dans la suite, que rien n'est plus capable d'inspirer du courage à une femme que l'intrépidité d'un homme qu'elle aime.

Lorsque j'eus perdu l'espérance de recevoir du secours de Tiberge, je vendis mon cheval. L'argent que j'en tirai, joint à ce qui

1. *L'ordinaire* : le courrier distribué et ramassé à heures fixes.

me restait encore de vos libéralités [1], me composa la petite somme de dix-sept pistoles. J'en employai sept à l'achat de quelques soulagements nécessaires à Manon, et je serrai les dix autres avec soin, comme le fondement de notre fortune et de nos espérances en Amérique. Je n'eus point de peine à me faire recevoir dans le vaisseau. On cherchait alors des jeunes gens qui fussent disposés à se joindre volontairement à la colonie. Le passage et la nourriture me furent accordés gratis. La poste de Paris devant partir le lendemain, j'y laissai une lettre pour Tiberge. Elle était touchante et capable de l'attendrir, sans doute, au dernier point, puisqu'elle lui fit prendre une résolution qui ne pouvait venir que d'un fond infini de tendresse et de générosité pour un ami malheureux.

Nous mîmes à la voile. Le vent ne cessa point de nous être favorable. J'obtins du capitaine un lieu à part pour Manon et pour moi. Il eut la bonté de nous regarder d'un autre œil que le commun de nos misérables associés. Je l'avais pris en particulier dès le premier jour, et, pour m'attirer de lui quelque considération, je lui avait découvert une partie de mes infortunes. Je ne crus pas me rendre coupable d'un mensonge honteux en lui disant que j'étais marié à Manon. Il feignit de le croire, et il m'accorda sa protection. Nous en reçûmes des marques pendant toute la navigation. Il eut soin de nous faire nourrir honnêtement, et les égards qu'il eut pour nous servirent à nous faire respecter des compagnons de notre misère. J'avais une attention continuelle à ne pas laisser souffrir la moindre incommodité à Manon. Elle le remarquait bien, et cette vue, jointe au vif ressentiment [2] de l'étrange extrémité où je m'étais réduit pour elle, la rendait si tendre et si passionnée, si attentive aussi à mes plus légers besoins, que c'était, entre elle et moi, une perpétuelle émulation de services et d'amour. Je ne regrettais point l'Europe. Au contraire, plus nous avancions vers l'Amérique, plus je sentais mon cœur s'élargir et devenir tranquille. Si j'eusse pu m'assurer de n'y pas manquer des nécessités absolues de la vie, j'aurais remercié la Fortune d'avoir donné un tour si favorable à nos malheurs.

1. *Libéralités* : voir note 3, p. 9. \ **2.** *Ressentiment* : sentiment de reconnaissance très fort.

Après une navigation de deux mois, nous abordâmes enfin au rivage désiré. Le pays ne nous offrit rien d'agréable à la première vue. C'étaient des campagnes stériles et inhabitées, où l'on voyait à peine quelques roseaux et quelques arbres dépouillés par le vent. Nulle trace d'hommes ni d'animaux. Cependant, le capitaine ayant fait tirer quelques pièces de notre artillerie, nous ne fûmes pas longtemps sans apercevoir une troupe de citoyens du Nouvel Orléans [1], qui s'approchèrent de nous avec de vives marques de joie. Nous n'avions pas découvert la ville. Elle est cachée, de ce côté-là, par une petite colline. Nous fûmes reçus comme des gens descendus du Ciel. Ces pauvres habitants s'empressaient pour nous faire mille questions sur l'état de la France et sur les différentes provinces où ils étaient nés. Ils nous embrassaient comme leurs frères et comme de chers compagnons qui venaient partager leur misère et leur solitude. Nous prîmes le chemin de la ville avec eux, mais nous fûmes surpris de découvrir, en avançant, que, ce qu'on nous avait vanté jusqu'alors comme une bonne ville, n'était qu'un assemblage de quelques pauvres cabanes. Elles étaient habitées par cinq ou six cents personnes. La maison du Gouverneur nous parut un peu distinguée par sa hauteur et par sa situation. Elle est défendue par quelques ouvrages de terre, autour desquels règne un large fossé.

Nous fûmes d'abord présentés à lui. Il s'entretint longtemps en secret avec le capitaine, et, revenant ensuite à nous, il considéra, l'une après l'autre, toutes les filles qui étaient arrivées par le vaisseau. Elles étaient au nombre de trente, car nous en avions trouvé au Havre une autre bande, qui s'était jointe à la nôtre. Le Gouverneur, les ayant longtemps examinées, fit appeler divers jeunes gens de la ville qui languissaient dans l'attente d'une épouse. Il donna les plus jolies aux principaux et le reste fut tiré au sort. Il n'avait point encore parlé à Manon, mais, lorsqu'il eut ordonné aux autres de se retirer, il nous fit demeurer, elle et moi. J'apprends du capitaine, nous dit-il, que vous êtes mariés et qu'il vous a reconnus sur la route pour deux personnes d'esprit et de mérite. Je n'entre point dans les

1. Prévost ne décrit pas la Louisiane avec une grande rigueur. Les spécialistes ont recensé de nombreuses erreurs dans son texte.

raisons qui ont causé votre malheur, mais, s'il est vrai que vous ayez autant de savoir-vivre que votre figure me le promet, je n'épargnerai rien pour adoucir votre sort, et vous contribuerez vous-même à me faire trouver quelque agrément dans ce lieu sauvage et désert. Je lui répondis de la manière que je crus la plus propre à confirmer l'idée qu'il avait de nous. Il donna quelques ordres pour nous faire préparer un logement dans la ville, et il nous retint à souper avec lui. Je lui trouvai beaucoup de politesse, pour un chef de malheureux bannis. Il ne nous fit point de questions, en public, sur le fond de nos aventures. La conversation fut générale, et, malgré notre tristesse, nous nous efforçâmes, Manon et moi, de contribuer à la rendre agréable.

Le soir, il nous fit conduire au logement qu'on nous avait préparé. Nous trouvâmes une misérable cabane, composée de planches et de boue, qui consistait en deux ou trois chambres de plain-pied, avec un grenier au-dessus. Il y avait fait mettre cinq ou six chaises et quelques commodités nécessaires à la vie. Manon parut effrayée à la vue d'une si triste demeure. C'était pour moi qu'elle s'affligeait, beaucoup plus que pour elle-même. Elle s'assit, lorsque nous fûmes seuls, et elle se mit à pleurer amèrement. J'entrepris d'abord de la consoler, mais lorsqu'elle m'eut fait entendre que c'était moi seul qu'elle plaignait, et qu'elle ne considérait, dans nos malheurs communs, que ce que j'avais à souffrir, j'affectai de montrer assez de courage, et même assez de joie pour lui en inspirer. De quoi me plaindrai-je ? lui dis-je. Je possède tout ce que je désire. Vous m'aimez ; n'est-ce pas ? Quel autre bonheur me suis-je jamais proposé ? Laissons au Ciel le soin de notre fortune. Je ne la trouve pas si désespérée. Le Gouverneur est un homme civil ; il nous a marqué de la considération ; il ne permettra pas que nous manquions du nécessaire. Pour ce qui regarde la pauvreté de notre cabane et la grossièreté de nos meubles, vous avez pu remarquer qu'il y a peu de personnes ici qui paraissent mieux logées et mieux meublées que nous. Et puis, tu es une chimiste admirable, ajoutai-je en l'embrassant, tu transformes tout en or.

Vous serez donc la plus riche personne de l'univers, me répondit-elle, car, s'il n'y eut jamais d'amour tel que le vôtre, il est impossible aussi d'être aimé plus tendrement que vous l'êtes. Je me rends justice, continua-t-elle. Je sens bien que je n'ai jamais mérité ce prodigieux attachement que vous avez pour moi. Je vous ai causé des chagrins, que vous n'avez pu me pardonner sans une bonté extrême. J'ai été légère et volage, et même en vous aimant éperdument, comme j'ai toujours fait, je n'étais qu'une ingrate. Mais vous ne sauriez croire combien je suis changée. Mes larmes, que vous avez vues couler si souvent depuis notre départ de France, n'ont pas eu une seule fois mes malheurs pour objet. J'ai cessé de les sentir aussitôt que vous avez commencé à les partager. Je n'ai pleuré que de tendresse et de compassion pour vous. Je ne me console point d'avoir pu vous chagriner un moment dans ma vie. Je ne cesse point de me reprocher mes inconstances et de m'attendrir, en admirant de quoi l'amour vous a rendu capable pour une malheureuse qui n'en était pas digne, et qui ne payerait pas bien de tout son sang, ajouta-t-elle avec une abondance de larmes, la moitié des peines qu'elle vous a causées.

Ses pleurs, son discours et le ton dont elle le prononça firent sur moi une impression si étonnante, que je crus sentir une espèce de division dans mon âme. Prends garde, lui dis-je, prends garde, ma chère Manon. Je n'ai point assez de force pour supporter des marques si vives de ton affection ; je ne suis point accoutumé à ces excès de joie. Ô Dieu ! m'écriai-je, je ne vous demande plus rien. Je suis assuré du cœur de Manon. Il est tel que je l'ai souhaité pour être heureux, je ne puis plus cesser de l'être à présent. Voilà ma félicité bien établie. Elle l'est, reprit-elle, si vous la faites dépendre de moi, et je sais où je puis compter aussi de trouver toujours la mienne. Je me couchai avec ces charmantes idées, qui changèrent ma cabane en un palais digne du premier roi du monde. L'Amérique me parut un lieu de délices après cela. C'est au Nouvel Orléans qu'il faut venir, disais-je souvent à Manon, quand on veut goûter les vraies douceurs de l'amour. C'est ici qu'on s'aime sans intérêt, sans jalousie, sans inconstance. Nos compatriotes y viennent chercher de l'or ; ils ne s'imaginent pas que nous y avons trouvé des trésors bien plus estimables.

Nous cultivâmes soigneusement l'amitié du Gouverneur. Il eut la bonté, quelques semaines après notre arrivée, de me donner un petit emploi qui vint à vaquer dans le fort. Quoiqu'il ne fût pas bien distingué, je l'acceptai comme une faveur du Ciel. Il me mettait en état de vivre sans être à charge à personne. Je pris un valet pour moi et une servante pour Manon. Notre petite fortune s'arrangea. J'étais réglé dans ma conduite ; Manon ne l'était pas moins. Nous ne laissions point échapper l'occasion de rendre service et de faire du bien à nos voisins. Cette disposition officieuse et la douceur de nos manières nous attirèrent la confiance et l'affection de toute la colonie. Nous fûmes en peu de temps si considérés, que nous passions pour les premières personnes de la ville après le Gouverneur.

L'innocence de nos occupations, et la tranquillité où nous étions continuellement, servirent à nous faire rappeler insensiblement des idées de religion. Manon n'avait jamais été une fille impie. Je n'étais pas non plus de ces libertins outrés, qui font gloire d'ajouter l'irréligion à la dépravation des mœurs. L'amour et la jeunesse avaient causé tous nos désordres. L'expérience commençait à nous tenir lieu d'âge ; elle fit sur nous le même effet que les années. Nos conversations, qui étaient toujours réfléchies, nous mirent insensiblement dans le goût d'un amour vertueux. Je fus le premier qui proposai ce changement à Manon. Je connaissais les principes de son cœur. Elle était droite et naturelle dans tous ses sentiments, qualité qui dispose toujours à la vertu. Je lui fis comprendre qu'il manquait une chose à notre bonheur. C'est, lui dis-je, de le faire approuver du Ciel. Nous avons l'âme trop belle, et le cœur trop bien fait, l'un et l'autre, pour vivre volontairement dans l'oubli du devoir. Passe d'y avoir vécu en France, où il nous était également impossible de cesser de nous aimer et de nous satisfaire par une voie légitime ; mais en Amérique, où nous ne dépendons que de nous-mêmes, où nous n'avons plus à ménager les lois arbitraires du rang et de la bienséance, où l'on nous croit même mariés, qui empêche que nous ne le soyons bientôt effectivement et que nous n'anoblissions notre amour par des serments que la religion autorise ? Pour moi, ajoutai-je, je ne vous offre rien de nouveau en vous offrant mon cœur et ma main, mais je suis prêt à vous en renouveler le don au pied d'un autel[1]. Il me parut que ce discours la pénétrait de joie. Croiriez-vous, me répondit-elle, que j'y ai pensé mille fois, depuis que nous sommes en Amérique ? La

1. *Au pied d'un autel* : devant un prêtre. Rappelons qu'à cette époque, le mariage n'avait aucune légitimité civile, et qu'il n'existait que religieusement.

crainte de vous déplaire m'a fait renfermer ce désir dans mon cœur. Je n'ai point la présomption d'aspirer à la qualité de votre épouse. Ah! Manon, répliquai-je, tu serais bientôt celle d'un roi, si le Ciel m'avait fait naître avec une couronne. Ne balançons plus. Nous n'avons nul obstacle à redouter. J'en veux parler dès aujourd'hui au Gouverneur et lui avouer que nous l'avons trompé jusqu'à ce jour. Laissons craindre aux amants vulgaires, ajoutai-je, les chaînes indissolubles du mariage. Ils ne les craindraient pas s'ils étaient sûrs, comme nous, de porter toujours celles de l'amour. Je laissai Manon au comble de la joie, après cette résolution.

Je suis persuadé qu'il n'y a point d'honnête homme au monde qui n'eût approuvé mes vues dans les circonstances où j'étais, c'est-à-dire asservi fatalement à une passion que je ne pouvais vaincre et combattu par des remords que je ne devais point étouffer. Mais se trouvera-t-il quelqu'un qui accuse mes plaintes d'injustice, si je gémis de la rigueur du Ciel à rejeter un dessein que je n'avais formé que pour lui plaire? Hélas! que dis-je, à le rejeter? Il l'a puni comme un crime. Il m'avait souffert avec patience tandis que je marchais aveuglément dans la route du vice, et ses plus rudes châtiments m'étaient réservés lorsque je commençais à retourner à la vertu. Je crains de manquer de force pour achever le récit du plus funeste événement qui fût jamais.

J'allai chez le Gouverneur, comme j'en étais convenu avec Manon, pour le prier de consentir à la cérémonie de notre mariage. Je me serais bien gardé d'en parler, à lui ni à personne, si j'eusse pu me promettre que son aumônier, qui était alors le seul prêtre de la ville, m'eût rendu ce service sans sa participation; mais, n'osant espérer qu'il voulût s'engager au silence, j'avais pris le parti d'agir ouvertement. Le Gouverneur avait un neveu, nommé Synnelet, qui lui était extrêmement cher. C'était un homme de trente ans, brave, mais emporté et violent. Il n'était point marié. La beauté de Manon l'avait touché dès le jour de notre arrivée; et les occasions sans nombre qu'il avait eues de la voir, pendant neuf ou dix mois, avaient tellement enflammé sa passion, qu'il se consumait en secret pour elle. Cependant, comme il était persuadé, avec son oncle et toute la ville, que j'étais réellement marié, il s'était rendu maître de son amour jusqu'au point de n'en laisser rien éclater et son zèle s'était même déclaré pour moi, dans plusieurs occasions de me rendre service. Je le trouvai avec son oncle, lorsque j'arrivai au fort. Je n'avais nulle raison qui m'obligeât de lui faire un secret de mon dessein, de sorte que je ne fis point difficulté de m'expliquer en sa présence. Le Gouverneur m'écouta avec sa bonté ordinaire. Je lui racontai une partie de mon histoire, qu'il entendit avec plaisir, et, lorsque je le priai d'assister à la cérémonie que je méditais, il eut la générosité de s'engager à faire toute la dépense de la fête. Je me retirai fort content.

Une heure après, je vis entrer l'aumônier chez moi. Je m'imaginai qu'il venait me donner quelques instructions sur mon mariage ; mais, après m'avoir salué froidement, il me déclara, en deux mots, que M. le Gouverneur me défendait d'y penser, et qu'il avait d'autres vues sur Manon. D'autres vues sur Manon ! lui dis-je avec un mortel saisissement de cœur, et quelles vues donc, Monsieur l'aumônier ? Il me répondit que je n'ignorais pas que M. le Gouverneur était le maître ; que Manon ayant été envoyée de France pour la colonie, c'était à lui à disposer d'elle ; qu'il ne l'avait pas fait jusqu'alors, parce qu'il la croyait mariée, mais, qu'ayant appris de moi-même qu'elle ne l'était point, il jugeait à propos de la donner à M. Synnelet, qui en était amoureux. Ma vivacité l'emporta sur ma prudence. J'ordonnai fièrement à l'aumônier de sortir de ma maison, en jurant que le Gouverneur, Synnelet et toute la ville ensemble n'oseraient porter la main sur ma femme, ou ma maîtresse, comme ils voudraient l'appeler.

Je fis part aussitôt à Manon du funeste message que je venais de recevoir. Nous jugeâmes que Synnelet avait séduit l'esprit de son oncle depuis mon retour et que c'était l'effet de quelque dessein médité depuis longtemps. Ils étaient les plus forts. Nous nous trouvions dans le Nouvel Orléans comme au milieu de la mer, c'est-à-dire séparés du reste du monde par des espaces immenses. Où fuir ? dans un pays inconnu, désert, ou habité par des bêtes féroces, et par des sauvages aussi barbares qu'elles ? J'étais estimé dans la ville, mais je ne pouvais espérer d'émouvoir assez le peuple en ma faveur, pour en espérer un secours proportionné au mal. Il eût fallu de l'argent ; j'étais pauvre. D'ailleurs, le succès d'une émotion populaire était incertain, et si la fortune nous eût manqué, notre malheur serait devenu sans remède. Je roulais toutes ces pensées dans ma tête. J'en communiquais une partie à Manon. J'en formais de nouvelles sans écouter sa réponse. Je prenais un parti; je le rejetais pour en prendre un autre. Je parlais seul, je répondais tout haut à mes pensées; enfin j'étais dans une agitation que je ne saurais comparer à rien parce qu'il n'y en eut jamais d'égale. Manon avait les yeux sur moi. Elle jugeait, par mon trouble, de la grandeur du péril, et, tremblant pour moi plus que pour elle-même, cette tendre fille n'osait pas même ouvrir la bouche pour m'exprimer ses craintes. Après une infinité de réflexions, je m'arrêtai à la résolution d'aller trouver le Gouverneur, pour m'efforcer de le toucher par des considérations d'honneur et par le souvenir de mon respect et de son affection. Manon voulut s'opposer à ma sortie. Elle me disait, les larmes aux yeux: Vous allez à la mort. Ils vont vous tuer. Je ne vous reverrai plus. Je veux mourir avant vous. Il fallut beaucoup d'efforts pour la persuader de la nécessité où j'étais de sortir et de celle qu'il y avait pour elle de demeurer au logis. Je lui promis qu'elle me reverrait dans un instant. Elle ignorait, et moi aussi, que c'était sur elle-même que devait tomber toute la colère du Ciel et la rage de nos ennemis.

Je me rendis au fort. Le Gouverneur était avec son aumônier. Je m'abaissai, pour le toucher, à des soumissions qui m'auraient fait mourir de honte si je les eusse faites pour toute autre cause. Je le pris par tous les motifs qui doivent faire une impression certaine sur un cœur qui n'est pas celui d'un tigre féroce et cruel. Ce barbare ne fit à mes plaintes que deux réponses, qu'il répéta cent fois: Manon, me dit-il, dépendait de lui; il avait donné sa parole à son neveu. J'étais résolu de me modérer jusqu'à l'extrémité. Je me contentai de lui dire que je le croyais trop de mes amis pour vouloir ma mort, à laquelle je consentirais plutôt qu'à la perte de ma maîtresse.

Je fus trop persuadé, en sortant, que je n'avais rien à espérer de cet opiniâtre vieillard, qui se serait damné mille fois pour son neveu. Cependant, je persistai dans le dessein de conserver jusqu'à la fin un air de modération, résolu, si l'on en venait aux excès d'injustice, de donner à l'Amérique une des plus sanglantes et des plus horribles scènes que l'amour ait jamais produites. Je retournais chez moi, en méditant sur ce projet, lorsque le sort, qui voulait hâter ma ruine, me fit rencontrer Synnelet. Il lut dans mes yeux une partie de mes pensées. J'ai dit qu'il était brave; il vint à moi. Ne me cherchez-vous pas ? me dit-il. Je connais que mes desseins vous offensent, et j'ai bien prévu qu'il faudrait se couper la gorge avec vous. Allons voir qui sera le plus heureux. Je lui répondis qu'il avait raison, et qu'il n'y avait que ma mort qui pût finir nos différends. Nous nous écartâmes d'une centaine de pas hors de la ville. Nos épées se croisèrent; je le blessai et je le désarmai presque en même temps. Il fut si enragé de son malheur, qu'il refusa de me demander la vie et de renoncer à Manon. J'avais peut-être le droit de lui ôter tout d'un coup l'un et l'autre, mais un sang généreux[1] ne se dément jamais. Je lui jetai son épée. Recommençons, lui dis-je, et songez que c'est sans quartier. Il m'attaqua avec une furie inexprimable. Je dois confesser que je n'étais pas fort dans les armes, n'ayant eu que trois mois de salle à Paris[2]. L'Amour conduisait mon épée. Synnelet ne laissa pas de me percer le bras d'outre en outre, mais je le pris sur le temps[3] et je lui fournis un coup si vigoureux qu'il tomba à mes pieds sans mouvement.

Malgré la joie que donne la victoire après un combat mortel, je réfléchis aussitôt sur les conséquences de cette mort. Il n'y avait, pour moi, ni grâce ni délai de supplice à espérer. Connaissant, comme je faisais, la passion du Gouverneur pour son neveu, j'étais certain que ma mort ne serait pas différée d'une heure après la connaissance de la sienne. Quelque pressante que fût cette crainte, elle n'était pas la plus forte cause de mon inquiétude. Manon, l'intérêt de Manon, son péril et la nécessité de la perdre, me troublaient jusqu'à répandre de l'obscurité sur mes yeux et à m'empêcher de reconnaître le lieu où j'étais. Je regrettai le sort de Synnelet. Une prompte mort me semblait le seul remède de mes peines. Cependant, ce fut cette pensée même qui me fit rappeler vivement mes esprits et qui me rendit capable de prendre une résolution. Quoi ! je veux mourir, m'écriai-je, pour finir mes peines ?

---

1. *Un sang généreux* : personne noble par ses origines et par ses actes. \ **2.** *N'ayant eu que trois mois de salle à Paris* : Des Grieux, bien qu'inscrit dans une académie (voir note 2, p. 17), a peu pratiqué l'apprentissage de l'escrime. \ **3.** *Je le pris sur le temps* : Des Grieux prévient son adversaire en l'attaquant au moment où celui-ci est distrait par un autre mouvement, il le prend donc par surprise.

Il y en a donc que j'appréhende plus que la perte de ce que j'aime ? Ah ! souffrons jusqu'aux plus cruelles extrémités pour secourir ma maîtresse, et remettons à mourir après les avoir souffertes inutilement. Je repris le chemin de la ville. J'entrai chez moi. J'y trouvai Manon à demi morte de frayeur et d'inquiétude. Ma présence la ranima. Je ne pouvais lui déguiser le terrible accident qui venait de m'arriver. Elle tomba sans connaissance entre mes bras, au récit de la mort de Synnelet et de ma blessure. J'employai plus d'un quart d'heure à lui faire retrouver le sentiment.

J'étais à demi mort moi-même. Je ne voyais pas le moindre jour à sa sûreté, ni à la mienne. Manon, que ferons-nous ? lui dis-je lorsqu'elle eut repris un peu de force. Hélas ! qu'allons-nous faire ? Il faut nécessairement que je m'éloigne. Voulez-vous demeurer dans la ville ? Oui, demeurez-y. Vous pouvez encore y être heureuse ; et moi, je vais, loin de vous, chercher la mort parmi les sauvages ou entre les griffes des bêtes féroces. Elle se leva malgré sa faiblesse ; elle me prit par la main, pour me conduire vers la porte. Fuyons ensemble, me dit-elle, ne perdons pas un instant. Le corps de Synnelet peut avoir été trouvé par hasard, et nous n'aurions pas le temps de nous éloigner. Mais, chère Manon ! repris-je tout éperdu, dites-moi donc où nous pouvons aller. Voyez-vous quelque ressource ? Ne vaut-il pas mieux que vous tâchiez de vivre ici sans moi, et que je porte volontairement ma tête au Gouverneur ? Cette proposition ne fit qu'augmenter son ardeur à partir. Il fallut la suivre. J'eus encore assez de présence d'esprit, en sortant, pour prendre quelques liqueurs fortes que j'avais dans ma chambre et toutes les provisions que je pus faire entrer dans mes poches. Nous dîmes à nos domestiques, qui étaient dans la chambre voisine, que nous partions pour la promenade du soir, nous avions cette coutume tous les jours, et nous nous éloignâmes de la ville, plus promptement que la délicatesse de Manon ne semblait le permettre.

Quoique je ne fusse pas sorti de mon irrésolution sur le lieu de notre retraite, je ne laissais pas d'avoir deux espérances, sans lesquelles j'aurais préféré la mort à l'incertitude de ce qui pouvait arriver à Manon. J'avais acquis assez de connaissance du pays, depuis près de dix mois que j'étais en Amérique, pour ne pas ignorer de quelle manière on apprivoisait les sauvages. On pouvait se mettre entre leurs mains, sans courir à une mort certaine. J'avais même appris quelques mots de leur langue et quelques-unes de leurs coutumes dans les diverses occasions que j'avais eues de les voir. Avec cette triste ressource, j'en avais une autre du côté des Anglais qui ont, comme nous, des établissements dans cette partie du Nouveau Monde. Mais j'étais effrayé de l'éloignement. Nous avions à traverser, jusqu'à leurs colonies, de stériles campagnes de plusieurs journées de largeur, et quelques montagnes si hautes et si escarpées que le chemin en paraissait difficile aux hommes les plus grossiers et les plus vigoureux. Je me flattais, néanmoins, que nous pourrions tirer parti de ces deux ressources : des sauvages pour aider à nous conduire, et des Anglais pour nous recevoir dans leurs habitations.

Nous marchâmes aussi longtemps que le courage de Manon put la soutenir, c'est-à-dire environ deux lieues[1], car cette amante incomparable refusa constamment de s'arrêter plus tôt. Accablée enfin de lassitude, elle me confessa qu'il lui était impossible d'avancer davantage. Il était déjà nuit. Nous nous assîmes au milieu d'une vaste plaine, sans avoir pu trouver un arbre pour nous mettre à couvert. Son premier soin fut de changer le linge de ma blessure, qu'elle avait pansée elle-même avant notre départ. Je m'opposai en vain à ses volontés. J'aurais achevé de l'accabler mortellement, si je lui eusse refusé la satisfaction de me croire à mon aise et sans danger, avant que de penser à sa propre conservation. Je me soumis durant quelques moments à ses désirs. Je reçus ses soins en silence et avec honte. Mais, lorsqu'elle eut satisfait sa tendresse, avec quelle ardeur la mienne ne prit-elle pas son tour ! Je me dépouillai de tous mes habits, pour lui faire trouver la terre moins dure en les étendant sous elle. Je la fis consentir, malgré elle, à me voir employer à son usage tout ce que je pus imaginer de moins incommode. J'échauffai ses mains par mes baisers ardents et par la chaleur de mes soupirs. Je passai la nuit entière à veiller près d'elle, et à prier le Ciel de lui accorder un sommeil doux et paisible. Ô Dieu ! que mes vœux étaient vifs et sincères ! et par quel rigoureux jugement aviez-vous résolu de ne les pas exaucer !

1. *Deux lieues* : presque neuf kilomètres. C'est donc une très courte distance, presque invraisemblable, qui va tuer Manon.

TEXTE 27

Pardonnez, si j'achève en peu de mots un récit qui me tue. Je vous raconte un malheur qui n'eut jamais d'exemple. Toute ma vie est destinée à le pleurer. Mais, quoique je le porte sans cesse dans ma mémoire, mon âme semble reculer d'horreur, chaque fois que j'entreprends de l'exprimer.

Nous avions passé tranquillement une partie de la nuit. Je croyais ma chère maîtresse endormie et je n'osais pousser le moindre souffle, dans la crainte de troubler son sommeil. Je m'aperçus dès le point du jour, en touchant ses mains, qu'elle les avait froides et tremblantes. Je les approchai de mon sein, pour les échauffer. Elle sentit ce mouvement, et, faisant un effort pour saisir les miennes, elle me dit, d'une voix faible, qu'elle se croyait à sa dernière heure. Je ne pris d'abord ce discours que pour un langage ordinaire dans l'infortune, et je n'y répondis que par les tendres consolations de l'amour. Mais, ses soupirs fréquents, son silence à mes interrogations, le serrement de ses mains, dans lesquelles elle continuait de tenir les miennes me firent connaître que la fin de ses malheurs approchait. N'exigez point de moi que je vous décrive mes sentiments, ni que je vous rapporte ses dernières expressions. Je la perdis ; je reçus d'elle des marques d'amour, au moment même qu'elle expirait. C'est tout ce que j'ai la force de vous apprendre de ce fatal et déplorable événement.

Mon âme ne suivit pas la sienne. Le Ciel ne me trouva point, sans doute, assez rigoureusement puni. Il a voulu que j'aie traîné, depuis, une vie languissante et misérable. Je renonce volontairement à la mener jamais plus heureuse.

Je demeurai plus de vingt-quatre heures la bouche attachée sur le visage et sur les mains de ma chère Manon. Mon dessein était d'y mourir ; mais je fis réflexion, au commencement du second jour, que son corps serait exposé, après mon trépas, à devenir la pâture des bêtes sauvages. Je formai la résolution de l'enterrer et d'attendre la mort sur sa fosse. J'étais déjà si proche de ma fin, par l'affaiblissement que le jeûne et la douleur m'avaient causé, que j'eus besoin de quantité d'efforts pour me tenir debout. Je fus obligé de recourir aux liqueurs que j'avais apportées. Elles me rendirent autant de force qu'il en fallait pour le triste office que j'allais exécuter. Il ne m'était pas difficile d'ouvrir la terre, dans le lieu où je me trouvais. C'était une campagne couverte de sable. Je rompis mon épée, pour m'en servir à creuser, mais j'en tirai moins de secours que de mes mains. J'ouvris une large fosse. J'y plaçai l'idole de mon cœur, après avoir pris soin de l'envelopper de tous mes habits, pour empêcher le sable de la toucher. Je ne la mis dans cet état qu'après l'avoir embrassée mille fois, avec toute l'ardeur du plus parfait amour. Je m'assis encore près d'elle. Je la considérai longtemps. Je ne pouvais me résoudre à fermer la fosse. Enfin, mes forces recommençant à s'affaiblir, et craignant d'en manquer tout à fait avant la fin de mon entreprise, j'ensevelis pour toujours dans le sein de la terre ce qu'elle avait porté de plus parfait et de plus aimable. Je me couchai ensuite sur la fosse, le visage tourné vers le sable, et fermant les yeux avec le dessein de ne les ouvrir jamais, j'invoquai le secours du Ciel et j'attendis la mort avec impatience. Ce qui vous paraîtra difficile à croire, c'est que, pendant tout l'exercice de ce lugubre ministère, il ne sortit point une larme de mes yeux ni un soupir de ma bouche. La consternation profonde où j'étais et le dessein déterminé de mourir avaient coupé le cours à toutes les expressions du désespoir et de la douleur. Aussi, ne demeurai-je pas longtemps dans la posture où j'étais sur la fosse, sans perdre le peu de connaissance et de sentiment qui me restait.

Après ce que vous venez d'entendre, la conclusion de mon histoire est de si peu d'importance, qu'elle ne mérite pas la peine que vous voulez bien prendre à l'écouter. Le corps de Synnelet ayant été rapporté à la ville et ses plaies visitées avec soin, il se trouva, non seulement qu'il n'était pas mort, mais qu'il n'avait pas même reçu de blessure dangereuse. Il apprit à son oncle de quelle manière les choses s'étaient passées entre nous, et sa générosité le porta sur-le-champ à publier les effets de la mienne. On me fit chercher, et mon absence, avec Manon, me fit soupçonner d'avoir pris le parti de la fuite. Il était trop tard pour envoyer sur mes traces ; mais le lendemain et le jour suivant furent employés à me poursuivre. On me trouva, sans apparence de vie, sur la fosse de Manon, et ceux qui me découvrirent en cet état, me voyant presque nu et sanglant de ma blessure, ne doutèrent point que je n'eusse été volé et assassiné. Ils me portèrent à la ville. Le mouvement du transport réveilla mes sens. Les soupirs que je poussai, en ouvrant les yeux et en gémissant de me retrouver parmi les vivants, firent connaître que j'étais encore en état de recevoir du secours. On m'en donna de trop heureux. Je ne laissai pas d'être renfermé dans une étroite prison. Mon procès fut instruit, et, comme Manon ne paraissait point, on m'accusa de m'être défait d'elle par un mouvement de rage et de jalousie. Je racontai naturellement ma pitoyable aventure. Synnelet, malgré les transports de douleur où ce récit le jeta, eut la générosité de solliciter ma grâce. Il l'obtint. J'étais si faible qu'on fut obligé de me transporter de la prison dans mon lit, où je fus retenu pendant trois mois par une violente maladie. Ma haine pour la vie ne diminuait point. J'invoquais continuellement la mort et je m'obstinai longtemps à rejeter tous les remèdes. Mais le Ciel, après m'avoir puni avec tant de rigueur, avait dessein de me rendre utiles mes malheurs et ses châtiments. Il m'éclaira de ses lumières, qui me firent rappeler des idées dignes de ma naissance et de mon éducation. La tranquillité ayant commencé de renaître un peu dans mon âme, ce changement fut suivi de près par ma guérison. Je me livrai entièrement aux inspirations de l'honneur, et je continuai de remplir mon petit emploi, en attendant les vaisseaux de France qui vont, une fois chaque année, dans cette partie de l'Amérique. J'étais résolu de retourner dans ma patrie pour y réparer, par une vie sage et réglée, le scandale de ma conduite. Synnelet avait pris soin de faire transporter le corps de ma chère maîtresse dans un lieu honorable.

Ce fut environ six semaines après mon rétablissement que, me promenant seul, un jour, sur le rivage, je vis arriver un vaisseau que des affaires de commerce amenaient au Nouvel Orléans. J'étais attentif au débarquement de l'équipage. Je fus frappé d'une surprise extrême en reconnaissant Tiberge parmi ceux qui s'avançaient vers la ville. Ce fidèle ami me remit de loin, malgré les changements que la tristesse avait faits sur mon visage. Il m'apprit que l'unique motif de son voyage avait été le désir de me voir et de m'engager à retourner en France ; qu'ayant reçu la lettre que je lui avais écrite du Havre, il s'y était rendu en personne pour me porter les secours que je lui demandais ; qu'il avait ressenti la plus vive douleur en apprenant mon départ et qu'il serait parti sur-le-champ pour me suivre, s'il eût trouvé un vaisseau prêt à faire voile ; qu'il en avait cherché pendant plusieurs mois dans divers ports et qu'en ayant enfin rencontré un, à Saint-Malo, qui levait l'ancre pour la Martinique, il s'y était embarqué, dans l'espérance de se procurer de là un passage facile au Nouvel Orléans ; que, le vaisseau malouin ayant été pris en chemin par des corsaires [1] espagnols et conduit dans une de leurs îles, il s'était échappé par adresse ; et qu'après diverses courses, il avait trouvé l'occasion du petit bâtiment qui venait d'arriver, pour se rendre heureusement près de moi.

Je ne pouvais marquer trop de reconnaissance pour un ami si généreux et si constant. Je le conduisis chez moi. Je le rendis le maître de tout ce que je possédais. Je lui appris tout ce qui m'était arrivé depuis mon départ de France, et pour lui causer une joie à laquelle il ne s'attendait pas, je lui déclarai que les semences de vertu qu'il avait jetées autrefois dans mon cœur commençaient à produire des fruits dont il allait être satisfait. Il me protesta qu'une si douce assurance le dédommageait de toutes les fatigues de son voyage.

Nous avons passé deux mois ensemble au Nouvel Orléans, pour attendre l'arrivée des vaisseaux de France, et nous étant enfin mis en mer, nous prîmes terre, il y a quinze jours, au Havre-de-Grâce. J'écrivis à ma famille en arrivant. J'ai appris, par la réponse de mon frère aîné, la triste nouvelle de la mort de mon père, à laquelle je tremble, avec trop de raison, que mes égarements n'aient contribué. Le vent étant favorable pour Calais, je me suis embarqué aussitôt, dans le dessein de me rendre à quelques lieues de cette ville, chez un gentilhomme de mes parents, où mon frère m'écrit qu'il doit attendre mon arrivée.

FIN DE LA SECONDE PARTIE

1. *Corsaires* : aventuriers et pirates.

DOSSIER

LIRE L'ŒUVRE

QUESTIONNAIRE DE LECTURE

LE GENRE

1. Quelles ressemblances peut-on relever entre la vie de l'abbé Prévost et celle de Des Grieux ? Montrez que ce récit à la première personne utilise plusieurs procédés qui veulent faire croire au lecteur qu'il ne lit pas une fiction romanesque, mais un témoignage authentique et véridique.

■ Pour répondre

Analysez d'abord l'*Avis de l'auteur* : avec quel personnage ou narrateur l'auteur entretient-il une confusion volontaire ? Relevez également tous les détails du récit (noms des personnages, lieux, événements…) qui donnent l'impression de lire de vrais Mémoires (récit qu'une personne réelle fait des événements auxquels elle a participé ou dont elle a été le témoin). Quel est l'effet recherché vis-à-vis du lecteur par toutes ces ambiguïtés ?

LA STRUCTURE

2. Analysez la composition d'ensemble du roman : comment peut-on justifier le découpage en deux parties ?

3. Certains critiques ont vu dans la structure de ce récit une construction dramatique en cinq actes, sur le modèle de la tragédie classique. Comment faut-il découper le texte pour valider cette hypothèse ?

4. Analysez la disposition des voix narratives et ses effets.

■ Pour répondre

Vous pourrez notamment vous demander qui est le narrateur de l'incipit de ce récit, quand et pourquoi il devient un narrataire. Vous pourrez également analyser la scène de la déportation de Manon pour l'Amérique, qui est racontée selon deux points de vue différents (p. 11 et p. 139), et vous demander quel est l'effet produit par ce procédé.

L'ESPACE ET LE TEMPS ROMANESQUES

5. Pouvez-vous établir une chronologie précise des événements rapportés par ce récit ?

■ Pour répondre

Relevez les indices temporels disséminés dans le roman et complétez le tableau chronologique reproduit plus loin (p. 166-167). Vous rappellerez l'âge des deux héros au moment de leur rencontre et en déduirez combien de temps Des Grieux et Manon passent ensemble.

6. Pourquoi, à partir de l'épisode américain, voit-on apparaître un changement de rythme dans le récit ? De quoi est-il l'indice ?

■ Pour répondre

En relevant tous les marqueurs temporels et en analysant les scènes de description par rapport aux scènes d'action, vous montrerez le ralentissement du récit. Vous pourrez alors relever les indices d'un discours moralisateur et vertueux, et montrer que ce changement de ton prélude à la conclusion.

7. Citez les lieux dans lesquels les amants sont réunis, et ceux dans lesquels ils sont séparés. Qu'en concluez-vous ?

■ Pour répondre

Vous pouvez classer les différents lieux parisiens mentionnés par le récit, puis vous demander quel rôle joue l'évocation de l'Amérique : s'agit-il seulement d'introduire une note d'exotisme dans le récit ?

LES PERSONNAGES

Manon Lescaut

8. Commentez le choix par le romancier de ce nom et de ce prénom. À quelle intention leur juxtaposition répond-elle ? Que savons-nous du physique de ce personnage ? Quel est l'effet recherché vis-à-vis du lecteur ?

9. Quels termes et quelles figures de style Des Grieux emploie-t-il le plus souvent pour définir Manon ? Pourquoi ?

10. Manon Lescaut est-elle une héroïne libertine ou une grande amoureuse ? Vous justifierez votre point de vue en vous appuyant sur des arguments et des exemples tirés du texte.

Le chevalier Des Grieux

11. À quelles intentions le choix du nom et du titre de noblesse de Des Grieux correspond-il ?

12. Quelles sont les principales caractérisations de ce personnage ?

■ Pour répondre

Vous pourrez notamment montrer que Des Grieux est un personnage-narrateur aux aspirations contradictoires. En comparant l'état initial et l'état final du personnage, vous pourrez aussi vous demander s'il a évolué et quelle identité, en définitive, il a conquise. Enfin, vous pourrez définir sa conception de l'amour, de la morale, de la religion, en vous fondant sur des exemples précis tirés du texte.

13. Peut-on considérer Des Grieux comme un héros préromantique ?

■ Pour répondre

Ce personnage a plu aux romantiques du XIXe siècle qui se sont reconnus en lui. Vous pourrez montrer pourquoi, en analysant son goût pour la retraite, les formes de sa culpabilité, les transgressions qu'il a commises et son rapport à la société.

Le système des personnages

14. Classez les autres personnages selon leur fonction dans le récit (auteur/narrateur/narrataire/personnage) et selon leur fonction dans l'intrigue (adjuvants et opposants par rapport au couple de héros). Qu'en concluez-vous ?

LES THÈMES PRINCIPAUX

15. Quel rôle l'argent joue-t-il dans le roman ?

■ Pour répondre

Vous pourrez traiter cette question en relevant les allusions financières les plus importantes, et en commentant l'alternance des gains et des pertes des héros, ainsi que leurs conséquences sur l'intrigue amoureuse. Vous pourrez également répertorier les moyens utilisés ou imaginés par le couple afin de se procurer de l'argent. Enfin, vous pourrez dire en quoi la description de la course à l'argent participe de la mise en place du réalisme narratif, en même temps qu'elle contribue à l'élaboration d'un système de valeurs morales.

16. Caractérisez la représentation de la passion amoureuse dans le récit de l'abbé Prévost.

■ Pour répondre

Vous pourrez notamment vous demander quel est le rôle du destin et comment il est invoqué dans le récit, et quelles significations revêt la mort de l'héroïne.

L'ŒUVRE DANS L'HISTOIRE

LE CONTEXTE HISTORIQUE

UNE REPRÉSENTATION DE LA FIN DU RÈGNE DE LOUIS XIV ET DE LA RÉGENCE

Quand l'*Histoire du chevalier Des Grieux et de Manon Lescaut* paraît en 1731, Louis XV (roi de 1723 à 1774) règne depuis huit ans. Si le mouvement des Lumières commence à se mettre en place, encouragé par d'autres courants mineurs comme le libertinage, par l'avancée des sciences, par l'esprit philosophique, et par une société européenne pratiquant avec brio l'art de la conversation ou l'échange épistolaire, ce roman n'en reflète pourtant pas les principales caractéristiques. Prévost, en effet, n'a pas mis en scène l'époque qui lui est immédiatement contemporaine.

Sans toutefois donner de date précise dans son roman, il est revenu à une époque légèrement antérieure, que beaucoup de critiques ont identifiée comme étant celle de la Régence (1715-1723). En effet, sur un plan strictement historique, les déportations des filles vers le Mississippi eurent lieu entre 1719 et 1720, et le Nouvel Orléans (la Nouvelle-Orléans) fut fondé en 1717. Prévost prend toutefois quelques libertés avec la chronologie et l'histoire, dans la mesure où la première rencontre de l'homme de qualité avec Des Grieux (« environ six mois avant [son] départ pour l'Espagne ») doit se situer entre janvier et février 1715, car c'est à Madrid que Renoncour apprend la mort de Louis XIV (1715). De plus, le dernier indice temporel et historique mentionné clairement dans le récit est « l'hôtel de Transylvanie » (p. 52) qui devient, quelques pages plus loin, « l'hôtel de T... ». Or, son vrai occupant, le prince Rakoczy (désigné comme le « Prince R... », p. 52), arrivé en France en 1713, le quitte, avec tous les joueurs, en 1716.

C'est pourquoi il importe d'établir une chronologie précise du récit qui nous conduit de 1712 à 1716, c'est-à-dire durant les dernières années du règne de Louis XIV et le début de la Régence.

TABLEAU CHRONOLOGIQUE DU RÉCIT

Étapes du récit	Repères chronologiques	Principaux épisodes du récit	Indices dans le texte
PREMIÈRE PARTIE **Renoncour narrateur**	Février 1715	Déportation de Manon **Première rencontre avec Des Grieux**	« Six mois avant mon départ pour l'Espagne » (p. 11)
	Hiver 1716-1717	**Deuxième rencontre avec Des Grieux qui va raconter son histoire**	« Il se passa près de deux ans » (p. 15)
Des Grieux narrateur	**Analepse** Juillet 1712	Coup de foudre entre Manon et Des Grieux	Des Grieux a « dix-sept ans » (p. 16)
	Août 1712	Arrestation de Des Grieux et séquestration dans sa famille	Après « six semaines » (p. 28)
	Octobre 1713	Séminaire de Saint-Sulpice	
	Juillet 1714	Fuite avec Manon	« deux ans après » (p. 38) Manon est dans sa « dix-huitième année » (p. 37)
	Octobre 1714	Le vieux G… M… fait arrêter les amants	Des Grieux est dans sa « vingtième année » (p. 93)
	Janvier 1715	Évasion de Saint-Lazare et de l'Hôpital	

Interruption du récit **Renoncour narrateur**	**Retour au présent du récit**	Souper à l'auberge du *Lion d'or*	« ayant employé plus d'une heure à ce récit » (p. 92)
SECONDE PARTIE **Des Grieux narrateur**	**Analepse** Janvier-février 1715	Jours tranquilles à Chaillot	« plusieurs semaines » (p. 96)
	Février 1715	Arrestation des héros après la duperie du jeune G… M…	
	Février 1715	Déportation de Manon. Rencontre avec Renoncour **(second récit de la scène initiale)**	Plus de « deux mois de navigation » (p. 144)
	Avril 1715	Vie paisible au Nouvel Orléans	« neuf ou dix mois » (p. 152)
	Janvier-février 1716	Fuite et mort de Manon. Désespoir de Des Grieux, retrouvé sur la tombe de Manon	« vingt-quatre heures », « le jour suivant » (p. 154)
	De février à juin 1716	Maladie, convalescence. Arrivée de Tiberge	« trois mois » + « six semaines » + « deux mois » (p. 156)
	Août 1716	Embarquement et retour en France	
	Hiver 1716-1717	Avant la rencontre avec Renoncour	Arrivé « il y a quinze jours » (p. 157)

LE CONTEXTE SOCIAL

RÉPRESSION

La fin du règne de Louis XIV est marquée à l'extérieur par des guerres désastreuses, notamment la guerre de succession d'Espagne (1701-1713). À l'intérieur, le royaume est éprouvé par des famines et des luttes religieuses (contre le protestantisme et contre le jansénisme). Madame de Maintenon impose à la Cour une austérité bigote. Le royaume connaît une crise politique, morale et économique en 1715, au moment où le duc Philippe d'Orléans s'apprête à exercer la Régence, en attendant que le petit Louis XV, âgé alors de cinq ans, n'atteigne l'âge de régner, car, en France, la majorité du roi est fixée à quatorze ans.

Après la mort de Louis XIV, le pouvoir royal absolu est contesté, notamment par les aristocrates. Il doit s'appuyer sur des structures répressives omniprésentes. La police, aux ordres du roi ou du Régent, maintient l'ordre et peut faire enfermer aussi bien les contrevenants à la loi que les individus désignés par une lettre de cachet rédigée à la demande des autorités royales, ou à celle des familles[1]. De nombreuses prisons existent. Chacune possède sa spécificité. L'Hôpital ou la Salpêtrière, où est enfermée Manon, est divisé entre la Grande Force (pour les criminelles), la Prison (pour les délinquantes), le Commun (pour les prostituées), la Correction (pour les jeunes femmes ou les jeunes filles détenues à la demande de leur famille). Saint-Lazare sert plutôt à enfermer les jeunes nobles débauchés. Enfin, l'on commence à envoyer dans les colonies d'Amérique les criminels et les prostituées afin qu'ils participent à leur peuplement.

1. Voir les épisodes suivants du roman : Des Grieux est d'abord enlevé par des laquais de son père rue de V... : « ils me dirent naturellement qu'ils agissaient par l'ordre de mon père » (p. 27), puis séquestré dans « une chambre haute » (p. 31) privée. Après leurs retrouvailles, Des Grieux est arrêté et envoyé à Saint-Lazare, tandis que Manon est envoyée à l'Hôpital sur ordre de M. de G... M... : « il prit là-dessus la résolution de nous faire arrêter » (p. 63) par un exempt de police et des gardes. Il s'agit bien ici d'une lettre de cachet, mais à laquelle sa famille n'a aucune part, ce qui favoriserait son élargissement (p. 69 : « il s'était figuré que ce qui avait obligé M. de G... M... d'y prendre intérêt, était quelque liaison d'estime et d'amitié avec ma famille »). Enfin, les deux amants sont arrêtés une dernière fois, toujours sur l'ordre de M. de G... M..., qui s'accorde avec le père de Des Grieux pour châtier Manon : « ils allèrent ensemble, je dis les deux pères, chez M. le Lieutenant général » (p. 129).

CORRUPTION

Le jeu

Dans ce contexte répressif, de multiples maisons de jeu, clandestines ou tolérées par les autorités, fleurissent. Elles symbolisent la course effrénée à l'argent. Le jeu est souvent synonyme de pertes, comme le prévoit Des Grieux : « Pour le jeu, nous nous bornerons tellement que nos pertes ne passeront jamais deux pistoles » (voir p. 42). Mais il peut aussi devenir une activité lucrative pour des tricheurs professionnels, les « chevaliers d'industrie » (p. 45) que fréquente Lescaut. Le pharaon est un des jeux qui permettent le mieux de tricher, mais on pratique aussi le lansquenet, ou le piquet. Le jeu n'est pas une activité neutre : il focalise les débauches, les suicides, et les crimes. Lescaut, en effet, semble autant lié avec le milieu des joueurs, qu'avec celui de la prostitution (voir p. 46). C'est d'ailleurs le premier moyen d'enrichissement qu'il proposera à Des Grieux, invité à faire fructifier aussi bien la beauté de Manon que la sienne propre (voir p. 46). Enfin, l'assassinat de Lescaut prouve que le jeu n'est pas une activité inoffensive. C'est parce qu'il refuse un prêt à « un garde du corps » de ses amis, qu'il a délesté de « cent écus » en une heure de jeu, que « [l]'autre avait juré, en le quittant, de lui casser la tête : ce qu'il avait exécuté le soir même » (voir p. 92). L'évocation de cet univers du jeu complète donc l'évocation des réalités politiques de l'époque. Le roman souligne l'importance d'un univers marginal, il attire notre attention sur la face cachée d'une époque crépusculaire, corrompue et conflictuelle, qu'il restitue dans toute sa complexité.

La course à l'argent

Les mesures prises par John Law, qui met en place un système de crédit et d'émission de papier monnaie, donnent naissance à la spéculation et stimulent l'économie[1]. L'argent est d'ailleurs au cœur de l'intrigue du roman de Prévost, tout en ayant une valeur symbolique.

La plupart des personnages du récit cherchent à s'enrichir. Les cochers, archers, gardes du corps et le petit peuple parisien tentent de monnayer auprès des plus riches des services surévalués. Les domestiques se contentent de voler leurs maîtres, les belles jeunes filles de duper leurs riches amants, les cadets des familles nobles d'obtenir des « bénéfices[2] » ou d'emprunter de l'argent à leur famille, à leurs connaissances et à leurs amis.

1. Toute cette atmosphère caractéristique de la Régence est évoquée dans le film de Bertrand Tavernier, *Que la fête commence* (1975). \ **2.** *Bénéfice* : patrimoine attaché à une fonction, ou à une dignité ecclésiastique, dont *bénéficie* celui qui l'exerce.

Pour avoir une idée des sommes d'argent mentionnées constamment dans le roman, voici un tableau de conversion récapitulatif[1] :

monnaie	équivalence	conversion en euros
une livre	1 franc de l'époque	15,24 euros
une pistole	10 livres	152,45 euros
un écu	3 livres	45,73 euros
un sol	1/20e de la livre	0,76 euro
un denier	1/12e de la livre	1,27 euro

Les sommes évoquées dans le texte prennent alors un tout autre relief : si Renoncour donne 1463 euros à Des Grieux, Marcel avec son louis d'or est gratifié de 365 euros (c'est aussi ce que demande le cocher pour aider les héros à fuir au bout du monde). Quant à Manon, c'est 1 143 367 euros qu'elle a soutirés à tous ses amants.

La puissance des financiers

C'est aussi pourquoi le financier, également appelé « fermier général » ou « partisan » (voir p. 23 et 93), prend une telle importance dans le système des personnages du roman. Le financier signe un traité avec le roi pour les affaires de finance. Il paie d'avance le montant de l'impôt, qu'il se charge de récolter ensuite auprès du tiers état en se remboursant largement. Il peut étaler en conséquence une fortune insolente, supérieure à celle de beaucoup de nobles. Ces derniers en sont réduits à brocarder ses manières par esprit de vengeance (« C'est bien d'un homme tel que lui, de qui d'ailleurs je ne suis pas connu, qu'il faut attendre des sentiments si nobles ! » [p. 30], dit avec ironie le père de Des Grieux de M. de B.[2], auquel il enlève d'ailleurs la particule, comme s'il démasquait ainsi son absence de noblesse), ou à contester le pouvoir croissant des financiers en rappelant les privilèges de la noblesse, même les plus absurdes (« Tu me feras

1. Voir Jean Sgard, « L'Échelle des revenus » in *Dix-Huitième siècle*, n° 14, 1982, pp. 424-433. Ces évaluations sont approximatives. \ **2.** Selon Carole Dornier (*Manon Lescaut*, Folio Gallimard, 1997), M. B. serait le Germier général Melchior de Blair ; le vieux G..M..., le baron Elizée Gilly de Montaud, fermier général et directeur de la Compagnie des Indes ; et M. de T..., Charles de Trudaine de Montigny, administrateur de l'Hôpital. Il s'agit là de pistes possibles et non de certitudes.

pendre ? repris-je. Infâme ! ce sont tes pareils qu'il faut chercher au gibet. Apprends que je suis d'un sang plus noble et plus pur que le tien » [p. 121], s'exclame Des Grieux face au vieux G... M...). En effet, rappelons que seuls les nobles, à la différence des autres condamnés à mort, avaient le « privilège » d'avoir la tête tranchée.

Néanmoins, le vieux G... M... trouve un allié dans son combat contre le libertinage de la jeunesse, en la personne du père de Des Grieux. Sur des conflits politiques ou sociaux viennent se greffer les conflits de générations. Plus profondément, l'alliance entre le vieil aristocrate et le financier est sans doute révélatrice des transformations qui affectent en profondeur la société d'Ancien Régime dans la première moitié du XVIIIe siècle.

DIVISIONS SOCIALES

La société d'Ancien Régime est clivée et très inégalitaire. Non seulement l'échelle des revenus varie de 1 à 1 000, mais surtout une élite (la noblesse et le clergé ne représentent que 5 % de la population totale) détient seule, en dépit de la montée de la bourgeoisie du tiers état, les privilèges ainsi que l'ensemble du pouvoir économique, politique, social et culturel.

La noblesse

On naît noble, ou on le devient par une lettre d'anoblissement du roi. Cet ordre bénéficie de nombreux privilèges, dont le plus important est l'exemption de l'impôt. La noblesse est également tenue d'honorer des valeurs comme le respect de la parole donnée, le sens de l'honneur (qui peut aller jusqu'au duel) ou la défense de la vertu des femmes. Ces valeurs tendent à disparaître avec la montée du libertinage. Les nobles, enfin, n'ont pas le droit d'exercer d'emploi.

À l'intérieur des familles, le cadet a une position peu enviable : afin d'éviter la dispersion du patrimoine qui revient à l'aîné, il est en général privé d'héritage (c'est le cas de Des Grieux par rapport à son aîné, voir p. 93). Les cadets ont le choix entre l'armée ou l'Église (Des Grieux était destiné dès sa petite enfance à être chevalier de Malte, mais il a également pratiqué les armes : « [...] je n'étais pas fort dans les armes, n'ayant eu que trois mois de salle à Paris » (p. 151), c'est-à-dire dans ce que l'on appelait les académies. Si l'élite intellectuelle de l'époque est plutôt proche de l'aristocratie, cela ne l'empêche pas de dénoncer la perte de ses valeurs ou son affaiblissement, comme le fait d'ailleurs Prévost.

Le clergé

Il a une place importante dans une France monarchique et catholique. Si certains religieux sont rémunérés par des bénéfices (c'est le cas de Tiberge, voir p. 50), d'autres connaissent la plus extrême pauvreté. L'ordre de Malte est l'ordre de l'Hôpital Saint-Jean de Jérusalem, situé dans l'île de Malte depuis 1530. Les cadets de famille nobles qui en font partie sont des moines-soldats qui font vœu de pauvreté, de chasteté, d'obéissance. À l'origine, leur fonction était d'assurer la protection des pèlerins contre les infidèles. Ils ont paradoxalement une réputation plutôt grivoise, en tout cas dans la fiction romanesque de l'époque.

Tiberge accuse Des Grieux de « jansénisme ». Cette boutade amicale permet de faire allusion au climat religieux du siècle des Lumières, qui voit s'opposer les jansénistes et les jésuites. Le jansénisme est une doctrine religieuse pessimiste et sévère, s'inspirant de saint Augustin, et selon laquelle sans la grâce de Dieu, l'homme, en dépit de toute sa volonté, ne peut parvenir au bien. Néanmoins, cette grâce qui permet d'être sauvé n'est pas accordée à tout le monde, mais seulement à quelques prédestinés. Les jésuites, plus laxistes et adeptes de la casuistique (qui traite des cas de conscience), ont pour principe de développer la gloire de Dieu par des voies militaires mais également par l'enseignement.

Parallèlement à ces luttes intestines, l'Église doit faire face à la multiplication de « ces libertins outrés qui font gloire d'ajouter l'irréligion à la dépravation des mœurs » (p. 147), et qui ouvrent la voie aux philosophes déistes ou athées et à l'*Encyclopédie*.

Le tiers état

Il représente la partie la plus nombreuse et la plus diverse de la population, puisqu'il désigne à la fois les riches parvenus très proches des aristocrates (financiers et fermiers généraux), la bourgeoisie des commerçants et des artisans, le petit peuple des villes (domestiques, archers, concierge, truands…) et les paysans. Ces derniers, même s'ils sont absents du récit de Prévost, représentent le groupe social le plus nombreux.

Les figures en marge : libertins, courtisanes et prostituées

Des Grieux, le jeune héros de Prévost, hésite entre raison et sensibilité, vertu et passion, discours et action. Il préfigure, sans l'être tout à fait, l'honnête homme des Lumières[1], attiré par la retraite et la philosophie, mais n'échappant pas au « vice à la mode », le libertinage. Le terme *libertin* vient du latin *libertinus* qui signifie « affranchi ». Au XVIIe siècle, les libertins sont ceux qui s'affranchissent des croyances religieuses et risquent ce faisant la peine de mort. Au XVIIIe siècle, le terme prend une signification différente, comme on le voit dans le tableau que dresse Des Grieux des « exemples célèbres » de libertinage (p. 128). Le libertin est un homme qui a des mœurs dissolues, plutôt qu'une attitude intellectuelle transgressive : il se conduit comme un débauché, et sa plus grande gloire est de conquérir le plus grand nombre de femmes[2].

Si Des Grieux apparaît plus comme un amoureux passionné que comme un libertin en devenir, le roman de Prévost établit cependant une véritable typologie des différentes formes du libertinage. Les jeunes libertins comme Des Grieux sont soumis à des passions et commettent des erreurs de jeunesse. Les « libertins fieffés » (p. 63) sont des récidivistes. Les libertins séducteurs (le prince italien, le jeune et le vieux G... M...) sont méthodiques. Et les « libertins outrés » (p. 147) pratiquent le libertinage des mœurs et de l'esprit.

Quant aux « libertines », qui inspirent les personnages féminins « malfamés[3] », on hésite à les taxer de coquetterie ou de prostitution. Leur statut social est des plus précaires et leur mise à l'écart (par l'Hôpital, la déportation ou l'enfermement dans des maisons religieuses) toujours possible. Le personnage de Manon Lescaut pose pourtant question. Est-elle, comme le dit Montesquieu, « une catin », une simple « fille de joie[4] » (voir texte 15, p. 205) ? On pourrait plutôt la considérer comme une femme galante, une femme entretenue ou une courtisane. Après un séjour à l'Hôpital, elle est effectivement embarquée pour le Mississippi en compagnie d'une « douzaine de filles de joie » (p. 12). Mais, parce que son « air et

1. *Lumières :* ce mouvement intellectuel européen s'impose en France vers 1750, avec la parution de l'*Encyclopédie*, donc bien après la première édition de *Manon Lescaut*. Il s'oppose au despotisme politique, à l'intolérance religieuse, au mépris de la raison par les dogmes religieux. Il affirme la primauté de l'éducation, de la science, de la raison, de la liberté, et du progrès dans la conquête du bonheur. Sa devise pourrait être *Sapere aude* (« Ose savoir ! »), selon le mot de Kant dans *Qu'est-ce que les Lumières* ? (1784). \ **2.** Si le *Dom Juan* de Molière met en scène un libertin qui défie le Ciel, il est aussi l'un des premiers à affirmer une théorie de la conquête amoureuse : « Il n'est rien qui puisse arrêter l'impétuosité de mes désirs : je me sens un cœur à aimer toute la terre ; et comme Alexandre, je souhaiterais qu'il y eût d'autres mondes, pour y pouvoir étendre mes conquêtes amoureuses » (I, 2). \ **3.** Cette expression est utilisée par P. Fauchery dans *La Destinée féminine dans le roman européen du XVIIIe siècle*, Paris, Armand Colin, 1972, p. 433. \ **4.** On estime entre 10 000 et 30 000 le nombre des prostituées à l'époque. Voir Érica-Maria Benabou, *La Prostitution et la police des mœurs du XVIIIe siècle*, Paris, Librairie académique Perrin, 1987.

[sa] figure étaient si peu conformes à sa condition » (p. 12), elle est immédiatement distinguée par Renoncour. Certes, Manon cède à trois amants successifs en vue de s'enrichir avec son chevalier, son amant de cœur (son « greluchon », dans le langage de l'époque), car elle craint par-dessus tout la pauvreté : « je rendrais quelque jour le dernier soupir, en croyant en pousser un d'amour ». Mais elle reste, en dépit de tout, une femme libre et une amoureuse aux principes quasi féministes : « la fidélité que je souhaite de vous est celle du cœur » (p. 116). Libre, elle paraît scandaleuse, et sa mort ne peut qu'être tragique, afin de sauvegarder l'apparence d'une fin morale ne faisant que prolonger l'ambiguïté de cette héroïne, qui n'est pas sans rappeler par sa beauté, son charme et son intelligence, les figures des grandes « favorites » royales.

LES CENSURES

C'est en 1777 seulement que Beaumarchais crée la première Société des gens de lettres et érige en principe le droit d'auteur. La précarité de la situation des gens de lettres, à l'époque de Prévost, est pourtant moins économique que politique.

La censure royale

La censure royale vise aussi bien les auteurs que l'ensemble de la profession des lettres, y compris les artisans (libraires, colporteurs...). Les censeurs peuvent non seulement exiger quelques corrections, mais surtout décider ou non d'autoriser la parution d'un ouvrage. Il existe toutefois de nombreux stratagèmes pour imprimer un livre refusé ou dont on peut penser qu'il le sera inévitablement. L'un d'entre eux consiste à fabriquer les livres – ou faire croire qu'ils le sont – dans des villes non soumises à la censure, comme Avignon, ou dans les pays protestants. Prévost, par exemple, qui n'a pas obtenu de « privilège », ni de « permission tacite » ni de « tolérance » (promesse implicite de ne pas poursuivre l'auteur ou le libraire et de ne pas saisir ni détruire l'ouvrage) pour son roman, l'a d'abord fait paraître en Hollande, en le présentant comme le tome VII des *Mémoires et aventures d'un homme de qualité*, œuvre qui avait obtenu une certaine estime. Mais les éditions illégales, très nombreuses, sont à la merci des saisies par les officiers de police ou par le syndic de la chambre des libraires.

Les autres censures

Une fois le livre publié, il est soumis à d'autres formes de censure : celle de l'Église, en perte d'influence, et celle des Parlements dont le pouvoir s'accroît au cours du XVIIIe siècle et qui peuvent ordonner la *publica combustio* (destruction du livre par le feu). Un autodafé a d'ailleurs été exécuté contre l'édition de *Manon Lescaut* de 1733, saisie chez les libraires, en dépit de son succès, puis brûlée publiquement.

La célèbre formule ironique de Diderot : « De grâce, un petit arrêt qui me condamne[1] » prouve néanmoins que le livre interdit a réellement une valeur spéculative. La censure semble avoir l'effet inverse à celui recherché, puisqu'elle offre aux ouvrages refusés une contre-publicité qui excite la convoitise et les désirs des lecteurs.

LE CONTEXTE BIOGRAPHIQUE

Antoine François Prévost d'Exiles (1697-1763) a trente-quatre ans quand il fait paraître l'*Histoire du chevalier Des Grieux et de Manon Lescaut*. Nombre d'épisodes de sa biographie restant obscurs, ses contemporains ainsi que les critiques littéraires des siècles suivants ont eu tendance à confondre sa vie avec celle des personnages de ses romans. Lui-même a d'ailleurs encouragé cette confusion et contribué à cette mystification.

UN JEUNE ARISTOCRATE

Fils d'un procureur et conseiller du roi, né à Hesdin, en Artois, il appartient à une famille aisée de la bourgeoisie qui accédera à la noblesse de robe. À quatorze ans, il perd sa mère et deux de ses sœurs. Toute son éducation sera faite par les jésuites, et il poursuit d'ailleurs des études brillantes jusqu'à son noviciat, entrecoupées d'escapades militaires dans les armées du roi, pendant la guerre de succession d'Espagne (1701-1713). Une « affaire sérieuse » (un duel ?) l'oblige à disparaître pendant quelque temps. Il se réfugie finalement chez les bénédictins, y fait profession et s'adonne à des recherches érudites, tout en rédigeant en même temps son premier roman.

---

1. Diderot, *Lettre historique et politique sur le commerce de la Librairie, in Œuvres complètes* de Diderot, éd. Lewinter, Compagnie française des libraires, 1970, t. V, p. 371.

UN MARGINAL EXILÉ

Ordonné prêtre, Prévost prêche avec succès d'Évreux à Paris. Fréquentant le salon de Mme de Tencin et goûtant à la vie littéraire et mondaine, c'est à un ordre monastique moins rigoureux qu'il souhaite appartenir. Comme il se passe des autorisations nécessaires pour mener une vie plus libre et plus conforme à ses aspirations, on le poursuit d'une lettre de cachet. Son exil le fait voyager en Hollande, en Angleterre, où les « meilleures compagnies » s'offrent à lui. Le nom de plume qu'il se choisit alors est explicite : Prévost d'Exiles. Il est le précepteur de Francis Eyles, fils d'un ancien lord-maire de Londres, quand une aventure avec la sœur du jeune homme l'oblige à retourner en Hollande où il rencontre Lenki (Hélène Eckardt, Suissesse ou Hongroise, une « véritable sangsue [1] » qui lui fait dilapider son argent). Contrairement à ce qu'ont affirmé et rêvé beaucoup de biographes, Lenki n'est pas le modèle de Manon, car Prévost ne la rencontre qu'après la rédaction du tome VII des *Mémoires et aventures d'un homme de qualité* : l'*Histoire du chevalier Des Grieux et de Manon Lescaut*. Errant d'exil en exil, poursuivi par ses créanciers et ses éditeurs, il est incarcéré un temps à Londres pour une escroquerie à la lettre de change [2].

UN ÉRUDIT ASSAGI

Ayant finalement obtenu le pardon du pape Clément XII et des bénédictins, Prévost revient à Paris et devient l'aumônier du prince de Conti, tout en continuant à produire des romans, des articles, des recherches historiques et des traductions de textes anglais jusqu'en 1760. Il donne également une nouvelle version de *Manon Lescaut* en 1753, qui comporte environ 860 corrections et des gravures. Il finit par louer une petite maison à Chaillot, car il reçoit un bénéfice ecclésiastique, et écrit, en échange d'une rétribution, l'*Histoire de la maison des Condé*. Retiré avec Mme Gentil, sa gouvernante, à Saint-Firmin, près de Chantilly, occupé par la préparation d'ouvrages pieux, il meurt d'apoplexie en 1763. Les bénédictins l'enterrent dans leur abbaye de Senlis.

---

1. Selon les termes de son compagnon d'exil le chevalier de Ravanne, dans ses *Mémoires* publiées en 1752. \ **2.** *Lettre de change* : lettre par laquelle une personne enjoint une autre personne de payer une certaine somme à une troisième personne à une date dite (ce sont, en quelque sorte, les chèques de l'époque).

UNE ŒUVRE PROLIFIQUE ET OUBLIÉE

Prévost est l'auteur d'une œuvre prolifique, dont le grand public ne connaît en général que *Manon Lescaut* et – parfois – l'*Histoire d'une Grecque moderne*, roman-mémoires de 1740, donnant la parole à un ambassadeur français en Turquie qui délivre une jeune Grecque d'un harem (voir texte 3, p. 182). Le diplomate tombe follement amoureux de cette femme, qui ne lui cède jamais et demeure une « énigme perpétuelle ». Les autres romans de Prévost sont de plus en plus étudiés par la critique universitaire qui parviendra peut-être un jour à les faire connaître et diffuser plus largement. On pourra ainsi mesurer l'influence considérable exercée par Prévost sur tous les grands romanciers du XVIIIe siècle, de Rousseau à Sade.

LA RÉCEPTION DE *MANON LESCAUT*

UN SUCCÈS DE SCANDALE AVANT LE PURGATOIRE

À l'époque, les ouvrages sont toujours tirés à un petit nombre d'exemplaires (le tirage moyen d'une édition est de 500 exemplaires). Le succès d'un livre se mesure donc au nombre de rééditions qu'il a connues. Du XVIIIe jusqu'au XXe siècle, on a répertorié 234 rééditions du roman de Prévost, dont 24 éditions du vivant de l'auteur, de 1731 à 1763[1] ! *Manon Lescaut* est le roman qui a remporté le plus grand succès, même si, au XVIIIe siècle, il est encore rarement dissocié des *Mémoires et aventures d'un homme de qualité* (cinq éditions seulement donnent le texte de *Manon* seul). Deux suites apocryphes vont même jusqu'à faire revivre Manon du vivant de Prévost ! Néanmoins, dès sa parution, le roman suscite des polémiques. Voltaire, comme beaucoup d'autres écrivains de son temps, apprécie le « tendre et passionné auteur de *Manon Lescaut* ». Mais certains critiques sont très virulents : Mathieu Marais classe le récit dans les ouvrages pornographiques et parle d'un « livre abominable » (voir texte 14, p. 204-205).

Le roman a connu un certain oubli à la mort de Prévost, et il est méprisé pendant la Révolution et l'Empire. Napoléon en parle comme d'un « roman d'antichambre », bon pour les valets. Mais, à partir du moment où les

1. Voir Jean Sgard, *L'Abbé Prévost. Labyrinthes de la mémoire*, Paris, PUF, 1986, p. 87.

romantiques s'approprient le mythe de Manon, le succès ne se dément plus. Il se mesure aux différentes métamorphoses que connaît le roman.

LA POSTÉRITÉ DU RÉCIT DE PRÉVOST

Métamorphoses romanesques et poétiques

Manon est une source d'inspiration pour les illustrateurs et les graveurs des multiples rééditions du roman de Prévost. Certains romanciers rédigent également des préfaces mémorables, comme celle de Maupassant (1885). Parfois, ils vont même jusqu'à rédiger des suites à l'histoire de *Manon*, comme le fait Alexandre Dumas fils, en 1851, dans *Les Revenants*, qui fait revivre Manon Lescaut ainsi que Paul et Virginie, et qui, dans une autre suite, *Le Régent Mustel*, en 1852, convoque également Werther et Charlotte, les héros de Goethe.

Les romanciers sont surtout fascinés par la figure de la courtisane. Manon se profile en filigrane derrière de nombreuses héroïnes romanesques, de Esther dans *Splendeurs et misères des courtisanes* (1844) de Balzac, à *Nana* (1879) de Zola, jusqu'à Odette de Crécy dans *Du côté de chez Swann* (1913) de Proust. Dans *La Dame aux Camélias* (1848) de Dumas fils, le roman de Prévost, qui appartient à l'héroïne, circule entre plusieurs mains, comme s'il était une sorte de métonymie du corps de Marguerite Gautier. Néanmoins, si les ressemblances sont nombreuses entre ces deux romans (la mort des héroïnes, leur héroïsme amoureux, la conversion du fils prodigue…), force est de constater que le XIXe siècle semble plus puritain que le XVIIIe siècle. La liberté et l'ambiguïté de Manon sont impensables pour une époque qui ne voit les femmes que comme des prostituées, des mères de famille ou de pures jeunes filles.

Seule la poésie gardera un peu en mémoire l'aspect transgressif de la représentation du libertinage du roman de Prévost. De Musset à Baudelaire, la courtisane ou Manon sont représentées comme une allégorie du mal et du vice dans l'art.

Métamorphoses lyriques, scéniques et filmiques

Le théâtre s'empare également du personnage de la courtisane amoureuse. Victor Hugo écrit une *Marion Delorme* (1829) et Dumas fils donne en 1852 une nouvelle version de *La Dame aux Camélias*.

Mais c'est surtout par l'opéra que le XIXe siècle, même en apposant son point de vue moralisateur, enrichit le mythe de Manon par des dispositifs scéniques ou musicaux qui contribuent à renforcer la puissance évocatrice du personnage. Sept compositeurs ont mis Manon en scène, depuis *La Traviata* de Verdi, en 1853, jusqu'à la *Manon* de Massenet, en 1884, ou la *Manon Lescaut* de Puccini, en 1893.

Au XXe siècle, *Manon* se prête toutefois à une toute nouvelle forme de création. Elle fait le bonheur des cinéastes [1]. Citons quelques exemples : *Manon 49* (1948) de Henri Georges Clouzot, *Manon 70, perverse Manon* (1968), de Jean Aurel, avec Catherine Deneuve, qui est aussi *La Sirène du Mississipi* (1969) de François Truffaut – ce dernier s'étant librement inspiré du récit de Prévost.

GROUPEMENT DE TEXTES : LES LIBERTINES OU LA FACE OBSCURE DE LA CONDITION FÉMININE

Lisez les textes 1 à 8 ci-dessous et répondez aux questions suivantes.

1. Quelle est la thèse commune à tous ces textes ? Quels procédés rhétoriques retrouve-t-on dans plusieurs d'entre eux pour mieux toucher ou convaincre le lecteur ?

2. Relevez et analysez les solutions suggérées ou proposées par chaque texte pour améliorer la condition des prostituées et celle des femmes en général. Quelles sont celles qui vous paraissent les plus novatrices et pourquoi ?

3. Montrez comment la plupart de ces textes cherchent à éveiller la sensualité du lecteur en même temps qu'à toucher sa sensibilité.

4. Tous les textes du XVIIIe siècle de ce corpus sont écrits par des auteurs masculins : à votre avis, pourquoi ? Comment certains parviennent-ils néanmoins à faire entendre une voix féminine ? Sous quel registre (ironique, humoristique, pathétique…) ? Dans quel but ?

---

1. L'édition Classiques Pocket de Pierre Malandain (1998), répertorie 47 adaptations scéno-filmiques du roman entre 1772 et 1969 !

TEXTE 1 • Abbé Prévost, *Manon Lescaut*, première partie (1731)
pages 11-13.

Je fus surpris, en entrant dans ce bourg, d'y voir tous les habitants en alarme. Ils se précipitaient de leurs maisons pour courir en foule à la porte d'une mauvaise hôtellerie, devant laquelle étaient deux chariots couverts. Les chevaux, qui étaient encore attelés et qui paraissaient fumants de fatigue et de chaleur, marquaient que ces deux voitures ne faisaient qu'arriver. Je m'arrêtai un moment pour m'informer d'où venait le tumulte ; mais je tirai peu d'éclaircissement d'une populace curieuse, qui ne faisait nulle attention à mes demandes, et qui s'avançait toujours vers l'hôtellerie, en se poussant avec beaucoup de confusion. Enfin, un archer revêtu d'une bandoulière, et le mousquet sur l'épaule, ayant paru à la porte, je lui fis signe de la main de venir à moi. Je le priai de m'apprendre le sujet de ce désordre. Ce n'est rien, monsieur, me dit-il ; c'est une douzaine de filles de joie que je conduis, avec mes compagnons, jusqu'au Havre-de-Grâce, où nous les ferons embarquer pour l'Amérique. Il y en a quelques-unes de jolies, et c'est apparemment ce qui excite la curiosité de ces bons paysans. J'aurais passé après cette explication, si je n'eusse été arrêté par les exclamations d'une vieille femme qui sortait de l'hôtellerie en joignant les mains, et criant que c'était une chose barbare, une chose qui faisait horreur et compassion. De quoi s'agit-il donc ? lui dis-je. Ah ! monsieur, entrez, répondit-elle, et voyez si ce spectacle n'est pas capable de fendre le cœur ! La curiosité me fit descendre de mon cheval, que je laissai à mon palefrenier. J'entrai avec peine, en perçant la foule, et je vis, en effet, quelque chose d'assez touchant. Parmi les douze filles qui étaient enchaînées six par six par le milieu du corps, il y en avait une dont l'air et la figure étaient si peu conformes à sa condition, qu'en tout autre état je l'eusse prise pour une personne du premier rang. Sa tristesse et la saleté de son linge et de ses habits l'enlaidissaient si peu que sa vue m'inspira du respect et de la pitié. Elle tâchait néanmoins de se tourner, autant que sa chaîne pouvait le permettre, pour dérober son visage aux yeux des spectateurs. L'effort qu'elle faisait pour se cacher était si naturel, qu'il paraissait venir d'un sentiment de modestie. Comme les six gardes qui accompagnaient cette malheureuse bande étaient aussi dans la chambre, je pris le chef en particulier et je lui demandai quelques lumières sur le sort de cette belle fille. Il ne put m'en donner que de fort générales. Nous l'avons tirée de l'Hôpital, me dit-il, par ordre de M. le Lieutenant général de Police. Il n'y a pas d'apparence qu'elle y eût été renfermée pour ses bonnes actions. Je l'ai interrogée plusieurs fois sur la route, elle s'obstine à ne me rien répondre. Mais, quoique je n'aie pas reçu ordre de la ménager plus que les autres, je ne laisse pas d'avoir quelques égards pour elle, parce qu'il me semble qu'elle vaut un peu mieux que ses compagnes. Voilà un jeune homme, ajouta l'archer, qui pourrait vous instruire mieux que moi sur la cause de sa disgrâce ; il l'a suivie depuis Paris, sans cesser presque un moment de pleurer. Il faut que ce soit son frère ou son amant.

TEXTE 2 • Marivaux, *La Vie de Marianne*, première partie (1731)

Marianne, une orpheline, réalise que son protecteur, le pieux M. de Climal, qui la couvre de cadeaux, est en fait amoureux d'elle. Voici les conseils que lui donne Mme Dutour, la marchande de modes chez qui elle est logée.

[…] elle me dit elle-même que, si M. de Climal m'aimait, comme il y avait apparence, il fallait en profiter. (Je n'ai jamais oublié les discours qu'elle me tint.) Tenez, Marianne, me disait-elle, à votre place, je sais bien comment je ferais ; car, puisque vous ne possédez rien et que vous êtes une pauvre fille qui n'avez pas seulement la consolation d'avoir des parents, je prendrais d'abord tout ce que M. de Climal me donnerait, j'en tirerais tout ce que je pourrais : je ne l'aimerais pas, moi, je m'en garderais bien ; l'honneur doit marcher le premier, et je ne suis pas femme à dire autrement, vous l'avez bien vu ; en un mot comme en mille, tournez tant qu'il vous plaira, il n'y a rien de tel que d'être sage, et je mourrai dans cet avis. Mais ce n'est pas à dire qu'il faille jeter ce qui nous vient trouver ; il y a moyen d'accommoder tout dans la vie. Par exemple, voilà vous et M. de Climal ; eh bien ! faut-il lui dire : Allez-vous en ? Non, assurément : il vous aime, ce n'est pas votre faute, tous ces bigots[1] n'en font point d'autres. Laissez-le aimer, et que chacun réponde pour soi. Il vous achète des nippes[2], prenez toujours puisqu'elles sont payées ; s'il vous donne de l'argent, ne faites pas la sotte, et tendez la main bien honnêtement, ce n'est pas à vous à faire la glorieuse. S'il vous demande de l'amour, allons doucement ici, jouez d'adresse, et dites-lui que cela viendra ; promettre et tenir mènent les gens bien loin. Premièrement, il faut du temps pour que vous l'aimiez ; et puis, quand vous ferez semblant de commencer à l'aimer, il faudra du temps pour que cela augmente ; et puis quand il croira que votre cœur est à point, n'avez-vous pas l'excuse de votre sagesse ? Est-ce qu'une bonne fille ne doit pas se défendre ? N'a-t-elle pas mille bonnes raisons à dire aux gens ? Ne les prêche-t-elle pas sur le mal qu'il y aurait ? Pendant quoi le temps se passe, et les présents viennent sans qu'on les aille chercher ;

1. *Bigots :* personnes hypocrites faisant semblant d'être pieuses et dévotes. \ 2. *Des nippes :* du linge.

et si un homme à la fin fait le mutin, qu'il s'accommode, on sait se fâcher aussi bien que lui, et puis on le laisse là ; et ce qu'il a donné est donné ; pardi ! il n'y a rien de si beau que le don ; et si les gens ne donnaient rien, ils garderaient donc tout ! Oh ! s'il me venait un dévot qui m'en contât, il me ferait des présents jusqu'à la fin du monde avant que je lui dise : Arrêtez-vous !

La naïveté et l'affection avec laquelle Mme Dutour débitait ce que je vous dis là valaient encore mieux que ses leçons, qui sont assez douces assurément, mais qui pourraient faire d'étranges filles d'honneur des écolières qui les suivraient. La doctrine en est un peu périlleuse : je crois qu'elle mène sur le chemin du libertinage, et je ne pense pas qu'il soit aisé de garder sa vertu sur ce chemin-là.

Toute jeune que j'étais, je n'approuvais point intérieurement ce qu'elle me disait ; et effectivement, quand une fille en pareil cas serait sûre d'être toujours sage, la pratique de ces lâches maximes la déshonorerait toujours.

TEXTE 3 • Abbé Prévost, *La Grecque moderne* (1740)

Le narrateur a obtenu qu'une esclave grecque puisse quitter le sérail d'un Turc de ses amis. Elle lui raconte alors sa vie, et lui expose ses nouvelles attentes.

Il y a donc un pays, disais-je, où l'on trouve un autre bonheur que celui de la fortune et des richesses ! Il y a des hommes qui estiment dans une femme d'autres avantages que ceux de la beauté ! Il y a pour les femmes un autre mérite à faire valoir, et d'autres biens à obtenir ! Mais comment n'ai-je jamais connu ce qui me flatte avec tant de douceur, et ce qui me semble si conforme à mes inclinations ? Quoique j'eusse à souhaiter là-dessus des détails que je n'avais pas eu le temps de vous demander, c'était assez de me retrouver agitée par des désirs si vifs, pour me former une haute idée de ce qui me causait tant d'émotion. Je n'aurais pas balancé[1] à quitter le sérail, s'il m'avait été possible d'en sortir.

TEXTE 4 • La Morlière, *Angola, histoire indienne* (1746)

In *Romans libertins du* XVIII*e siècle*, Paris, Robert Laffont, coll. « Bouquins », 1993.

Un jeune prince ingénu se laisse séduire par une courtisane expérimentée :

« [...] mais enfin vous mangerez un morceau ici : nous causerons, et vous me permettrez de vous renvoyer de bonne heure. Je suis malade *à*

1. *Balancer* : hésiter à.

périr[1], et je n'imagine pas que je doive vous paraître amusante ; *car je suis faite à faire peur.* » Cela se disait en se raccommodant d'un air nonchalant dans un trumeau[2]. Ensuite elle se mit sur sa duchesse[3] pour ne perdre aucune des prérogatives de sa mauvaise santé. « Asseyez-vous », dit-elle à Angola, en lui montrant un fauteuil vis-à-vis d'elle, et posté de façon qu'il ne perdait aucune des grâces que lui prêtait son attitude.

Elle était couchée négligemment et *par décence faisait des nœuds*[4]. Son déshabillé[5] galant et léger laissait voir une partie de ses charmes et ne semblait cacher l'autre que pour augmenter les désirs. Une robe ouverte, un corset garni d'une échelle de rubans[6] couleur de rose, noués galamment, laissait voir une gorge adorable, d'un embonpoint et d'une blancheur parfaite ; sa jupe tant soit peu relevée, soit par l'ouvrage du hasard, soit à dessein, offrait aux yeux un pied d'une délicatesse et d'une tournure achevée et le bas d'une jambe charmante, qui donnait sur le reste *les préjugés les plus avantageux.* Son attitude était voluptueuse et ne dérobait aucun des charmes de sa taille : ses regards doux et languissants, sa physionomie animée et touchante, portaient une impression de volupté qui aurait remué les cœurs les plus insensibles.

Dans quel état se trouva le prince à la vue de tant de charmes ! Il éprouvait des mouvements indéfinissables ; un trouble inconnu et puissant le maîtrisait au point de lui ôter la liberté de s'exprimer. Il levait sur Zobéide des regards où les désirs et la timidité se combattaient, et qu'il baissait précipitamment dès qu'il rencontrait les siens. Il avait l'air rêveur et agité.

« Je ne sais, lui dit Zobéide en souriant tendrement, si c'est par compassion pour ma maladie, ou par l'ennui qui saisit vis-à-vis des malades, que vous avez une physionomie si triste. Quoiqu'il en soit, ce n'est point là l'espèce de remède ni de soulagement que j'attends de votre présence ; mon indisposition vient en partie d'être excédée du fracas de la cour ; et j'imagine qu'une conversation tendre et pleine de confiance avec quelqu'un qui me conviendrait dissiperait mes vapeurs et me remettrait l'esprit dans mon assiette naturelle.

– Peut-être aussi, interrompit Angola d'une voix tremblante, que cette cure pourrait devenir fatale à celui qui l'entreprendrait.

– Je ne vois pas votre idée, reprit Zobéide en jetant sur lui *un de ses regard en dessous*, armes les plus dangereuses des femmes. »

1. Toutes les expressions en italique du texte ont été soulignées par l'auteur lui-même, qui les emprunte au langage précieux des libertines de son époque. \ **2.** *Trumeau* : grande glace qui orne en général le dessus des cheminées. \ **3.** *Duchesse* : fauteuil à dossier qui peut également servir de lit de repos. \ **4.** *Par décence faisait des nœuds* : occupation proche de la tapisserie et typiquement réservée aux femmes de la bonne société. \ **5.** *Déshabillé* : tenue légère que les femmes revêtaient dans l'intimité. \ **6.** *Une échelle de rubans* : laçage décoratif permettant de fermer un corset.

TEXTE 5 • Diderot, *Le Neveu de Rameau* (1761-1771)

LE NEVEU. – Et tu serais imbécile à ce point ? est-ce que tu ne saurais pas mentir, jurer, parjurer, promettre, tenir ou manquer comme un autre ? est-ce que tu ne saurais pas te mettre à quatre pattes, comme un autre ? est-ce que tu ne saurais pas favoriser l'intrigue de Madame, et porter le billet doux de Monsieur, comme un autre ? est-ce que tu ne saurais pas encourager ce jeune homme à parler à Mademoiselle, et persuader Mademoiselle de l'écouter comme un autre ? est-ce que tu ne saurais pas faire entendre à la fille d'un de nos bourgeois, qu'elle est mal mise[1] ; que de belles boucles d'oreilles, un peu de rouge, des dentelles, une robe à la polonaise[2], lui siéraient à ravir ? que ces petits pieds-là ne sont pas faits pour marcher dans la rue ? qu'il y a un beau monsieur, jeune et riche, qui a un habit galonné d'or, un superbe équipage, six grands laquais, qui l'a vue en passant, qui la trouve charmante ; et que depuis ce jour-là il en a perdu le boire et le manger ; qu'il n'en dort plus, et qu'il en mourra ? « Mais mon papa ? – Bon, bon ; votre papa ! il s'en fâchera d'abord un peu. – Et maman qui me recommande tant d'être honnête fille ? qui me dit qu'il n'y a rien dans ce monde que l'honneur ? – Vieux propos qui ne signifient rien. – Et mon confesseur ? – Vous ne le verrez plus ; ou si vous persistez dans la fantaisie d'aller lui faire l'histoire de vos amusements, il vous en coûtera quelques livres de sucre et de café. – C'est un homme sévère qui m'a déjà refusé l'absolution[3] pour la chanson *Viens dans ma cellule*. – C'est que vous n'aviez rien à lui donner… Mais quand vous lui apparaîtrez en dentelles, – J'aurai donc des dentelles ? – Sans doute et de toutes les sortes… en belles boucles de diamants. – J'aurai donc de belles boucles de diamants ? – Oui. – Comme celles de cette marquise qui vient quelquefois prendre des gants dans notre boutique ? – Précisément. Dans un bel équipage, avec des chevaux gris pommelés ; deux grands laquais, un petit nègre, et le coureur en avant, du rouge, des mouches[4], la queue portée[5]. – Au bal ? – Au bal… à l'Opéra, à la Comédie…. » Déjà le cœur lui tressaillit de joie. « Tu joues avec un papier entre tes doigts. Qu'est cela ? – Ce n'est rien. – Il me semble que si. – C'est un billet. – Et pour qui ? – Pour vous, si vous étiez un peu curieuse. – Curieuse, je le suis beaucoup. Voyons ». Elle lit. « Une entrevue, cela ne se peut. – En allant à la messe. – Maman m'accompagne toujours ; mais s'il venait ici, un peu matin ; je me lève la première ; et je suis au comptoir, avant qu'on soit levé. » Il vient : il plaît ;

1. *Mal mise* : vêtue avec peu de goût. \ 2. *Robe à la polonaise* : robe très à la mode à l'époque où ce texte est écrit. \ 3. *Absolution* : pardon qui doit suivre la confession. \ 4. *Mouches* : sortes de grains de beauté en tissu, qui, selon l'endroit où les femmes les plaçaient sur leur visage, revêtaient telle ou telle signification. \ 5. *La queue portée* : la traîne de la robe est portée par un laquais.

un beau jour, à la brune[1], la petite disparaît et l'on me compte mes deux mille écus… Et quoi, tu possèdes ce talent-là, et tu manques de pain ! N'as-tu pas honte malheureux ?

TEXTE 6 • Rousseau, *Émile ou De l'éducation*, livre V (1762)

Les femmes, de leur côté, ne cessent de crier que nous les élevons pour être vaines et coquettes, que nous les amusons sans cesse à des puérilités pour rester plus facilement les maîtres ; elles s'en prennent à nous des défauts que nous leur reprochons. Quelle folie ! Et depuis quand sont-ce les hommes qui se mêlent de l'éducation des filles ? Qui est-ce qui empêche les mères de les élever comme il leur plaît ? Elles n'ont point de collège : grand malheur ! Eh ! Plût à Dieu qu'il n'y en eût point pour les garçons ! ils seraient plus sensément et plus honnêtement élevés ! Force-t-on vos filles à perdre leur temps en niaiseries ? Leur fait-on malgré elles passer la moitié de leur vie à leur toilette, à votre exemple ? Vous empêche-t-on de les instruire et de les faire instruire à votre gré ? Est-ce notre faute si elles nous plaisent quand elles sont belles, si leurs minauderies nous séduisent, si l'art qu'elles apprennent de vous nous attire et nous flatte, si nous aimons à les voir mises avec goût, si nous leur laissons affiler[2] à loisir les armes dont elles nous subjuguent ? Eh ! Prenez le parti de les élever comme les hommes, ils y consentiront de bon cœur. Plus elles voudront leur ressembler, moins elles gouverneront, et c'est alors que nous serons vraiment les maîtres.

Toutes les facultés communes aux deux sexes ne leur sont pas également partagées ; mais prises en tout, elles se compensent. La femme vaut mieux comme femme et moins comme homme ; partout où elle fait valoir ses droits, elle a l'avantage ; partout où elle veut usurper les nôtres, elle reste au-dessous de nous. On ne peut répondre à cette vérité générale que par des acceptions ; constante façon d'argumenter des galants partisans du beau sexe.

Cultiver dans les femmes les qualités de l'homme, et négliger celles qui leur sont propres, c'est donc visiblement travailler à leur préjudice. Les rusées le voient trop bien pour en être les dupes ; en tâchant d'usurper nos avantages, elles n'abandonnent pas les leurs ; mais il arrive de là que, ne pouvant bien ménager les uns et les autres parce qu'elles sont incompatibles, elles restent au-dessous de leur portée sans se mettre à la nôtre, et perdent la moitié de leur prix. Croyez-moi, mère judicieuse, ne faites

1. *À la brune* : à la nuit tombée. \ 2. *Affiler* : aiguiser, rendre plus coupant.

point de votre fille un honnête homme, comme pour donner un démenti à la nature ; faites-en une honnête femme, et soyez sûre qu'elle en vaudra mieux pour elle et pour nous.

S'ensuit-il qu'elle doive être élevée dans l'ignorance de toute chose, et bornée aux seules fonctions du ménage ? L'homme fera-t-il sa servante de sa compagne ? Se privera-t-il auprès d'elle du plus grand charme de la société ? Pour mieux l'asservir l'empêchera-t-il de rien sentir, de rien connaître ? En fera-t-il un véritable automate ? Non, sans doute ; ainsi ne l'a pas dit la nature, qui donne aux femmes un esprit agréable et si délié ; au contraire, elle veut qu'elles pensent, qu'elles jugent, qu'elles aiment, qu'elles connaissent, qu'elles cultivent leur esprit comme leur figure ; ce sont les armes qu'elles leur donne pour suppléer à la force qui leur manque et pour diriger la nôtre. Elles doivent apprendre beaucoup de choses, mais seulement celles qu'il leur convient de savoir.

TEXTE 7 • J.-B. Moheau, *Recherches et considérations sur la population de la France* (1778)

L'auteur propose une solution pour endiguer la prostitution féminine qui, selon lui, est liée à la pauvreté des femmes ne trouvant pas de métier.

Je plains un sexe, maltraité par la nature du côté des moyens de subsistance, et souvent vexé par les lois, les règlements et les usages, je gémis de ce que les hommes leur enlèvent les états, les professions, les fonctions qui forment leur patrimoine. (On devrait être surpris et indigné de voir un homme grand et robuste manier un peigne, ou une aiguille, déployer des étoffes, travailler à des ajustements tandis qu'un peu plus loin on trouve des femmes attelées à des charrues...) si elles habitent les villes, ne pouvant se procurer par leur travail des moyens de subsistance, elles les cherchent ailleurs et les trouvent en sacrifiant les mœurs et la population[1].

Serait-il impossible de remédier à ce désordre ? ne pourrait-on accorder aux femmes un privilège exclusif pour certains métiers, comme les hommes s'en sont attribué pour presque tous ? Du moins, ne serait-il pas convenable de leur permettre d'exercer certaines professions sans avoir un titre ?

1. C'est-à-dire en se prostituant.

TEXTE 8 • Erica-Maria Benabou, *La Prostitution et la police des mœurs au XVIIIe siècle* (1987)

Paris, Librairie académique Perrin, 1987.

Deux convois successifs partirent de la Salpêtrière[1] en 1719, les seuls sur lesquels nous ayons des renseignements assez complets. Ce furent aussi les derniers. Ce sont les aventures du second qui ont, dans une certaine mesure, servi de modèle à l'abbé Prévost pour *Manon Lescaut*. [...]

Le transfert des femmes au port de mer et les frais de route étaient fixés par ordre du roi. [...].

Les libertines et les prostituées publiques se trouvent mêlées à des voleuses, à des criminelles. Joly de Fleury hésite à inclure dans le départ une condamnée à trois ans presque expirés parce que « ce serait injuste de l'envoyer aux Îles à perpétuité, ce serait augmenter sa peine », mais la supérieure ne tient pas compte de l'argument. [...]

On remarque dans les listes une fille de treize ans, « débauchée parfaite ». Six n'ont pas vingt ans ; la plus âgée a trente-trois ans.

Le convoi de dix-sept femmes au départ fait une étape à Bicêtre[2] où l'on ferre la chaîne (les femmes étaient enchaînées par le milieu du corps). Il quitte Paris fin février 1719 pour atteindre Rochefort le 16 mars, dans un état pitoyable, avec une prisonnière de moins qu'au départ.

Épuisées du voyage, mourant de faim et de froid, déguenillées, malpropres, les femmes excitèrent la pitié du Procureur du roi de l'endroit, qui prit l'initiative de faire ajouter à ses frais, au pain et à l'eau qu'on se contentait de leur donner, une ration de légumes avec un hareng ou une sardine et une demi-once de fromage, « ne croyant pas que ce soit l'intention du roi de laisser périr ces malheureuses de misère ».

La destination prévue pour ces femmes était les Îles où il se révéla impossible, faute de navire, de les acheminer avant un an, aussi décida-t-on de les envoyer à la Louisiane, par l'entremise de la compagnie d'Occident qui, en juillet 1719, les embarqua sur le vaisseau *Les Deux-Frères*. Une fois en Louisiane, elles trouvèrent très facilement des maris.

La liste pour le deuxième convoi comportait à l'origine plus de 220 noms de femmes, renfermées pour blasphème, mendicité, débauche, assassinat. Preuve que l'idée de la déportation à la Louisiane commence à s'accréditer dans le public, plusieurs parents n'hésitent pas à déposer des placets[3] pour le départ de leurs propres filles, qu'ils accusent de libertinage et de vie débauchée.

---

1. *Salpêtrière :* prison de femmes. \ **2.** *Bicêtre :* hospice, autre lieu d'enfermement. \ **3.** *Placets :* requêtes écrites faites au roi ou à des personnages haut placés.

Dans cette liste de 220 femmes, deux ont quatorze et douze ans et sont accusées de prostitution publique. Finalement sur les 220 noms, 153 sont retenus par le Régent, dont ceux de cinq prostituées irlandaises et de deux entremetteuses. Beaucoup sont accusées d'être à la fois libertines et voleuses. [...] Notons au passage que si l'abbé Prévost a eu connaissance de la liste, il a pu s'inspirer, pour le nom de Manon Lescaut, des deux déportées surnommées Manon ainsi peut-être que de Marie-Anne Lescau, originaire d'Amiens comme son héroïne.

L'ŒUVRE DANS UN GENRE

LE ROMAN AU XVIIIe SIÈCLE : UN GENRE CONTESTÉ

LA CRITIQUE DU GENRE ROMANESQUE

Au XVIIIe siècle, le roman ne manque pas de détracteurs, qui obtiendront même pour un très court temps sa proscription (en 1737). Déjà au XVIIe siècle, on reprochait aux romans leur extravagance et leur futilité. Les dévots, les jansénistes, ou même les jésuites, vers 1700, constituent la plus grande faction des « antiromanciens ». On accuse les lectures « frivoles » de prendre du temps sur la méditation, de constituer un « divertissement » inacceptable. D'ailleurs, les romans, pense-t-on à l'époque, à la différence d'ouvrages plus sérieux, ont le tort d'être essentiellement lus par les femmes, les oisifs futiles ou les laquais… Enfin, les romans qui osent mettre en scène des personnages vulgaires sont violemment critiqués. Le père G. H. Bougeant, en 1735, dans *Le Voyage merveilleux du Prince Fan-Férédin dans la Romancie*, accepte la Haute-Romancie habitée par des héros nobles, mais il rejette la Basse-Romancie, de création plus récente, qui abrite « jusqu'aux plus vils sujets, des aventuriers, des valets, des gueux de profession, des *femmes de mauvaise vie*[1] ».

LES RUSES DES ROMANCIERS

Le roman a donc la réputation d'un genre trompeur, invraisemblable ou vulgaire. On comprend alors pourquoi il n'est jamais désigné comme tel, mais sous une autre étiquette générique, comme « histoire », « mémoires », « vie »…, qui dénote l'illusion du vrai. La dénonciation de l'immoralité des romans, d'une part (Rousseau rappelle encore dans une de ses préfaces que « jamais fille chaste n'a lu de romans[2] »), la justification hypocrite par un discours moralisateur, d'autre part, deviennent des lieux communs de la fiction romanesque.

---

1. *Manon Lescaut* appartient évidemment à cette « Basse-Romancie ». \ **2.** Rousseau, Préface de *La Nouvelle Héloïse* (1761). Il déclare aussi : « Il faut des spectacles dans les grandes villes, et des romans aux peuples corrompus ».

Lorsque, dans l'*Avis de l'auteur*, l'abbé Prévost signale que « l'ouvrage tout entier est un traité de morale réduit agréablement en exercice » (p. 10), c'est aussi bien une réponse à d'éventuelles attaques qu'une provocation ironique. Prévost se réfère implicitement à la formule d'Horace dans son *Épître aux Pisons*, communément appliquée à la comédie : *Ut castigat ridendo mores*[1], et il se permet d'insister sur l'« expérience » vraisemblable que le récit constitue pour un lecteur, afin de l'amener à corriger ses vices, et peut-être à se purger de ses passions, à la manière de la catharsis tragique.

C'est donc bien toute la création romanesque qui, paradoxalement, se trouve stimulée par ce contexte de défiance.

MANON LESCAUT : UN ROMAN POLYMORPHE

LA DIVERSITÉ DES GENRES ROMANESQUES AU XVIIIe SIÈCLE

Entre 1700 et 1750, 946 fictions romanesques paraissent en France, et 2449 entre 1751 et 1800. En outre, bien que les genres dominants soient le roman-mémoires et le roman épistolaire, le siècle voit éclore une multitude de sous-genres : romans baroques ou d'aventures (composés de récits à tiroirs, et d'épisodes romanesques : enlèvements, voyages...), romans picaresques (un héros d'origine modeste raconte les étapes de son ascension sociale), romans d'analyse psychologique et romans d'apprentissage (un personnage raconte les étapes de son initiation à la vie), romans de mœurs (description d'un état de la société), romans sentimentaux ou romans d'amour, romans libertins, romans pornographiques, romans philosophiques...

LA FUSION DES GENRES

Prévost utilise trois étiquettes génériques pour désigner son récit. *L'Histoire du chevalier des Grieux et de Manon Lescaut* constituait le septième tome des *Mémoires et aventures d'un homme de qualité qui s'est retiré du monde*, publié entre 1728 et 1731. Le terme *Mémoires* désigne un récit à la première personne fait par un homme ou une femme réelle appartenant à une frange élevée de la société, qui raconte les événements dont il

1. *Ut castigat ridendo mores* : « Pour corriger en riant les mœurs ».

ou elle a été témoin. Le terme *aventures* fait référence au roman d'aventures ou picaresque. Le terme *Histoire*, d'après le *Dictionnaire* de Furetière (1690), désigne un « petit récit de quelque aventure qui a quelque chose de plaisant ou d'extraordinaire qui est arrivé à quelque personne, et surtout quand elle est de notre connaissance ». C'est donc une anecdote, un fait divers relatant des événements contemporains et quotidiens, et qui ne met pas en scène de grands personnages historiques. C'est aussi un texte qui imite le récit oral d'un conteur, sur un ton naturel et familier.

Prévost superpose et détourne donc trois genres différents : les *Mémoires* ou biographie imaginaire à la première personne (celle de Renoncour, l'homme de qualité, puis celle de Des Grieux) ; le *récit d'aventures* hérité du roman picaresque (Des Grieux, cadet d'une famille noble, n'a pas le profil social du *picaro*, mais le roman met en scène des enlèvements, des duels, des meurtres, des voyages) ; l'*histoire*, proche de la nouvelle par son aspect resserré, et par son souci du vraisemblable.

VERS LE « MENTIR VRAI »

Le roman du XVIIIe siècle est un genre en voie d'affirmation. Soucieux de légitimation mais désireux de séduire, il veut tout à la fois plaire et toucher d'une part, édifier et transmettre un enseignement d'autre part. Pour ce faire il donne à lire au lecteur une expérience, une leçon qui lui serve dans la vie réelle. Il entreprend également de peindre l'homme, ses instincts, ses passions de la manière la plus vraie possible : le roman doit être une école de la vie et pas seulement un manuel des belles manières et des conversations mondaines. Il se veut une imitation du réel (il recherche la crédibilité et la vraisemblance), refuse le merveilleux, invente un style que Prévost qualifie de « simple et naturel ».

La première moitié du XVIIIe siècle voit donc l'émergence d'un courant romanesque qui repose sur le souci du détail vrai, de la crédibilité et du naturel. Ce courant préfigure le réalisme du siècle suivant par sa volonté d'embrasser l'ensemble des composantes de la vie sociale.

MANON LESCAUT : UN ROMAN RÉALISTE ?

Au XVIIe siècle, seuls les romans triviaux ou comiques pouvaient s'abaisser à être réalistes. Le XVIIIe siècle innove en associant réalisme et sérieux. La valeur documentaire d'une description, la peinture d'un milieu, la représentation de la vie quotidienne, tous ces « effets de réel [1] » commencent à apparaître dans la plupart des fictions romanesques.

LES THÈMES

En l'occurrence, dans l'*Histoire du chevalier Des Grieux et de Manon Lescaut*, la question de l'argent est centrale, et l'on peut tenir une comptabilité exhaustive des dépenses et des rentrées d'argent du couple. De plus, le petit peuple (Marcel, les archers et les gardes, les cochers, les valets, les filles de joie emmenées en Amérique) entoure sans cesse les héros. Ni la réalité de la prison (saleté, dureté et châtiments), ni celle du jeu ou de la prostitution ne nous sont cachées.

LES DESCRIPTIONS

Bien plus, Manon et Des Grieux sont montrés aussi bien dans leurs différents intérieurs et « appartements meublés », que dans leur intimité érotique. Dans la fameuse scène du souper [2], pendant laquelle Des Grieux est rendu à sa famille avec la complicité de Manon (p. 26-27), la description des vêtements (Manon « étant un peu en désordre »), des objets (le « petit couteau » de Des Grieux), du mobilier et de la disposition de l'appartement (« lumière de la chandelle », « escalier », « cabinet ») permettent au lecteur de visualiser la scène, qui apparaît néanmoins tragique et pathétique à cause de la « tristesse » et des « larmes », des « soupirs » et des « pleurs » de Manon.

LE STYLE

La recherche du vraisemblable ne se limite pas à « des peintures vraies et [à] des sentiments naturels [3] », le style doit également être « naturel », afin de renforcer l'illusion. Même s'il reste toujours élégant et limpide (les phrases sont courtes et sobres), pour ne pas dire classique, le style du roman de Prévost recourt à certains procédés rhétoriques, quand ils sont justifiés par la psychologie des personnages.

Le cliché, le sens allégorique, la litote (« je n'étais pas sans argent », p. 16), le sous-entendu, ou l'euphémisme conviennent à l'ambiguïté de Des Grieux

1. Voir Roland Barthes, « L'effet de réel », *Communications*, nº 11, 1969, p. 84-89. \ **2.** Voir Erich Auerbach, « Le souper interrompu », in *Mimésis. La représentation de la réalité dans la littérature occidentale*, Paris, Gallimard, coll. « Tel », 1968, p. 395-428. \ **3.** Prévost, *Le Pour et contre* (1734) t. III, p. 139.

qui tente de convaincre Tiberge, son père ou son auditoire. C'est un plaidoyer *pro domo* manifeste derrière un discours hésitant entre la persuasion, l'insinuation, la confession, la justification et l'amplification. L'éloquence ironique de Manon lorsqu'elle écrit ses billets (« Crois-tu qu'on puisse être bien tendre lorsqu'on manque de pain ? » p. 56), les citations parodiques placées dans la bouche du père de Des Grieux (« Tu sais vaincre assez rapidement, Chevalier ; mais tu ne sais pas conserver tes conquêtes. », p. 30) visent à leur conférer une épaisseur psychologique, alors qu'on les entend peu s'exprimer directement. Remarquons néanmoins que tous les personnages, y compris les villageois, les valets et les archers, s'expriment avec la même élégance mondaine. Il faut attendre le XIXe siècle et la « langue verte » de Zola qui pose les principes du « roman expérimental » et naturaliste, pour que la recherche du vraisemblable devienne plus exhaustive.

MANON LESCAUT : UN ROMAN À LA PREMIÈRE PERSONNE

LE ROMAN-MÉMOIRES

Le roman à la première personne peut être un roman épistolaire ou un roman-mémoires. C'est cette dernière forme qui est choisie par Prévost. Le genre des mémoires, on le sait, est lié à l'autobiographie : c'est une relation écrite qu'une personne réelle fait des événements auxquels elle a participé ou dont elle a été le témoin. Lorsqu'un personnage fictif rend compte de manière rétrospective et en son nom d'événements également fictifs, on parle de roman-mémoires. Le narrateur-personnage est chargé de la narration, il est censé organiser le récit, même s'il ne tient pas la plume et s'il est, comme Des Grieux, un récitant.

Si les romans à la première personne connaissent un tel succès au XVIIIe siècle, c'est sans doute parce que ce procédé permet, mieux que tout autre, d'obtenir l'illusion du vraisemblable et du naturel. Ils utilisent en effet toutes les ressources du genre. D'une part, de nombreux textes se présentent comme des manuscrits découverts et publiés par un éditeur respectueux (avec *Manon Lescaut*, nous sommes dans un cas légèrement différent, puisqu'il s'agit d'un récit oral, qu'un auteur assure avoir retranscrit de manière intégrale et fidèle « presque aussitôt après l'avoir entendu », p. 16). D'autre part, les préfaces, comme celle de *Manon Lescaut*, jouent sur la confusion entre auteur, narrateur et personnage. Ces procédés instaurent un doute de pure convention, dans la mesure où le texte se présente à la fois comme un document et comme un divertissement.

LES CONVENTIONS DU GENRE DANS *MANON LESCAUT*

Le récit prend des allures de confidence

Il utilise des abréviations ou des noms à clefs (tous les noms des débauchés contemporains que Des Grieux cite à son père sont escamotés), qui font penser à des chroniques scandaleuses.

La narration privilégie le point de vue d'un personnage

Le romancier, qui n'a éventuellement droit à la parole que dans la préface, semble s'éclipser. C'est le narrateur qui hérite de ses pouvoirs, et c'est en narrateur qu'il organise le récit de sa vie. Il transmet un récit soi-disant dénué de tout artifice, les trous dans la narration étant les signes de son authenticité. Le récit ne livre en fait qu'une vérité fragmentaire et douteuse, surtout si le personnage est passionné. La passion amoureuse de Des Grieux pour une femme qui est morte le conduit sans doute à des déformations, à des erreurs : nous n'avons jamais vraiment le point de vue de Manon qui ne s'exprime directement que par deux courts billets. Mais cette vérité subjective est intéressante. Le lecteur a le même statut qu'un lecteur de romans autobiographiques : comme c'est à lui de juger, c'est lui qu'il importe également de séduire.

L'ambiguïté est de mise

Il n'y a pas forcément de coïncidence entre l'image que le narrateur veut donner de lui et celle qui émerge en définitive du texte. Le lecteur mesure cette distance qui fonde le plaisir de la lecture de ce type de roman, qui invite à juger les personnages non sur ce qu'ils font, mais sur ce qu'ils sont. Si Manon semble être une catin, elle est en fait vertueuse et noble, comme l'atteste sa mort. Des Grieux, quant à lui, rejette sans cesse la responsabilité de ses actes sur les autres. Il accuse le destin, la société corrompue, ou d'autres individus négligeables (ainsi, quand il tue un garde, il blâme celui qui a chargé le pistolet et celui qui a donné l'alerte par ses cris, p. 78). Cependant le lecteur, lui, peut refuser de le considérer comme un jeune homme innocent, accablé par un destin tragique.

La mise en place d'un pacte de lecture spécifique

Dans *Manon Lescaut*, l'auteur est un moraliste qui s'adresse à des « personnes de bon sens », à des « âmes bien nées », auxquelles il propose un « traité de morale, réduit agréablement en exercice ». Le récitant Des Grieux cherche pour sa part à établir avec le lecteur un rapport affectif, il ne se contente pas d'une connivence intellectuelle et sociale. L'homme de qualité l'écoute avec la bienveillance d'un père idéal. Le lecteur, à l'image de Renoncour, doit privilégier le cœur plutôt que la raison.

L'équivalence entre le temps du récit et le temps de la lecture

Comme dans les récits oraux, le procédé est respecté dans *Manon Lescaut*, afin de renforcer l'impression de document réel (entre la première et la seconde partie de son récit, Des Grieux est invité à faire une pause, à laquelle le lecteur est lui aussi convié).

Le décalage entre le temps où l'on parle et le temps dont on parle

Le roman-mémoires suppose un regard rétrospectif du narrateur en direction d'un passé plus ou moins récent. Celui qui écrit ou raconte n'est plus le même personnage que celui qui a vécu ou expérimenté. Ce décalage permet souvent d'introduire une distance ironique, indulgente ou amusée par rapport aux événements racontés.

Mais tel n'est pas le cas dans *Manon Lescaut*, puisque le récit de Des Grieux cherche plutôt à transmettre une émotion, voire peut-être à la ressentir à nouveau. Ce récit incantatoire fait revivre Manon, le plaisir de sa présence s'éprouve dans la parole. Si raconter est une délivrance ou un moyen de payer ses dettes (Des Grieux rembourse ainsi l'homme de qualité de ses libéralités, même si c'est au bout d'un certain temps – presque deux ans), un certain degré d'opacité subsiste. Le héros ne parvient pas à formuler une analyse *a posteriori* de son comportement. Seule demeure l'émotion, revécue dans le présent de la narration. Sentir et penser, de même que sentir et exprimer, sont antinomiques. C'est ce que résument les formules récurrentes de Des Grieux à propos de ses sentiments : « on ne saurait les expliquer aux autres, parce qu'ils n'en ont pas l'idée, et l'on a peine à se les bien démêler à soi-même » ou « J'ignore encore aujourd'hui par quelle espèce de sentiment je fus alors agité » (p. 56). Le lecteur est confronté à une énigme insoluble.

GROUPEMENT DE TEXTES : LES MARQUES DU RÉALISME

TEXTE 9 • ***Manon Lescaut*, première partie**

Je suis obligé [...] rien qui ne soit de lui.

> PAGES 11-16

Un récit à la première personne

1. Comment le premier narrateur est-il présenté ? Montrez que Des Grieux est déjà présenté comme un narrateur prêt à prendre le relais et qui s'exprimera lui aussi à la première personne.

2. Comment ce premier narrateur perçoit-il les personnages de Des Grieux et de Manon ? Relevez les indices disséminés dans le texte.

3. Quels sont les détails particulièrement réalistes introduits par ce récit à la première personne ? Quels effets produisent-ils ?

4. Dans un tel incipit, quel est l'effet recherché auprès du lecteur ? Commentez notamment le recours au registre pathétique et les références à l'univers tragique.

TEXTE 10 • ***Manon Lescaut*, première partie**

J'avais dix-sept ans [...] balancer un moment sur ma réponse.

> PAGES 16-18

Présentation de l'héroïne

1. Montrez comment le narrateur se différencie du personnage qu'il était au moment de sa rencontre avec Manon. Vous pourrez, par exemple, analyser les temps et les modes des verbes, le jeu des pronoms et les modalisateurs.

2. Comment le récit de ce coup de foudre raconté à la première personne est-il conduit ? Identifiez notamment les marques de l'objectivité et celles trahissant l'émotion, et analysez les différents registres utilisés par le narrateur (de l'humour au lyrisme élégiaque...).

TEXTE 11 • ***Manon Lescaut*, première partie**

Je retournai sur-le-champ au logis […] pour rêver à mon infortune.

> PAGES 26-27

« Le souper interrompu » : récit réaliste d'une arrestation

1. Montrez que Des Grieux ne se contente pas de raconter, mais qu'il interprète *a posteriori* les événements qu'il raconte. Vous pourrez, par exemple, analyser les temps et les modes des verbes, et les modalisateurs.

2. Montrez que ce récit s'organise comme une construction dramatique : relevez notammant les indications qui jouent le rôle de didascalies (décor, gestes, costumes) et analysez les modalités du discours qui font penser au dialogue théâtral. En combien de scènes pourrait-on alors découper ce récit ?

3. Relevez tous les détails réalistes qui donnent l'impression de pénétrer dans l'intimité des personnages (description des objets et des personnages, des sensations, des sentiments…).

4. Quelle impression une telle scène veut-elle faire sur le lecteur (l'émouvoir, le choquer, l'effrayer…) ? Justifiez votre point de vue en relevant, par exemple, des champs lexicaux significatifs.

TEXTE 12 • ***Manon Lescaut*, seconde partie**

Les archers devinrent si intraitables […] que je ne l'espérais.

> PAGES 141-142

Second récit de la déportation

1. Pourquoi Des Grieux rappelle-t-il cette scène à l'homme de qualité ? Pourquoi Prévost le rappelle-t-il à l'attention du lecteur ? Qu'en déduisez-vous par rapport à la construction narrative et temporelle du roman ?

2. Quelles différences notez-vous entre les deux récits de la déportation, celui fait par Renoncour (texte 9) et celui fait par Des Grieux ? Comment les interprétez-vous ?

VERS L'ÉPREUVE

ARGUMENTER, COMMENTER, RÉDIGER

L'étude de l'argumentation dans l'œuvre intégrale privilégie deux objets :

- L'argumentation dans l'œuvre. *Chaque genre littéraire, chaque œuvre intégrale exprime un point de vue sur le monde. Un roman, une pièce de théâtre, un recueil de poésies peuvent défendre des thèses à caractère esthétique, politique, social, philosophique, religieux, etc. Ordonner les épisodes d'une œuvre intégrale, élaborer le système des personnages, recourir à tel ou tel procédé de style, c'est aussi, pour un auteur, se donner les moyens d'imposer un point de vue ou d'en combattre d'autres. Ce premier aspect est étudié dans une présentation synthétique adaptée à la particularité de l'œuvre étudiée.*
- L'argumentation sur l'œuvre. *Après publication, les œuvres suscitent des sentiments qui s'expriment dans des lettres, des articles de presse, des ouvrages savants… Chaque réaction exprime donc un point de vue sur l'œuvre, loue ses qualités, blâme ses défauts ou ses excès, éclaire ses enjeux. Une série d'exercices permet d'analyser des réactions publiées à différentes époques, dans lesquelles les lecteurs de l'œuvre, à leur tour, entendent faire partager leurs enthousiasmes, leurs doutes ou leurs réserves.*

Quelle vision du monde, quelles valeurs une œuvre véhicule-t-elle, et comment se donne-t-elle les moyens de les diffuser ? Quelles réactions a-t-elle suscitées, et comment les lecteurs successifs ont-ils voulu imposer leur point de vue ? L'étude de l'argumentation dans l'œuvre et à propos de l'œuvre permet de répondre à cette double série de questions.

L'ARGUMENTATION DANS *MANON LESCAUT*

Le roman de l'abbé Prévost s'articule autour de la question du bonheur. Bonheur amoureux, bonheur social, bonheur vertueux, bonheur philosophique… Loin d'exploiter, comme d'autres écrivains de son temps, le mythe du bon sauvage – ce que pouvait laisser supposer l'épisode américain – il interroge le rapport à l'autre, cet inconnu (à plus forte raison quand il est d'un sexe différent) et le rapport à la société de son temps.

Loin d'apporter des réponses catégoriques, Prévost préfère laisser son lecteur aux prises avec le doute, après avoir amorcé un certain nombre de réflexions ou de débats sur les valeurs aristocratiques, sur la possibilité de concilier bonheur et vie sociale, sur les rapports entre littérature et moralité.

LES VALEURS ARISTOCRATIQUES EN QUESTION

Les différentes caractérisations du héros, personnage complexe, sont révélatrices d'un discours tenu sur la société. Les contradictions internes à Des Grieux peuvent s'interpréter comme le signe d'une crise des valeurs. C'est la construction du personnage lui-même qui est au service de l'argumentation.

Un idéal...

Des Grieux est « bien né ». Non seulement il est noble par ses manières et par « son air », mais sa conduite est en accord avec une certaine morale aristocratique. Il refuse le travail interdit à sa caste, et préfère le jeu. Il montre de la bravoure en voulant attaquer le convoi de Manon. Il n'hésite pas à provoquer Synnelet en duel. Il cherche à se défendre, lors de son arrestation, avec « un petit couteau qui [est] le seul fer » (p. 27) en sa possession. Et il prend le parti de Manon au péril de sa vie.

Néanmoins, il menace l'intégrité de sa famille en projetant une mésalliance avec Manon qui est non seulement « d'une naissance commune » (p. 20), mais dont la réputation est définitivement entachée par son séjour à l'Hôpital, puis par sa déportation en Amérique. Le père et le frère aîné de Des Grieux se posent en défenseurs de l'honneur et de leur lignée, en utilisant avant tout l'arme mondaine du ridicule : « sur ce qu'il appelait ma sottise et ma crédulité » (p. 29). L'affrontement entre Des Grieux et sa propre famille met donc en lumière deux conceptions aristocratiques de l'honneur, pas toujours compatibles.

... à l'épreuve de la réalité

Mais, surtout, Des Grieux agit sans cesse en contradiction avec son idéal aristocratique. Il doit affronter ses propres limites : cadet privé de fortune (tout l'héritage revient à son aîné : « il eût fallu de l'argent : j'étais pauvre », p. 149), il doit se résoudre à embrasser une carrière religieuse (il sera chevalier de Malte) ou militaire. Il doit alors affronter le luxe corrupteur d'une société libertine qui entraîne une inévitable déchéance morale : Manon le conduit à sa perte en voulant faire leur fortune. Cependant, il essaie toujours d'atténuer sa culpabilité en se présentant comme victime d'un destin qui le persécute, et en utilisant toutes les ressources rhétoriques du discours. Il ment, notamment à Tiberge, son ami, mais c'est en utilisant une « équivoque ». Il promet beaucoup d'argent à des gens du peuple tout en sachant qu'il ne pourra les payer, mais il trouve toujours une raison pour s'en dédouaner. Il emprunte de l'argent, avec la seule intention de rembourser. Il triche au jeu, il tue un homme, et certains commentateurs ont même pu se demander, avec les habitants de la colonie américaine, s'il ne s'était pas « défait de [Manon] par un mouvement de rage et de jalousie » (p. 156). Mais, là encore, on a vu quelles étaient ses justifications.

Des Grieux est-il un héros indigne ou un héros tragique ? C'est cette ambiguïté essentielle qui fonde la complexité et l'intérêt du personnage.

LA SOCIÉTÉ, UNE ENTRAVE AU BONHEUR

Cette fois, c'est l'ordre de succession des épisodes du récit qu'il importe de considérer. Les différents moments de l'intrigue confrontent les héros à des obstacles de plus en plus infranchissables. Tout au long du roman, la société est présentée comme fortement répressive. La loi des pères s'ajoute à la loi générale pour combattre le désir, l'amour et le bonheur terrestre. Quant à la loi des hommes, elle prive les femmes de toute liberté.

La loi des pères

Des Grieux encourt la malédiction paternelle et familiale pour avoir transgressé un interdit : il veut aimer et même épouser une roturière, pire une « fille de joie ». On le sait, le mariage d'amour n'a aucune légitimité avant le XXe siècle. Ce conflit de générations est représenté de manière obsédante dans le récit. Les fils, le jeune G... M..., M. de T., Synnelet sont tous en conflit avec leur père ou ceux qui leur en tiennent lieu. Mais seul Des Grieux s'affirme dans la révolte. Dès lors, la quasi-unanimité des figures paternelles se ligue contre lui : le Supérieur de Saint-Lazare, le vieux G... M..., le Gouverneur, et jusqu'à l'homme de qualité, qui l'accueille, la seconde fois, comme un fils prodigue. Les transgressions du fils sont aussitôt sanctionnées par une déchéance sociale et morale. Loin de ne souffrir que de la mise à l'écart forcée ou voulue (à Saint-Lazare, au Châtelet, puis en Amérique), le héros va jusqu'à s'accuser de parricide, lorsqu'il évoque « la triste nouvelle de la mort de [son] père, à laquelle, [il] tremble, avec trop de raison, que [ses] égarements n'aient contribué » (p. 157).

La loi des hommes

Tout l'art du XVIIIe siècle a beau affirmer le « règne fictif de la femme[1] », la destinée offerte aux filles offre peu d'échappatoires et de possibilités de liberté. Tout est décidé en fonction de leur naissance ou de leur beauté[2], et celles qui s'affranchissent de la tutelle paternelle ou maritale pour vivre à leur guise et selon leurs désirs, doivent affronter le tribunal masculin et finissent en général tragiquement. Manon manifeste néanmoins un irrépressible goût pour la liberté et la transgression, évoqué lors de sa rencontre avec Des Grieux : « c'était malgré elle qu'on l'envoyait au couvent, pour arrêter sans doute son penchant au plaisir, qui s'était déjà déclaré et qui a causé dans la suite, tous ses malheurs et les miens » (p. 18). Elle ne cesse par la suite de suivre ses impulsions. Au lieu de se conformer à ce qu'on attend d'elle, elle surprend sans cesse ses amants par l'affirmation constante de sa liberté : « je ne lui ai donné nul pouvoir sur moi » (p. 41), dit-elle de M. de B... Elle refuse les avances du Prince italien, accepte de se jouer du jeune G.. M... qui l'a pourtant traitée « comme la première Princesse du monde » (p. 114). Enfin, elle ne reconnaît vis-à-vis de Des Grieux qu'une seule forme de fidélité, celle du cœur, mais elle accepte de l'épouser en Amérique. Elle présente donc les différentes facettes d'une héroïne moins libertine que libre, moins débauchée qu'attachée au plaisir, moins révoltée qu'indépendante.

Si Manon a pu apparaître comme une créature effrayante à certains contemporains de Prévost ou à certains auteurs du XIXe siècle, c'est sans doute parce qu'elle incarne l'affirmation réitérée du désir féminin et qu'elle remet en cause tous les pouvoirs masculins, ceux de la noblesse, de l'argent, de la religion. C'est sans doute pour les mêmes raisons qu'elle a pu séduire autant de lecteurs, depuis près de trois siècles. Il est exagéré de voir, dans ce roman, un portrait de femme féministe, d'autant plus que Manon est réduite au silence par le narrateur, et devient une « morte amoureuse » inoffensive. Mais Prévost pose, avec davantage d'acuité et de sincérité que d'autres romanciers de son époque, la question de la condition féminine, à travers la figure complexe de la courtisane, ni totalement perverse, ni totalement vertueuse, victime immolée d'une société qui rejette tous les individus cherchant à exprimer leur individualité et à affirmer leur droit au bonheur.

---

1. Jean Starobinski, *L'Invention de la liberté*, Genève, Skira, 1994, p. 55-63. \ **2.** Voir le texte de Véronique Nahoum-Grappe p. 209-211.

MANON LESCAUT : « UN TRAITÉ DE MORALE » ?

L'*Avis de l'auteur* présente *Manon Lescaut* comme un traité de morale. Ce point de vue est-il tenable à la lecture du récit ?

Deux aspirations contradictoires

Des Grieux ne cesse d'être partagé entre une aspiration à un bonheur purement terrestre et une inclination pour une morale chrétienne. Tiberge, sorte d'allégorie de la charité, est donc l'opposant direct de Manon, qui ne représente pas seulement l'amour charnel, mais aussi les divertissements mondains, les biens matériels (sous leur aspect périssable et fugitif), et la vie sociale.

Est-il alors possible de concilier la recherche du bonheur sur terre et la recherche de son salut ? C'est l'une des questions que pose le roman. L'utopie d'une retraite vertueuse (p. 35), mettant en scène la figure du sage qui s'est retiré du monde et qui jouit de l'*otium*, ce temps libre et studieux dont parle Horace, est récurrente. Mais Des Grieux affirme dans ses discours que la faiblesse de l'homme le pousse vers les plaisirs profanes, même si ses actes prouvent plutôt qu'il est volontaire dans sa passion comme dans son libertinage. Des Grieux justifie ses vols à la manière du célèbre Cartouche [1] (il se prétend l'agent d'une redistribution providentielle), il pense au suicide (péché mortel) quand il est enfermé chez son père, il exprime un sentiment d'injustice ou se révolte devant les épreuves. Enfin, il utilise les arguments des libertins pour justifier son bonheur avec Manon, qu'il considère (blasphème !) comme moins illusoire que le bonheur céleste : « J'ajouterai que l'amour, quoiqu'il trompe assez souvent, ne promet du moins que des satisfactions et des joies, au lieu que la religion veut qu'on s'attende à une pratique triste et mortifiante » (p. 73).

Une fin morale ?

Pourtant, le chevalier, pétri de culpabilité après la mort de Manon (nécessaire à sa guérison ?), revient au Havre-de-Grâce, lieu bien nommé et sans doute prémonitoire de la suite de sa destinée. Accompagné de Tiberge, son mentor [2] bienveillant et triomphant, il cherche alors à obtenir la grâce divine. La fin de sa vie s'annonce peu heureuse, mais elle sera en accord

---

1. *Cartouche* (1693-1721) : chef de bande dont la légende dit qu'il volait les riches pour redistribuer aux pauvres. \ **2.** *Mentor* : nom du guide et précepteur expérimenté de Télémaque dans l'*Odyssée*, qui s'est transformé en nom commun après les *Aventures de Télémaque* de Fénelon (1699).

avec la morale chrétienne (et particulièrement janséniste) qui pense que nous sommes sur terre pour souffrir.

Prévost se soucie davantage de peindre son héros malheureux que de donner un sens moral véritablement explicite à son roman. L'auteur n'est pas un moraliste, contrairement à ce que son *Avis* laissait ironiquement sous-entendre. Il reste avant tout un romancier qui décrit au lieu de prescrire, qui cherche à émouvoir au lieu de convaincre, qui pense en romancier et en lecteur, au lieu de poser au maître à penser.

GROUPEMENT DE TEXTES : JUGEMENTS CRITIQUES

Les jugements et réflexions réunis ci-dessous ont été formulés à différentes époques par des critiques ou des romanciers. Lisez-les et répondez aux questions posées.

TEXTE 13 • *Journal de la Cour et de Paris* (21 juin 1733)

[...] ce livre [est] écrit avec tant d'art, et d'une façon si intéressante, que l'on voit les honnêtes gens mêmes s'attendrir en faveur d'un escroc et d'une catin. Le même auteur, qui est un bénédictin réfugié en Hollande, fait un petit ouvrage intitulé *Le Pour et contre*, dont la première brochure se débite actuellement. Son dessein, ainsi qu'il est aisé d'en juger par le titre, est de faire voir que chaque chose de la vie a deux faces, et qu'il n'en est point de si mauvaise que l'on ne puisse justifier.

1. Pourquoi l'immoralité des personnages est-elle mise en avant ?

2. Pourquoi l'auteur de cet article mentionne-t-il une autre œuvre de l'abbé Prévost ? Que veut-il suggérer à ses lecteurs sur l'auteur de *Manon Lescaut* ?

3. Cette critique est-elle laudative ? péjorative ? Distinguez ce qui relève d'un jugement moral et ce qui relève d'un jugement littéraire.

TEXTE 14 • Mathieu Marais, *Lettre à Bouhier* (1er décembre 1733)

Cet ex-bénédictin est un fou qui vient de faire un livre abominable qu'on appelle l'*Histoire de Manon Lescaut,* et cette héroïne est une coureuse [1]

1. *Coureuse* : terme péjoratif qui désigne une prostituée.

sortie de l'Hôpital et envoyée au Mississippi à la chaîne. Ce livre s'est vendu à Paris, et on y courait comme au feu, dans lequel on aurait dû brûler le livre et l'auteur, qui a pourtant du style.

1. Quelles thèses ce texte défend-il ?

2. Montrez que ce texte, rédigé par un responsable de la censure, a recours au registre polémique. Justifiez-en l'emploi après en avoir relevé les marques. Vous pourrez analyser notamment les figures de style et le jeu des pronoms.

TEXTE 15 • Montesquieu, *Pensées et fragments inédits* (6 avril 1734)

[...] je ne suis pas étonné que ce roman dont le héros est un fripon et l'héroïne une catin qui est menée à la Salpêtrière, plaise, parce que toutes les actions du héros, le chevalier Des Grieux, ont pour motif l'amour, qui est toujours un motif noble, quoique la conduite soit basse. Manon aime aussi, ce qui lui fait pardonner le reste de son caractère.

1. Quel argument Montesquieu donne-t-il en faveur du récit de l'abbé Prévost ?

2. Reformulez sa thèse et exprimez celle qu'il réfute. Quelle est sa position par rapport à *Manon Lescaut* ?

TEXTE 16 • Diderot, *Correspondance littéraire* (janvier 1755)

Chaque ligne [des romans de Prévost] excite en moi un mouvement d'intérêt sur les malheurs de la vertu, et me coûte des larmes.

TEXTE 17 • Sade, *Idée sur les Romans*, Note (1799)

Quelles larmes que celles que l'on verse à la lecture de ce délicieux ouvrage ! Comme la nature y est peinte, comme l'intérêt s'y soutient, comme il augmente par degrés, que de difficultés vaincues ! Que de philosophie à avoir fait ressortir tout cet intérêt d'une fille perdue ; dirait-on trop en osant assurer que cet ouvrage a des droits au titre de notre meilleur roman ?

1. Selon ces deux auteurs, quel est l'effet produit par le roman de Prévost sur ses lecteurs ? Quels arguments apportent-ils alors à la défense de *Manon Lescaut* ?

2. À quel registre chacun de ces textes a-t-il recours ? Lequel vous paraît le plus convaincant et pourquoi ?

3. Quelles fonctions Diderot et Sade attribuent-ils à la littérature romanesque en général, à partir de l'analyse qu'ils font du roman de l'abbé Prévost ?

TEXTE 18 • Musset, *Namouna*, LVII, LVIII, LX (1833)

Pourquoi Manon Lescaut, dès la première scène,
Est-elle si vivante et si vraiment humaine,
Qu'il semble qu'on l'a vue, et que c'est un portrait ? [...]

Manon ! Sphinx étonnant ! Véritable sirène,
Cœur trois fois féminin, Cléopâtre en paniers ! [...]

Tu m'amuses autant que Tiberge m'ennuie.
Comme je crois en toi ! Que je t'aime et te hais !
Quelle perversité ! Quelle ardeur inouïe
Pour l'or et le plaisir ! Comme toute la vie
Est dans tes moindres mots ! Ah ! folle que tu es,
Comme je t'aimerais demain, si tu vivais !

1. Explicitez la deuxième strophe du poème, en analysant les références mythologiques et historiques. Quelles caractéristiques de Manon, Musset met-il ici en relief ?

2. Quelle est la thèse de Musset ? Sur quels éléments se fonde-t-il pour juger le roman de Prévost ? Est-il convaincant ?

3. Comment les procédés de versification appuient-ils sa démonstration ?

TEXTE 19 • George Sand, *Leone Leoni* (1834), Notice (janvier 1853)

Faire de Manon Lescaut un homme, et de Des Grieux une femme serait une combinaison à tenter et qui offrirait des situations assez tragiques, le vice étant souvent fort près du crime pour l'homme, et l'enthousiasme voisin du désespoir pour la femme.

1. Quelle problématique l'analyse de George Sand introduit-elle ?

2. Les arguments de George Sand vous paraissent-ils toujours valables aujourd'hui ? Appuyez votre réponse sur des arguments et des exemples précis.

TEXTE 20 • Barbey d'Aurevilly, article du *Constitutionnel* (2 mars 1875)

La *Manon* de l'abbé Prévost a pondu les autres Manons dont regorge la littérature actuelle. *Manon Lescaut* a été l'atome générateur de ces drôlesses qui y pullulent, comme une plaie d'Égypte[1], et qu'on nous a données avec les variétés du genre, qui ne sont pas très nombreuses, allez ! rien n'étant plus bêtes que ces filles-là. *Manon Lescaut* [...] a produit les *Dames aux camélias*[2], les *Bovary*[3], les *Fanny*[4], et toutes les sincères qui suivent tranquillement leur instinct, comme un âne qui trotte suit le sien, et vont naturellement sans grande fougue, sans combat, sans hésitation, sans scrupule, de l'amant qui leur plaît à l'amant qui les paie, quitte à revenir à l'amant qui leur plaît quand l'autre a payé ! Elle a enfin inauguré l'avènement de la fille, qui jusque-là n'avait régné que dans l'histoire de la prostitution humaine, et daté son ère dans la littérature et dans la préoccupation des écrivains.

1. À quel registre Barbey d'Aurevilly a-t-il recours pour exprimer son jugement ? Identifiez-en les marques stylistiques (type de phrases, champs lexicaux, connotations...) .

2. Reformulez la thèse défendue par Barbey et réfutez-la dans un paragraphe argumenté.

TEXTE 21 • Guy de Maupassant, préface à une édition de *Manon Lescaut* (1885)

Seule cette nouvelle immorale et vraie, si juste qu'elle nous indique à n'en pouvoir douter l'état de certaines âmes à ce moment précis de la vie française, si franche qu'on ne songe pas même à se fâcher de la duplicité de ses actes, reste comme une œuvre de maître, une de ces œuvres qui font partie de l'histoire d'un peuple.

1. Reformulez la thèse de Maupassant. Quelles fonctions assigne-t-il à la littérature en général, à partir de ce jugement sur l'œuvre de Prévost ?

2. Maupassant caractérise *Manon Lescaut* comme une « nouvelle immorale ». Réfutez son jugement dans un paragraphe argumenté.

TEXTE 22 • René Démoris, *Le Silence de Manon* (1995)

En fait de divin, reste Manon que rend plus éblouissante l'aveuglement du chevalier à sa lumière noire, condamnée au silence par le narrateur qui d'une manière ou d'une autre la met à mort. Reste l'image de ce couple

---

1. *Plaie d'Égypte* : allusion biblique aux dix châtiments annoncés par Moïse et envoyés par Dieu aux Égyptiens, afin qu'ils mettent fin à l'esclavage des Hébreux et les laissent partir vers la terre promise. \ **2.** *Dames aux camélias* : personnage tiré du roman et de la pièce éponymes (1852) d'Alexandre Dumas fils. \ **3.** *Bovary* : personnage féminin adultère du roman de Flaubert, *Madame Bovary* (1857). \ **4.** *Fanny* : personnage de *Sapho* (1884) d'Alphonse Daudet. Fanny est une courtisane qui a été emprisonnée à Saint-Lazare, et dont s'éprend un jeune homme de bonne famille.

irrémédiablement enfantin tentant l'impossible aventure d'un retour à un en deçà – vert paradis interdit par la loi des pères –, pour une autarcie ou une fusion de rêve. Enfants perdus, sans doute, et se perdant l'un par l'autre. Mais la littérature à laquelle se convertit Des Grieux[1], noyant son deuil dans le noir de l'encre, n'est-elle pas pour Prévost le moyen d'agiter, sous le nez du lecteur, le leurre de ce paradis perdu, de ce lieu d'avant la différence des sexes dont personne n'est tout à fait revenu ? Jeux interdits…

1. **René Démoris évoque « le silence de Manon », héroïne « condamnée au silence ». Dans un paragraphe argumenté, vous préciserez les caractéristiques narratives du roman sur lesquelles René Démoris se fonde pour énoncer cette thèse.**

2. **À partir d'un examen des réseaux lexicaux dominants dans cette citation, précisez l'interprétation que donne ce critique des personnages de Des Grieux et de Manon Lescaut.**

3. **Quel est le sens ultime du roman d'après René Démoris ? Partagez-vous son point de vue ? Vous le discuterez en rédigeant deux paragraphes argumentés et illustrés par des exemples précis.**

TEXTE 23 • Abbé Prévost[2], *Le Pour et contre* (1734)

Le public a lu avec beaucoup de plaisir le dernier volume des *Mémoires d'un homme de qualité*, qui contient les *Aventures du Chevalier Des Grieux et de Manon Lescaut.* On y voit un jeune homme, avec des qualités brillantes et infiniment aimables, qui, entraîné par une folle passion pour une jeune fille qui lui plaît, préfère une vie libertine et vagabonde à tous les avantages que ses talents et sa condition pouvaient lui promettre ; un malheureux esclave de l'amour, qui prévoit ses malheurs sans avoir la force de prendre quelques mesures pour les éviter ; qui les sent vivement, qui y est plongé, et qui néglige les moyens de se procurer un état plus heureux ; enfin un jeune homme vicieux et vertueux tout ensemble, pensant bien et agissant mal ; aimable par ses sentiments et détestable par ses actions. Voilà un caractère bien singulier. Celui de Manon Lescaut l'est encore plus. Elle connaît la vertu, elle la goûte même, et cependant elle commet les actions les plus indignes. Elle aime le chevalier Des Grieux avec une passion extrême ; cependant le désir qu'elle a de vivre dans l'abondance et de briller lui fait trahir ses sentiments

1. Rappelons que Des Grieux a fait un « commentaire amoureux sur le quatrième livre de l'*Énéide* », dont il espère qu'il « [verra] le jour » (voir p. 33). \ **2.** On ignore si Prévost a rédigé ce texte lui-même. En tout cas, il a été écrit avec son accord.

pour le Chevalier, auquel elle préfère un riche financier. Quel art n'a-t-il pas fallu pour intéresser le lecteur, et lui inspirer de la compassion par rapport aux funestes disgrâces qui arrivent à cette fille corrompue ! Quoique l'un et l'autre soient très libertins, on les plaint parce que l'on voit que leurs dérèglements viennent de leur faiblesse et de l'ardeur de leurs passions, et que d'ailleurs ils condamnent eux-mêmes leur conduite, et conviennent qu'elle est très criminelle. De cette manière, l'auteur, en représentant le vice, ne l'enseigne point. Il peint les effets d'une passion violente qui rend la raison inutile, lorsqu'on a le malheur de s'y livrer entièrement ; d'une passion qui n'étant pas capable d'étouffer entièrement dans le cœur les sentiments de la vertu, empêche de la pratiquer. En un mot, cet ouvrage découvre tous les dangers du dérèglement. Il n'y a point de jeune homme, point de jeune fille, qui voulût ressembler au Chevalier et à sa maîtresse. S'ils sont vicieux, ils sont accablés de remords et de malheurs. Au reste le caractère de Tiberge, ce vertueux ecclésiastique, ami du chevalier, est admirable. C'est un homme sage, plein de religion et de piété ; un ami tendre et généreux ; un cœur toujours compatissant aux faiblesses de son ami. Que la piété est aimable lorsqu'elle est unie à un si beau naturel. Je ne dis rien du style de cet ouvrage. Il n'y a ni jargon, ni affectation, ni réflexions sophistiques : c'est la nature même qui écrit. Qu'un auteur empesé et fardé paraît pitoyable en comparaison ! Celui-ci ne court point après l'esprit, ou plutôt après ce qu'on appelle ainsi. Ce n'est point un style laconiquement constipé, mais un style coulant, plein et expressif. Ce n'est partout que peintures et sentiments, mais des peintures vraies et des sentiments naturels.

1. Comment Prévost réfute-t-il les critiques portant sur l'immoralité de son roman ? Analysez d'abord la manière dont il les reformule pour en atténuer la portée scandaleuse (en utilisant notamment des euphémismes ou des périphrases laudatives), puis reformulez les arguments qui lui permettent de les réfuter.

2. Relevez tout le champ lexical se rapportant à l'univers de la littérature et montrez par ce relevé que Prévost tente de placer le débat sur un plan esthétique. Quels arguments utilise-t-il pour faire l'éloge de son roman ?

TEXTE 24 • Véronique Nahoum-Grappe, « La belle femme » (1991)

In *Histoire des femmes, XVIe-XVIIIe siècle*, sous la direction de N. Zemon Davis et A. Farge, Paris, Plon, 1991.

[…] la simple mention du fait de beauté suffit à identifier le sujet de sexe féminin. Lorsqu'une jeune femme pauvre est dite belle ou laide, une présence particulière ainsi qu'un destin plausible sont irrésistiblement induits, sans commentaires. Cette induction ne produit pas un récit nourri d'exemples, où la question de la beauté féminine et de ses effets sur l'environnement social serait discutée et problématisée, mais plutôt une anticipation sur le ton de l'évidence de deux destins possibles. Soit elle est « jolie », soit elle ne l'est pas ! À ce niveau de généralisation, le texte accorde au fait de beauté un rôle déterminant, à pauvreté égale. Nous sommes ici en plein cœur d'une banalité, d'un topos, de plus en plus souvent rencontré dans les textes au fur et à mesure que l'on se rapproche du XVIIIe siècle. Pendant cette période, en effet, une culture urbaine homogène tend à se diffuser en Europe ; elle produit des images d'elle-même, images souvent féminines : la ville n'est-elle pas ce lieu de civilisation, de vitesse, de décadence, de folies et de frivolité, du paraître efféminé plutôt que féminin, de la perte des vraies valeurs, des vertus ? La ville elle-même est femme, bien sûr. Les chroniqueurs, moralistes et romanciers de l'Ancien Régime mettent en scène une acculturation de la ville et de la cour pervertissant l'innocence, après avoir été travestie dans la frénésie du paraître. La beauté de la jeune paysanne fraîchement débarquée, de l'enfant des rues plus beau que les fruits qu'il vend, devient la promesse d'une histoire prévisible. Dans tous les cas de figure, la ville menace la beauté : en l'investissant d'abord (fards, parure, moyens et effets des séductions), puis en la transformant en son contraire (maladie honteuse, laideur, mort).

La mention de cette beauté fonctionne comme un diagnostic médical qui, à la simple vue d'un visage et d'un corps, anticipe un futur, sous la forme d'une pente glissante. La beauté est un don, une donnée identitaire aussi objective que la fortune ou l'éducation. Réparties de façon aléatoire à la naissance, fortune et beauté sont des chances inégales, qu'aucune reconstruction rétrospective ne peut justifier, mais seulement citer comme des faits. [...].

En général, la beauté féminine n'est pas une chance aussi efficace que la fortune : ce n'est pas une dot esthétique venant heureusement combler le manque de dot économique. Au contraire, le don de beauté ne fait que combler les autres chances, à moins que dans le piège de la ville, il n'accélère le malheur déjà promis par la pauvreté. Chez la jeune fille fortunée, bardée d'écrans protecteurs divers dont la richesse lui donne les moyens – culture, vertu, par exemple –, le fait de beauté auréole les heureuses prémices qu'une bonne naissance laissait prévoir.

Pour la jeune fille pauvre, être belle est un risque de plus qui expose aux regards sa fragilité sociale. La laideur, en revanche, est un masque d'indifférenciation protecteur : cela lui permet de ne pas être repérée par le vil séducteur, ni mise en scène comme une héroïne de conte, ou d'aventures romanesques. La beauté, qui rendrait éblouissante la femme riche déjà brillante, aggrave les effets négatifs de la pauvreté sur le destin féminin. Double aggravation : d'une part, le dénuement économique fait de la belle femme une proie sans défense. Cette facilité est précisément ce qui attire – et définit – le vil séducteur. D'autre part, le féminin que la beauté surexpose est forcément entraîné vers son destin : la faute originelle fait succomber la belle à la tentation (d'une pomme, d'un bijou, d'une promesse), puis tomber dans une chute définitive inscrite dans son corps même. Mentionner la beauté enclenche un destin d'autant plus prévisible qu'il est en accord avec les récits emblématiques qui, à l'intérieur d'une culture donnée, aident à définir le plus exactement possible les rôles sexuels.

1. Donnez un titre à cet extrait.

2. Quelles sont les caractéristiques de la « belle femme » pauvre ? Quelle est la destinée qui lui est réservée ? Manon correspond-elle à ce type, tel qu'il est défini par ce texte ?

3. Quels rapports ce texte établit-il entre la ville et la femme ? Relevez toutes les connotations et commentez-les. Retrouve-t-on cette représentation symbolique de la ville dans le roman de l'abbé Prévost ?

4. Quelles conceptions de la beauté féminine ce texte développe-t-il (au point de vue social, moral, psychologique et esthétique) ? Ces conceptions se retrouvent-elles dans *Manon Lescaut* ?

SUJETS

INVENTION ET ARGUMENTATION

Sujet 1

Après avoir rappelé, dans un paragraphe introductif, les principales caractéristiques de la représentation de la passion amoureuse dans le roman de l'abbé Prévost, vous en rédigerez une critique, positive ou négative, sous la forme d'un article de presse. Vous pourrez élargir le point de vue à d'autres romans ou représentations artistiques.

Sujet 2

La représentation de la condition féminine dans *Manon Lescaut* peut-elle être qualifiée de « réaliste » ? Vous pourrez vous appuyer sur une analyse des différentes destinées féminines présentées dans le roman afin de préciser les intentions de l'auteur. Vous appuierez votre démonstration sur des exemples précis tirés du texte.

Sujet 3

Vous êtes un lecteur du XVIIIe siècle, et vous décidez de prendre la défense de Manon et de Des Grieux face aux polémiques que ces deux personnages soulèvent dans la critique littéraire. À votre tour, vous rédigez une *lettre ouverte* proposant l'éloge des héros. Vous pourrez notamment réfuter l'immoralité qui leur est reprochée, étudier leur complexité ou leur profondeur psychologique pour mieux faire ressortir leur charme, et enfin analyser le plaisir que vous a procuré la lecture de ce roman.

Sujet 4

Renoncour reprend la parole après que Des Grieux a terminé son récit. Dans un discours rapporté au style indirect, vous imaginerez ses remarques sur les événements racontés, son point de vue moral sur l'histoire de Manon et du Chevalier. Vous développerez en outre son appréciation sur la valeur littéraire ou documentaire du récit, afin de justifier son insertion au sein des *Mémoires d'un homme de qualité*.

Sujet 5

Réécrivez l'incipit du récit du point de vue de Manon, jusqu'à sa première rencontre avec Des Grieux.

Sujet 6

Transformez en scène de théâtre l'épisode du souper interrompu par M. B... et l'enlèvement de Des Grieux (p. 26-27). Votre texte, rédigé en prose, comportera des didascalies, vous ferez dialoguer les personnages, et vous adopterez un registre comique, tragique ou dramatique.

Sujet 7

Sous la forme d'un dialogue au discours direct, imaginez les délibérations des juges justifiant l'acquittement de Des Grieux après le procès qui lui a été intenté (p. 156). Vous pourrez notamment énumérer les charges qui pèsent contre lui, imaginer les arguments apportés par lui-même ou d'autres personnages et rappeler tout ce que vous savez de la vie de Manon et de Des Grieux au Nouvel Orléans.

Sujet 8

Imaginez une fin heureuse à l'histoire des deux amants : quelle serait-elle ? Résumez-la en un paragraphe d'une dizaine de lignes. Justifiez ensuite les conclusions que l'on pourrait tirer de cette histoire en soulignant les différences avec la fin originale. Concluez dans un dernier paragraphe en prenant parti pour la fin choisie par Prévost ou pour une fin en forme de *happy end*.

Sujet 9

Dans un discours composé sur le modèle de celui que Des Grieux tient à son père pour justifier sa mauvaise conduite au Châtelet (p. 128), vous justifierez une conduite caractéristique de la jeunesse d'aujourd'hui et que la société réprouve (habillement, goût de la fête, rapport à l'école...).

Sujet 10 : analyse d'image

Comparez la gravure de 1753 (reproduction p. 215), de Pasquier, représentant la mort de Manon, avec le récit de l'abbé Prévost. Quels sont les détails du récit repris par le graveur ? Que parvient-il à suggérer ? Quelle dimension supplémentaire, selon vous, la gravure ajoute-t-elle au récit ? Dans une discussion argumentée, vous justifierez votre point de vue.

COMMENTAIRES

Sujet 11

TEXTE 25 • *Manon Lescaut*, première partie

Vous avez donc vu Manon, [...] il y fallait être avec Manon.

> PAGES 34-35

Après avoir répondu aux questions suivantes, vous rédigerez un commentaire de ce passage romanesque en insistant sur sa dimension *délibérative*.

1. Analysez la composition de ce passage. Pourquoi est-elle révélatrice de l'état d'esprit du personnage de Des Grieux ? Comparez notamment le début et la fin du passage, ainsi que le rythme des phrases et la musicalité de la prose de l'abbé Prévost.

2. En analysant les modes du discours, identifiez les différentes voix narratives : voix de Des Grieux-personnage, voix de Des Grieux-narrateur, voix de Tiberge. Quel effet la multiplication de ces voix produit-elle ?

3. Quels sont les indices stylistiques prouvant que le personnage de Des Grieux cherche à se convaincre et à s'exhorter lui-même ?

4. Relevez les champs lexicaux évoquant l'affrontement du cœur et de la raison. Quelle issue le texte envisage-t-il pour ce conflit ? Analysez notamment les prolepses, afin de justifier votre interprétation.

Sujet 12

TEXTE 26 • ***Manon Lescaut*, première partie**

Je demeurai interdit à sa vue [...] tous les environs.

> PAGES 37-38

Après avoir répondu aux questions suivantes, vous rédigerez un commentaire de cet extrait en analysant le dédoublement du narrateur, à la fois lucide et à la fois nostalgique, par rapport à son passé.

1. Quel rapport cette scène entretient-elle avec le genre théâtral ? Vous pourrez, pour répondre à cette question, analyser la gestuelle des personnages, l'utilisation de pseudo-didascalies et celle du discours direct, la reprise du vocabulaire de la tragédie, le rythme qui évoque parfois l'alexandrin, et le songe prémonitoire final.

2. Montrez que le narrateur fait preuve d'une volonté de lucidité et d'analyse *a posteriori*. Vous pourrez, pour justifier votre réponse, commenter l'emploi des modalisateurs ainsi que celui des modes et des temps des verbes.

3. Relevez le réseau lexical de la confusion et du désordre : comment expliquez-vous sa présence ?

4. Comment Manon est-elle décrite par le narrateur ? Analysez notamment l'utilisation des intensifs et des superlatifs, ainsi que les comparaisons qui qualifient l'héroïne. Quel est l'effet recherché ?

5. À partir d'une étude de la répartition des verbes d'action ou de parole, montrez comment s'opère une inversion des rôles entre les deux héros.

« La mort de Manon », gravure de Pasquier, 1753. ph © Archives Hatier/Bulloz.

Le duo d'amoureux est-il bien accordé ? Que laisse-t-il craindre pour la suite du récit ?

Sujet 13

TEXTE 27 • ***Manon Lescaut*, seconde partie**

Pardonnez, si j'achève en peu de mots [...] plus heureuse.

> PAGE 154

En vous aidant des questions suivantes, vous rédigerez un commentaire qui mette en valeur les enjeux et la signification de ce dénouement romanesque.

1. Un passage conclusif : à quelle marques reconnaît-on que ce passage prépare le dénouement du récit ?

2. Un passage pathétique : relevez les marques de ce registre (gestuelle et discours des personnages, description du cadre, mise en place d'une atmosphère funèbre).

3. Quelle image Des Grieux veut-il donner de lui-même ? Vous répondrez en vous appuyant sur un examen des réseaux lexicaux dominants (celui de la fatalité notamment) d'une part, et sur une analyse de la construction du récit d'autre part. Quels sont les effets recherchés vis-à-vis du narrataire et vis-à-vis du lecteur ?

DISSERTATIONS

Sujet 14

« Outre le plaisir d'une lecture agréable, on y trouvera peu d'événements qui ne puissent servir à l'instruction des mœurs et c'est rendre à mon avis un service considérable au public que de l'instruire en le divertissant. »

Vous discuterez ce point de vue de l'abbé Prévost (dans l'*Avis de l'auteur* qui précède l'*Histoire du chevalier Des Grieux et de Manon Lescaut*) sur la fonction du roman, en l'élargissant à l'ensemble de la fiction romanesque et en l'illustrant par des arguments et des exemples tirés de l'ensemble de vos lectures personnelles ou scolaires.

■ Indications pour traiter le sujet

Remarquez que cet *Avis* propose au lecteur un pacte de lecture : plaire et instruire. C'est ce qu'il convient d'abord d'analyser.

Que le roman puisse être divertissant et plaire à tous les publics : est-ce grâce aux multiples formes et genres qu'il peut emprunter ? Qu'est-ce qui contribue particulièrement à en rendre la lecture agréable ?

Comment peut-il également instruire ? En plus de la morale, quelles autres matières ou quels autres sujets un lecteur attentif peut-il approfondir par le biais des romans ? Néanmoins, l'affirmation de Prévost doit être prise avec une certaine distance ironique. Quelles autres formes de connivence le lecteur peut-il alors entretenir avec un roman et un romancier ?
Enfin, vous pourrez terminer en donnant votre point de vue personnel sur l'intérêt et le rôle que vous attribuez, vous personnellement, à la lecture d'œuvres romanesques (divertir, cultiver, enrichir, approfondir connaissances et réflexions…).

Sujet 15

« L'on a prétendu que les romans donnaient une fausse idée de l'homme… Lorsqu'ils sont bons, rien ne donne une connaissance aussi intime du cœur humain que ces peintures de toutes les circonstances de la vie privée et des impressions qu'elles font naître ; rien n'exerce autant la réflexion, qui trouve bien plus à découvrir dans les détails que dans les idées principales. »
Madame de Staël, *Essai sur les fictions* (1795).

Expliquez puis étayez l'opinion de Mme de Staël, en appuyant vos arguments sur des exemples tirés de l'ensemble de vos lectures personnelles ou scolaires.

■ Indications pour traiter le sujet

Ce sujet repose sur deux notions préalables implicites qu'il s'agit d'éclaircir : 1. Qu'est-ce qu'un bon roman ou quels critères faut-il retenir pour classer les romans en bons et en mauvais ? 2. Pourquoi a-t-on pu penser que le roman donne de « fausses idées », autrement dit qu'il se situe du côté de l'imaginaire, de l'invention ?
Il faut ensuite aborder le problème de la représentation romanesque, soumise à l'impératif du vraisemblable ou du réalisme. Comment un roman peint-il les circonstances de la vie privée ? Comment utilise-t-il des détails au lieu d'exposer des idées principales ? Quelles sont ses autres procédés pour donner une peinture exacte du « cœur humain » ?
Enfin, un roman a-il pour fonction d'améliorer les connaissances et les réflexions de son lecteur ? N'a-t-il pas d'autres fonctions ? Que recherchez-vous personnellement dans la lecture des « bons romans » ?

BIBLIOGRAPHIE

Édition de Manon Lescaut

Histoire du chevalier Des Grieux et de Manon Lescaut, éd. F. Deloffre et R. Picard, Paris, Bordas, « Classiques Garnier », 1990.

Études sur l'abbé Prévost

SGARD Jean, *Prévost romancier,* Paris, Corti, 1968 (cet ouvrage de référence se trouve également en ligne sur le site : http://www.jose-corti.fr/titres-lesessais/prevost-romancier.htlm).

SGARD Jean, *L'Abbé Prévost. Labyrinthes de la mémoire,* Paris, PUF, 1986.

SGARD Jean, *Vingt Études sur Prévost d'Exiles, Grenoble,* Ellug, 1995.

Études sur Manon Lescaut

AUERBACH Erich, « Le souper interrompu », *Mimésis. La représentation de la réalité dans la littérature occidentale,* Paris, Gallimard, coll. « Tel », 1968 (pour la traduction française).

DÉMORIS René, *Le Silence de Manon,* Paris, PUF, « Le texte rêve », 1995.

DORNIER Carole, *Manon Lescaut de l'Abbé Prévost*, Paris, Gallimard, coll. « Foliothèque », 1997.

PROUST Jacques, « Le corps de Manon », in *Littérature,* n° 4, 1971, p. 5-21.

SERMAIN Jean-Paul, « Rhétorique et roman au XVIIIe siècle. L'exemple de Prévost et de Marivaux (1728-1742) », *Studies on Voltaire and the Eighteenth Century,* n° 233, 1985.

SINGERMAN Alan J., *L'Abbé Prévost. L'amour et la morale,* Genève, Droz, 1987.

Sites Internet

http://www.diplomatie.fr/culture/France/biblio/foire_aux_textes/auteurs/prevost. htlml (site à partir duquel il est possible de télécharger le roman de Prévost, ce qui peut être intéressant pour faire des recherches lexicographiques).

http://tuna.uchicago.edu/homes/jack/writers/prevost.vie.html (biographie claire et précise de l'abbé Prévost).

http://tuna.uchicago.edu/homes/jack/writers/Manon.htlm (on trouve sur ce site les gravures de l'édition de 1753).

http://www.bibelec.com/public/viewdoc.php ? DocPD = 103 propose une fiche de lecture intéressante et renvoie à d'autres liens.

http://www.chez.com/bacfrancais/manon.htlm propose des exercices intéressants.

http://www.multimania.com/plavergne.manon.htlm propose des fiches récapitulatives et génériques très bien faites.

Filmographie

Manon 49 (1948), film français de H.-G. Clouzot, avec Cécile Aubry, Michel Auclair, Serge Reggiani, Gabrielle Dorziat, Dora Doll.

Manon 70, perverse Manon (1968), film français, allemand et italien de Jean Aurel, dialogues et adaptations de Cécil Saint-Laurent, avec Catherine Deneuve, Sami Frey, Jean-Claude Brialy, Elsa Martinelli.

La Sirène du Mississippi (1969), film français de F. Truffaut, avec Catherine Deneuve, Jean-Paul Belmondo, Michel Bouquet.

COLLECTION CLASSIQUES & CIE

6	Abbé Prévost	**Manon Lescaut**
3	Balzac	**La Peau de chagrin**
2	Corneille	**L'Illusion comique**
4	Hugo	**Le Dernier Jour d'un condamné**
8	Jarry	**Ubu roi**
5	Laclos	**Les Liaisons dangereuses**
1	Molière	**Dom Juan**
7	Racine	**Phèdre**

Achevé d'imprimer par Grafica Veneta à Trebaseleghe - Italie
Dépôt légal n° 93977-8/01 - Août 2011